雫石町的法律作者與狼同眠

菅野 彰
Akira
Sugano

LN0013
三日月書版

目錄

Characters

插畫／円陣闇丸

田村麻呂 Tamura Maro

前征夷大將軍，現今以精明律師的身分努力工作賺錢。長時間以來一直守護著空良與風火。

奧州空良 Oushu Sora

檢察官出身。現為調查企業內部舞弊行為的舞弊稽核師，開了一家法律事務所。

風火 Fu Ka

空良的弟弟。平時外貌是一隻白狼，但與空良獨處時則能變回人類。擁有一手好廚藝。

法律工作者與寄宿房客鬧彆扭

他心中只有唯一一個答案，也只相信一件事。

然而，最近有些日子，他卻聽到身體裡發出骨頭喀吱作響的聲音。

此時此刻，奧州空良覺得自己又聽到了骨頭喀吱作響的聲音，他的眼睛看向會議室裡坐在自己斜對面的一個男人。那個男人穿著深灰色西裝，體格健壯。

「現在不是我來追究侵吞的公款款項龐大到多離譜的時候。」

大東京銀行目白分行位於目白車站前，從分行四樓的會議室窗戶往外看，能微微看到隔壁古老大學綠意盎然的校地。

今天是九月的第二個星期五，天空晴朗無雲，空氣中彷彿嗅得到立秋後的草木氣息。

「貴分行應該明確表示，未來要如何定義此行為之惡質性、故意性以及重複性才對。」

空良是一名舞弊稽核師（CFE），是接受企業公司委託，以第三方身分調查企業內部，發現循私舞弊情事便要找出肇事者並蒐集證據，屬於一種特殊的工作。他朝右手邊穿著一身深藍色西裝的分行行長仲手川次長說道。

「應該嗎？」

會議桌面對面排成兩排。肇事者，也就是涉嫌侵吞和盜用公款的嫌犯——法人業務代表主任江藤滿臉不悅地坐在桌前，而現在以低沉嗓音加輕鬆口吻發言的，是擔任江藤的意定代理人的律師，他穿著深灰色的西裝。

這間寬敞的會議室裡，舞弊稽核師空良、大東京銀行目白分行行長仲手川次長、肇事者法人業務代表主任江藤及他的意定代理人四人面對面而坐。

「江藤主任也看不出有自我反省的跡象。況且，這樣的事件僅以償還全額作為懲戒處分，是遠遠不夠的。」

「意思是不僅要向金融廳[1]進行申報，還要通知檢察機關嗎？這件事我無法自行決定。」

聽到空良的話，仲手川露出焦躁與不安的神情。

「因為金額超過一億，如此龐大的金額，當事人卻能償還全額，我認為最好想想裡面是否牽扯某種犯罪行為。畢竟我們還不明白，江藤主任為什麼能償還全額。」

空良那雙洞若觀火的眼睛看向面前的江藤。

江藤狠狠瞪著他。

「因為我把錢全存在戶頭裡了，所以才能原封不動全部歸還。這一點我已經說過很多次了。」

肇事者早已失去了耐心，變得很不耐煩。

空良的五官看起來伶俐且漂亮至極，以三十一歲的年齡來說，大概會被大家當成「年輕小伙子」，同時他那屬於中音域的嗓音平淡無起伏，表情也一直沒有太大的變化。

1　以機構初始定義來說，類似臺灣的金管會，但職責不同。

「恕我再重複一遍，只為了把整筆錢存入戶頭，就甘願冒這麼大的風險，這種行為實在很不合理。光從目前已確定的資料來看，您已經成立了三家空殼公司，進行法人融資，然後這些空殼公司又一一自己聲請破產。此外，您侵吞的款項與銀行損失金額不符的部分，我們也正以掏空的方向進行調查。」

舞弊稽核師是為了盡可能防止犯罪案件發生，或是在案情擴大前私下內部解決，而從外部被聘入公司。公司會找上舞弊稽核師，通常是因為本來應該統轄這方面工作的內部稽核室沒有履行職責，因此無論委託人是誰，總是會對他們非常冷淡疏遠，而空良也早已習慣這樣的處境。

執行業務期間，他反而不在意別人對他的情緒反應。

「江藤主任，很抱歉再重複詢問您一個問題。這一切真的全都是您一個人做的嗎？您可以保證，自己絕對沒有與黑社會勾結嗎？」

空良沉靜又淡漠地詢問一個先前已經問過好幾次的問題。

「我保證……」

絕對沒有……江藤想開口否認，但在場所有人都看得出，他心底的某些東西已經崩塌了。

「仲手川分行長，這筆上億的資產算是貴行幫客戶保管的。倘若法人業務代表主任有預謀地將這筆資金轉移給黑社會……」

空良瞥了既沒有反省也沒有坦白意思的江藤一眼，質問旁邊的次長。

「而貴分行隱瞞這件事的行為被揭發，屆時將會對貴分行的信譽造成無可挽回的傷害吧。」

「話是這麼說沒錯……」

「但這麼一來，江藤主任便免不了被判有期徒刑了，畢竟這是業務侵占罪。」

不知為何，這名嗓音低沉的男人身上完全看不出沉重緊繃感，他看了看江藤，朝空良這樣說道。

「判處有期徒刑很合理。以不正當方式將上億資產轉移給黑社會，就代表這筆錢會成為犯罪的財源，譬如具組織性地詐騙老人、買賣毒品、暴力行為。加入黑社會的行為需要被嚴懲，希望您可以認真意識到其中的沉重後果。」

「我又沒打算連那些事情都去摻一腳！」

江藤臉色漲紅，踹倒椅子站了起來。

他氣得發抖，完全失去理智，然而空良只是直直地看著他。對江藤的調查已經持續了半個月，從他帳戶的進出到可疑的私人財產、業務招待費記錄，以及侵吞和盜用公款的證據，已經全部搜集齊全。最後只剩一個問題，就是他是否有跟黑社會勾結。

空良把剛剛聽到的話，一字不漏地輸入桌上的筆電裡。

「方才的發言，我這邊完整記錄下來了，次長。」

大大嘆了一口氣死心放棄的，不是江藤，而是仲手川。

「我也……確實聽到了。」

「一開始我已經確認過，今天的公聽會前提並不包含錄音。我們這次只是聽審而已吧？」

就在這件事看似已經出現結論的情況下，意定代理人再次語氣輕鬆地說。

「請問你們還打算怎麼做？江藤主任已經犯下了重大罪行。」

空良以嚴厲的語氣質問。意定代理人應該明白，既然江藤已經親口承認自己與黑社會有所牽扯，銀行方面會恨不得趕快上報給檢察機關。

「這種事大家都在做啊！」

江藤變得自暴自棄，站在原地大吼大叫。

空良從頭到尾都很冷靜地與江藤對峙。

「請問您所謂的『大家』，具體是指哪個人呢？方便告訴我嗎？」

「……嗚……」

「並不是每個人都會有預謀地侵吞上億資金，並暗中出售貨物給黑社會的。」

空良當著手掌緊握成拳的江藤的面，直截了當地點出事實。

「不知道您有沒有想過，您的私欲可能會害別人喪命？」

殘酷無情的話語在平靜無波的語調加持下，宛如一柄薄刃，靜靜地朝對方劈下。

「請容我將這些帶回去。」

意定代理人拿起裝著文件的黑色包包，一副準備要離開的模樣。

「我們走吧，江藤先生。現階段他們並沒有強制力。」

意定代理人拍了拍江藤的背，江藤才終於從緊繃的狀態中放鬆下來。
「雖然我們沒有強制力，但你們也沒有決定權。」
「我是律師，所以不會協助江藤先生逃亡的。請你們在星期一提交報告書，我們會在確認事實關係後，就江藤先生本人的悔悟程度好好進行討論。」
意定代理人立刻笑著朝擔心江藤逃亡的空良揮揮手。
「在這種場景下，繼續講下去也不會有任何進展的。」
意定代理人沒有指名道姓，而是推著江藤的背走向出口。
這期間江藤回頭了一次，再度狠瞪空良。
只是被別人瞪幾眼，完全無法動搖空良的情緒及表情。
「你是不是認為只有你自己是對的！」
江藤似乎還有些忿恨不平，朝不為所動的空良說出難聽話。
「頂著一副自以為什麼都懂的噁心表情……」
「要說我現在懂什麼，那就是這個案件的惡質性。」
空良立刻將心底想法原封不動拿出來回敬。
只不過，江藤的話還是讓他的內心起了波瀾。
「我們走吧，江藤先生。」
從頭到尾態度都很沉著的意定代理人開口勸江藤。
看到意定代理人無可奈何地笑著的表情，空良一肚子火地目送他們兩人離開會議室。

「坦白講，當初拜託奧州先生幫忙時，我完全沒想到會是這麼嚴重的案件。」

會議室門關上的同時，仲手川束手無策地抱住頭。

當初發現目白分行嚴重帳目不符後，他請內部稽核室調查，卻只得到模稜兩可的答案，於是委託空良進行調查。

空良花了三個月的時間，找來能夠調動大筆款項的主要行員一一進行公聽會，而後查到江藤所核定的融資客戶有些很不自然地破產，有些根本不存在。當空良找江藤本人進行詢問公聽會，並準備彙整成報告時，江藤的意定代理人出現了，導致詳查過程變得很慢。

「我認為，重要的是當他有錢聘僱那位律師時，就能看出在我們所不知道的地方，他仍有不少私人財產。」

空良很清楚，與自己對峙無數次的那位律師非常強大，聘僱費用也很高昂。

「我覺得奧州先生也可以把自己的收費再提高一些。您的調查準確度和速度之高，不必我多言，就連公聽會的質問強度，讓坐在旁邊聆聽的我感覺自己也變成了罪犯，整個人嚇得要死。您真是厲害。」

如仲手川所言，他自己正摀著心臟露出苦笑。

「我只收取既定費用。」

舞弊稽核師並不是熱門的工作，但規定收費原本就不便宜。

「這句話真有奧州先生的風格。」

縱使聽到身旁的人這麼說，空良也沒有特別覺得感激。

「像這樣委託第三方進行內部稽核，花費不會很高嗎？」

仲手川把這筆費用形容得好像很便宜，讓空良感到納悶，便開口詢問。

「考量到我們銀行的信譽，這筆費用很便宜的。畢竟能私下解決問題是再好不過了。」

空良無法理解，既然對方顧慮銀行信譽，為何不從一開始，或至少從找到線索開始，便進行刑事告發呢？

從侵吞、勾結、盜用、賄賂到斗圓仔湯，在調查下曝光的那些做出種種營私舞弊行為的人，以及那些想要掩蓋罪行的人的想法，他一丁點都無法理解。

「這種犯罪毫無益處且浪費時間。」

一旁的仲手川默默聽著空良的自言自語。

這樁惡質的侵吞公款浮上檯面，牽扯其中的那些人的內心世界，是空良所完全無法想像的。

——你是不是認為只有你自己是對的！

江藤抨擊的話語，空良聽了很不愉快，最重要的是，那個意定代理人的眼神又浮現在他眼前。

雖然空良習於斷言自己絕對想像不出那些做壞事的人的想法，但心中再度產生的波瀾，令他微微皺起了眉頭。

象徵夏天進入尾聲的茅蜩鳴叫聲傳入耳中。

「看起來真的很像日本狼呢。」

位於東京都練馬區的石神井公園呈東西向長條形，當空良漫步其中時，被坐在三寶寺池畔長椅上熟識的老人叫住了。

「您每次都這麼說。」

拖延許久的大東京銀行一案終於進入提交報告的階段，於是空良換下了腳上的皮鞋，穿上橡膠鞋底的運動鞋，並脫下西裝外套，以深藍色長褲搭白襯衫的穿著出現在公園裡。

他那頭又黑又直的頭髮長得有點過長，但不知為何總是有人說他「看起來很涼爽」，也經常有人說他「感覺很冰冷」。

這對坐在長椅上的七十多歲老夫婦，是在空良所居住的雫石町裡開設書法教室的柏木夫婦。

「昨天我看到了日本狼的繪畫，長得真的很相似呢。電視上有在播放絕種生物特輯，只不過日本狼不像風火一樣全身都是白的。」

坐在長椅上的妻子多津子彎下腰，用充滿憐愛的眼神看著空良腰部旁邊說：「對吧，風火？」

「汪！」

正如這對老夫婦所言，有一隻和畫中的日本狼很相像的白色大型犬停在空良旁邊，端坐在地上。

由於這陣子一直舉辦大東京銀行的公聽會，沒時間讓風火盡情地外出散步，因此一回到家後，空良只脫下一半的工作服，便立刻和風火衝到公園來。

「我可以摸摸牠嗎？」

「風火似乎很喜歡被多津子老師摸。」

空良總是用禮貌且平靜的中音域嗓音不疾不徐地說話。至於多津子老師、六郎老師這兩個稱呼，則是雫石町的所有居民慣用的。

「對吧，風火？」

然而這股溫柔的中音域嗓音，在工作時卻冷靜透徹到讓身旁的分行行長感到心臟發痛。這一點柏木夫婦肯定想像不到，風火可能也是。

「嗚嗯，嗚嗯。」

體型壯碩的風火欣喜地朝多津子撒嬌。

配合風火的體型，礙於規定而綁上的紅色牽繩長度很長，為了不讓風火感到痛苦，空良一直非常小心提醒自己別離太遠。

「牠是什麼品種？」

六郎活力充沛地教導雫石町內的小朋友們寫毛筆字的同時，自己也是一名書法家。已經數不清他這是第幾次詢問空良這個問題了。

「風火是混種犬。當初收養牠的時候還是非常小隻的幼犬，沒想到後來會變得這麼大隻。牠是突然長大的，所以我現在彷彿是為了養活風火而努力工作。」

空良苦笑著說「因為飯錢太驚人了」，風火好像聽得懂人語，聞言整隻狗變得垂頭喪氣。空良小聲地在牠耳邊道歉說「對不起」。

「你可以幫我查一次看看嗎？不管怎麼看，牠都很像日本狼。」

「日本狼最後一次被人發現的時間是明治時代，距今已經一百多年，加上西博德醫師的資料也幾乎全都找不到了，所以說風火只是體型稍微大一點的混種犬。」

「聽你的語氣彷彿一路見證過這一切呢，律師。」

聽到空良提及明治時代以及更早一些的西博德醫師，六郎抱著佩服與揶揄的心笑了笑。

「……因為我很喜歡歷史，不自覺就這樣說了。」

「原來律師是這麼勤奮用功的人，那我們兩人離婚的事，也麻煩你兩三下迅速辦好喲。所有東西請務必公平地均分成兩份。當然，我會支付完整的律師費，不會討價還價的。」

接著，多津子笑咪咪地再度舊事重提，讓空良感到很為難。

「我也告訴過您很多次了，我並不是律師。我的上一份工作是檢察官。」

「可是你家裡不是掛了『奧州法律事務所』的招牌嗎？」

兩年前，空良在雫石町買了一間附有辦公室的獨棟房屋。對一個年輕的法律工作者來說，這是一筆相當鉅額的花費，他用一筆存了很久的存款當資金，好不容易才把房子買下來，然而這棟大房子卻是位於房屋養護費高得嚇人的高級住宅區。

「我並不適合當律師。我的事務所從事的是嚴肅的法律相關工作，我的職稱是舞弊稽核師，這是一門無法對每個人都提供幫助的工作，因為工作內容是偷偷潛入企業裡。」

對總是冷靜沉著且表情嚴肅的空良來說，這句話算是他絞盡腦汁想出的玩笑話，說完他朝柏木夫婦笑了笑。空良並不想讓町裡的人看到他在目白進行調查時的模樣，每天回到雫石町後，他就能把工作通通拋諸腦後。

他覺得，這座城鎮籠罩在一種平靜和緩的時光之中。

「不過，我們已經決定讓律師你來辦理我們的離婚了，要兩三下迅速辦好喲。」

六郎也跟多津子一樣說了句「要兩三下迅速辦好」，並言明離婚的事要拜託空良處理。

「這麼一來，六郎老師和多津子老師是永遠都離不了婚的，因為我絕對不會接下這麼困難的工作。」

表面上就如這對老夫妻所開的玩笑一樣，六郎和多津子雙方都是書法家，膝下沒有兒女，兩人因為某個重大理由，無數次考慮要分開，這件事町內的人都知道。

「因為我不知道該把如此責任重大的案件委託給誰，所以也無法介紹律師給你們。」

即使今天對方不是柏木夫婦，即使是開玩笑心態，空良也絕對不會輕率地接下如此責任重大的工作，更別提對方正是六郎和多津子了。

「律師你真的很嚴肅耶。」

「我就是這麼死腦筋的人，對不起。」

空良很清楚，自己這股在工作之外的地方也會顯露出來的頑固是與生俱來的性格，於是他滿懷歉意地朝六郎彎腰道歉。

「道什麼歉，這是你的優點不是嗎！個性認真，責任感又強。」

「就是說呀，你很有責任感。」

空良自認為這是一種缺陷的天生性格，但柏木夫婦也沒有過度反應，輕快地將之轉化成正向陽光的優點。

「……如果真是這樣就好了。」

空良垂下頭，知道只靠自己是無法變得正向陽光。

他深信今天自己也遵守法規完成工作，然而某種陰暗的東西卻仍然殘留在心中。六郎和多津子此刻的話，讓他的心大受震撼。每次和他們交談，他總有一種如久旱逢甘霖的感覺。

「對了對了，請你收下這個。剛剛因為快到期舉辦特價，結果我不小心太貪心，買得太多了。」

多津子用開朗的聲音說道，然後從長椅上的大袋子裡拿出三包島原素麵。

「這怎麼行，我老是白拿您的東西。」

空良搖搖手正想拒絕的時候，素麵已經被遞到他面前了。

「沒關係啦，沒關係啦。看到年輕人一個人獨居，老年人就是會掛心啊。」

「你就讓我們雞婆一下吧。」

既然柏木夫婦這麼說，空良便感激地道謝並接過素麵，然後用總是放在口袋裡的環保袋裝起來。

「真的非常感謝兩位。」

雖然嘴裡說是貪心買太多，但他們應該一開始就打定主意要把素麵送給他。

柏木夫婦不知從何時開始對空良單身獨居的情況感到擔憂，總是像這樣關心他有沒有好好吃飯。空良已經三十一歲了，但或許是他的體格與容貌看起來都與年齡不符，而讓柏木夫婦感到憂心。加上他家也大得讓人心生不安。

「不過，我是不會幫兩位辦理離婚的。」

空良使盡力氣所能做到的最大感謝，就是以他那乍看之下與其說是故作淡定，更像是冷漠疏離的表情露出笑容而已。

「你哥哥還真無情對吧，風火。」

多津子調侃空良，然後摸了摸風火。

「嗚嗯，嗚嗯。」

「狼和狗原本應該算是同一種生物吧。」

風火靠過去，朝不停撫摸牠的多津子撒嬌。

「就看牠們是與人類共生，還是咬死人類。牠們只有這樣的小差別，人類會不會是因為自己的利益，才用不同的名稱稱呼牠們呢？」

「原來如此，但是……」

多津子認為一切都是人類出於利益的考量，這樣的說法感覺也挺有道理的，空良彎下腰，凝視著風火。

風火擁有粗壯的白色四肢，那雙漆黑的眼睛有時會因為光線不同而變紅。宛如燃起火焰般。

「但是什麼？」

六郎代替多津子反問。

「這世間的律令是人類制定的，因此牠們會與人類共生或咬死人類，有很大的區別。」

「律令這兩個字，還真是古老的說法。看來你真的很喜歡歷史呢，律師。」

「是的。」

空良進入檢察機關工作了兩年後辭職，然後搬到雫石町居住至今過了兩年。因為掛了一個寫著「奧州法律事務所」的招牌，所以町裡的人都叫他「律師」，空良後來也不再反駁這一點。

「不過，平日沒事就思考這種事的話，會讓人感到疲憊喲。」

六郎的聲音中透露出因了解空良而產生的憂心，多津子再次摸了摸風火說「就是說呀」。

然而，空良怎麼樣都停不下思考。

譬如此刻被兩位年邁的長輩勸告別再思考的事、善惡的區別及其未來走向。無論是在工作時還是在日常生活中，他都一直不停思考。

「風火即使是日本狼也很可愛。」

空良維持彎腰的姿勢，垂下眼看著風火現在不見一絲紅的雙眼，並磨蹭牠的臉頰。

風火非常可愛，但又不僅僅只是可愛。空良把耳朵貼到風火身上，聆聽牠的心跳聲。

「我們差不多該走了，風火，晚餐時間到了。」

空良並不擅長打哈哈把話題矇混過去，只能保持與風火同樣的視線高度，撫摸牠的身軀。

「嗚嗚。」

風火點點頭，溫馴的舉動在龐大身軀的襯托下更顯可愛。

風火能聽到大家說的話，也明白那些話的意思，但都不放在心上。

「再見囉，風火。」

柏木夫婦朝他們揮手道別，空良頷首回應「再見」，然後和風火一起邁步朝著與車站完全相反的方向走去，打算穿過這座公園。

徹底越過三寶寺池，從西側走出公園，離開公車奔馳的大馬路後，會看到一塊與四周格格不入的地方，那裡就是雫石町。

「為了人類的利益嗎？」

空良心不在焉地自言自語。如果真是如此，那麼當人們覺得被咬死，又或者被殺死也無所謂的時候，是不是日本狼也不會產生什麼問題了。

然而人們，還有空良，並不會這麼想。殺死人就是一種罪。

「嗚嗯？」

沉思中的空良想不出答案時，風火天真無邪地轉過頭來。

「沒事。今天晚餐就吃這些素麵嗎？你想怎麼吃呢，風火？」

空良笑了笑，猜想風火應該希望再走快一點，於是加快了腳步。

工作結束後他先出來散個步，沒想到卻因為這個黃昏太舒服而走了很久。

風火一直盯著環保袋看，似乎在思考要怎麼吃素麵。這樣的牠看起來就跟日本狼沒兩樣，這一點空良從非常久以前就知道了。

「那些人肯定沒有正確認識過狗吧……啊！」

大粒的水滴從自言自語的空良眼前掉落。

「是午後雷陣雨！」

「汪！」

這場罕見沒有預報的陣雨，讓空良與風火一同慌慌張張地往前跑。

礙於規定不得不綁在風火脖子上的紅色牽繩，空良直到現在還是無法接受。

石神井公園周圍有很多公車站牌。

雫石町公車站附近有一棟附店面的房子，從事法律工作的青年獨自住在這裡，任誰來看都會覺得太空曠了。

「眨眼間就被淋成落湯雞了。」

這是一棟兩層樓的老舊日本傳統房屋，靠人行道那一側有間店面，外面被漂亮的淺綠色笹竹所圍繞。空良和風火穿過店面旁邊小小的門，跑過林木蓊鬱的小徑，從玄關大門往上衝回家裡。

「全身都溼透了！兄長大人，素麵沒事？」

開朗響亮、愉快澄澈的青年嗓音在這棟日本傳統房屋的玄關響起。

「沒事，我把它包在塑膠袋裡。」

「但它明明產自水鄉澤國島原喔？」

青年笑了笑。他的身材比空良高大，一頭漂亮的銀髮長度及肩，此刻他像個小孩子般張開雙手，環抱住被他稱為兄長大人的空良的腹部。

「你真的已經長大了呢，以前明明比我還小一點。」

這個青年的外表看起來，像是走在淺草一帶會遇到的超喜歡日本的那種外國人。他高大的身軀上所穿的不是和服，而是由透過交易從大陸傳來的白色絲綢所縫製，一種將腰帶綁在腹部的禮服底下會穿的單衣。

「是嗎？我記得我的身高從小就和兄長大人差不多。」

「但在我的記憶裡，有段時期你比我還矮。因為你是弟弟，所以那也是正常的。快去洗澡吧。」

空良用溫柔的嗓音說著，然後摸了摸一直緊緊貼著自己腹部不放的高大青年的銀髮。

「我們一起洗嘛，兄長大人。」

「從外人的角度來看，我們是一對已經長大成人的兄弟，一起擠在空間不大的浴室裡洗澡很奇怪吧？」

「反正又沒有任何人能看見我們在一起的時候。」

風火鬧起脾氣來，但仍然貼向空良露出笑容。

「你快點進去洗，然後再換我。」

玄關大門及後面的起居室周圍有個小小的庭院，裡面的竹林與花草樹木都已經徹底被雨水淋溼了。

「要不然兄長大人先進去吧。」

「如果被午後雷陣雨淋到，應由年紀小的先使用浴室。」

風火的外表看起來約二十五歲左右，空良慢條斯理地掬起他的頭髮。

「兄長大人總是這麼溫柔。如果我不早點進去洗，會害兄長大人感冒的。」

通情達理的風火打直修長有力的雙腿站起來。

「好痛！」

紅色牽繩仍懸掛在風火的脖子上，他正準備要衝出去時，身體又整個往後仰，倒回空良的膝蓋上。

「對不起，風火！都怪我馬上忘了這件事……其實我真的不想把這種東西綁在你身上。」

空良手忙腳亂地從捽回膝蓋上的風火脖子上取下紅色繩子。

「馬上忘了這件事的是我自己。沒辦法啊，誰叫我一踏出屋外就變成日本狼。」

風火天真無邪地抬頭看向空良並露出笑容。

「不是日本狼，是白犬。」

身材高大的弟弟躺在自己的膝蓋上，空良不自覺把臉埋入對方胸膛裡。他將右耳貼在風火的胸口，屏住呼吸安靜地傾聽，確認弟弟的心臟在跳動。

「兄長大人有時會這麼做，為什麼呢？」

風火詢問靠在胸口聆聽心跳聲的哥哥。

「這樣讓我覺得安心。」

與風火黑中帶紅的眼睛視線相交，空良卻無法像珍愛的弟弟那樣露出天真無邪的笑容。

「我會幫你把毛巾和乾淨的衣服準備好，頭髮要記得好好吹乾。」

「好！」風火用稚嫩的聲音回答，然後挪動健壯的成年男性身軀，走向位在店面的浴室。

有點陳舊的木造走廊被雨水強行淋溼，等一下非得擦乾不可，於是空良只能目送風火離開。

「如果風火一直維持白犬的模樣，我就必須一起進浴室了，這種時候他能恢復人形真是太好了。」

聽著浴室門打開關上的聲音，空良以兄長的眼神露出微笑。

小小的店面外掛著近似低調門牌的招牌，上面寫著「奧州法律事務所」。因為這個緣故，雫石町內的人們至今仍以為兩年前買下這裡的空良是一名律師。

「柏木夫婦他們給的素麵要今天吃嗎，兄長大人？」

這棟房子一個人住非常寬敞，一樓裡面還有面積約三坪大的廚房。空良洗完澡後一邊擦著頭髮一邊走進起居室，風火站在廚房裡詢問他。

「啊，也好，機會難得，今天就來享用它吧。」

廚房前面有一間四坪大的和室被拿來當作起居室，浴室前面有另一間四坪大的和室，則是做為寢室。不僅如此，這棟房子的二樓還有兩個房間，雖然沒什麼用途。

空良之所以買下這裡，是因為以前不管變成人或變成狗都是小孩子的弟弟，不知為何眨眼間就成長成很健壯的成人以及很大隻的成犬，因此他們再也無法去住公寓大樓和租房子了。

「島原嗎？」

空良穿著T恤和棉質休閒褲，盤腿坐在起居室裡。

「好像讓人想起了一些傷心事耶！不然吃盛岡冷麵吧？反正也有水煮蛋。」

注意到空良的語氣變得低沉，原本在廚房裡做一些備料工作的風火走到起居室來，從後面抱住了空良。風火已經換下了方才從狗變回人形時的白絲綢裝扮，穿上空良放在更衣間的牛仔褲和黑色T恤。

「不知道那種麵是從哪裡傳入國內的？和韓國餐廳賣的冷麵完全不一樣。」

既是法律事務所的名字，也是空良現在作為姓氏的「奧州」二字，指的不僅是岩手縣奧州市，原本甚至意味著北方的整片土地。

「兄長大人只要調查一下，不就知道了嗎？」

雫石町附近有可以和變成狗的風火一起散步的石神井公園，還有搭電車就能立刻抵達都心的交通優勢，除此之外，與北方相似的地名也讓空良很在意，因而買下了這棟昂貴的房子。

「我沒怎麼調查過現在北方的風土人情，畢竟我已經回不去了。」

「兄長大人不想吃冷麵嗎？那還是吃素麵吧。」

「那個，風火……」

但無奈的是，縱使離車站很遠，屋齡又高，一棟有附店面的獨棟房子還是太貴了。

「有人要來我們家。」

空良把先前遲遲說不出口的事，簡短地告訴風火。

「現在嗎?誰?有人來的話，我又會變成狗耶!不能等吃完素麵再讓對方過來嗎?」

變成白犬的話，就吃不到難得拿到的島原素麵了。風火露出傷心的表情。

「素麵可以……也對，變成狗的話就不能吃了。可是有人要來了，來的是寄宿的房客。」

「咦?什麼意思?」

風火瞪大了雙眼，伸長脖子去看空良的臉。

「就只是把二樓沒人用的房間租出去而已。」

「我不要——!」

空良早就知道風火肯定不同意，才會直到前一刻都遲遲說不出口。

「你不用擔心，我有把條件仔細告訴信用販賣公司，公事公辦地委託他們代為出租。對方是上班族，只住在樓上，整個白天都去外面上班工作。我也有請信販公司找一個連假日都往外跑的人。」

信販公司會幫空良在喜愛戶外活動的人與寄宿房客的篩選範圍內進行協調，並幫忙收取房租。當初，空良向信販公司提出了足以令人瞠目結舌的詳細出租條件。

「為什麼?為什麼要把樓上租出去!」

「因為在這裡生活所需要的錢，比我想像中還多。雖然我想盡辦法撐過了兩年，但是這棟房子需要一筆養護費，而且坦白講，我的新工作尚未走上軌道。」

出於某些考量，空良先前在檢察機關只做了短短兩年便辭去工作，以現在的舞弊稽核師身分開了一家事務所。他覺得這份工作比進行刑事訴追的檢察官更適合自己，於是考了證照。

「現在承辦的工作差不多快結束了，但下一個工作卻還沒著落，我很傷腦筋。」

「你不喜歡之前那份工作嗎？」

說起來，颪火完全不知道空良為什麼要換工作。

「不是。」

空良一時語塞，陷入沉默。

檢察機關負責所有的刑事案件。當空良對牽扯到歧視、暴力、殺人的案件進行起訴時，發覺自己的想法不符合法律範圍，並且想靠能力突破這個限制。

「要說喜歡或討厭的話，或許我是喜歡的，只不過我不適合那個工作。」

決定以後改為面對毋須判決死刑的案件後，空良看準了現在這份工作，然而今天卻還是跟在檢察機關時一樣，舉辦了公聽會。

侵吞公司公款不至於被判死刑，不過對如今的空良而言，已經屬於非常嚴重的罪行了。

「雖然我覺得現在的工作比較好，但接到的案件很少。」

空良慢了一拍才發現，日本企業不太會找源自美國的舞弊稽核師。因為日本企業一點都不希望有第三方進入公司內部。

「那我們搬家吧。這裡很貴吧？反正我們也數不清以前換過多少次居所了，用不著為了堅持住在這裡，不惜讓不認識的同居人進來家裡，不是嗎？」

風火咬住嘴唇搖搖頭，明明臉龐已經是成熟的青年，神情卻帶著稚氣。

「話是這麼說沒錯……」

風火說的沒錯，兩年前開始定居在這座城鎮之前，他們兄弟倆在各式各樣多到數不清的城鎮間輾轉流離。也有過當白犬外貌的風火在夜晚變成人形時，引起幼童騷動，導致他們只待一星期就匆忙離開的城鎮。

風火是絕對不會在別人面前變成人形的，小孩子似乎能看到大人所看不見的時間。

「與其讓房客來寄宿，風火寧願搬家嗎？」

起居室裡一張尺寸略大的和室矮桌上，擺放著方才三寶寺池邊柏木夫婦給他們的島原素麵。這已經不是柏木夫婦第一次送他們食物了。這對老夫婦很雞婆地為獨自定居在這裡的青年及巨大白犬操心不已。

「……我不知道。」

注意到空良一直看著島原素麵，風火躺在榻榻米上攤開手腳形成大字形。

「兄長大人不想搬家嗎？從以前到現在有發生過這種情況嗎？」

由於他們以前不斷地搬過來又搬過去，這棟房子寬敞歸寬敞，卻沒什麼家具擺飾，只有滿足基本衣食的物品，而當成事務所的店面裡則是只有空良的辦公用品與書籍。

「我都買下房子了。」

對外表看起來還不到三十歲的空良來說，這是一筆金額過度龐大的消費，就連不動產公司也心生疑竇，不過空良是用現金買下房子的。在平日只維持基本生活所需，動不動就搬家的環境下，空良慢慢累積一些積蓄，然後看準時機換取了一筆資金。一切都多虧以前在東京證券交易所長期打工所累積的知識。

「這棟房子能讓人平靜下來，所以我也很喜歡。」

這棟房子雖然大，但因為是屋齡五十年的日本傳統房屋，所以當初才能以幾乎只有土地費的價格買下來。不過，後來又多了翻修廚衛等額外花費，因而他們的生活過得並不容易。

「你還記得父親和母親嗎，風火？」

驀地，空良下定決心開口詢問風火。

「完全不記得。」

雖然下定決心問出來，但風火回答的聲音卻比想像中乾脆。

「我也是。」

空良露出苦笑，不知為何，鬆了一口氣的同時也有一絲孤單感襲上心頭。

柏木夫婦在雫石町內的住所就在空良家東邊兩個街廓外，兩家住得很近，他們總是會關心地問空良肚子餓不餓。空良當初抱著謙虛的想法對柏木夫婦說「這棟房子幾乎花光我所有錢」，藉以表達自己的生活並不寬裕，而柏木夫婦似乎記住了他的話，後來一直掛念他的溫飽問題。

所謂的父母，是不是就像他們這樣呢？

「我也喜歡柏木夫婦。」

平日他們極少會想到「父母」這種存在。似乎是注意到哥哥正在思索這一點，風火笑了笑。

「可是，我還是無法跟陌生人住在一起。」

即便如此，風火會這麼說也是正常的。雖然空良委託信販公司找「回家倒頭就睡的穩重社會人士」當房客，但想用契約限制房客的生活也有一定的極限，並且以後風火也可能有與那個外人單獨相處的時候。

那會是風火過去從不曾經歷過的時光。

「風火身邊一直只有我而已。」

而空良的內心裡，其實希望風火能體驗一下過去不曾有過的時光。

「除了兄長大人，其他我什麼都不要。」

風火不以為意地說。

空良既覺得弟弟這麼想也無所謂，又覺得這樣不行。

他再次無意識地把臉埋在風火的胸口，傾聽對方的心跳聲。他這個動作與其說是無意識，其實更接近一種衝動。

「兄長大人安心了嗎？今天遇到了什麼討厭的事嗎？」

聽到弟弟用稚嫩的聲音詢問，檢查弟弟心跳的空良這才發現自己心底的不安。

「今天工作時，有人對我說『你是不是認為只有你自己是對的』。」

思索風火這個問題的答案時，他想起今天確實碰到了討厭的事。

「無論何時，兄長大人都是對的啊！」

聽到風火淡定地這麼說，空良長長地吐出一口氣。

「兄長其實並沒有這麼想，風火。」

他撫摸風火的瀏海，安撫小孩子般地解釋給弟弟聽。

只要有風火像這樣陪在自己身邊，空良就感到很滿足了，然而下一刻，一種胸口彷彿被緊緊勒住的不安感襲上他心頭。

「租房子的人已經快到了。」

有某個人，或者說有其他人在這個家裡，肯定會比較好。

也許這樣一來，風火會變得更成熟，甚至變成正常人也說不定。那樣的話，風火肯定就能留在他身邊了，空良也用不著擔心了。

「總之先讓對方待幾天，如果不行的話……就把房子賣掉。」

但他不該沒有事先和風火討論過。決定好今後的計畫後，空良嘆了一口氣。

然而他已經跟信販公司簽訂合約了。空良拿起了信販公司寄來的未拆封文件信封。如果是平時，空良不可能不把收到的文件拆開來看一遍，但因為大東京銀行肇事者身邊有那個意定代理人在，想彙整報告書比想像中困難，導致他忽略了日常生活方面的事情。

「很抱歉拖到今天才告訴你，風火。因為跟在侵吞鉅額公款的肇事者身邊的那個律師性格很惡劣。」

「我完全聽不懂你在說什麼。」

風火嘟著嘴巴，在榻榻米上滾來滾去。

風火無法獨自一個人在外面活動，也只有和哥哥空良獨處時，才能像這樣恢復人形。倘若空良外出工作不在家，他就連外出散步都辦不到，只能自己一個人待在家裡。

因此為了風火著想，空良想找至少寬敞一些的房子。

「如果能找一個鄉下地方住就好了，可是，我現在少得可憐的幾件工作，幾乎全是東京都心的企業所委託的。」

「兄長大人為什麼會成為法律工作者呢？不過，無論兄長大人做什麼，我都支持你。」

風火無法理解空良的工作內容。不知何時開始兄長便去學習法律、參加國家考試並從事這方面的工作。突然間，他一臉茫然地詢問空良原因。

「我也想知道為什麼。」

空良沒有回答，只是笑一笑，然後打開信封。

正當他拿起文件準備仔細看一遍的瞬間，大門對講機響了。

「看來對方是個很準時的人，這是好事。」

空良先前已經從信販公司打來的電話裡得知對方會在傍晚六點左右來訪，同時也知道了對方的姓名。

「我們先跟對方寒暄打招呼，倘若對方只想當租屋的房客而非同居人，那就畫出一條明確的界線。來吧，風火。」

空良催促風火站起來，與自己一起向來客打招呼。

「我要怎麼打招呼？只要有外人在，即使兄長大人在身邊，我也會變成狗的模樣啊。」

「就算變成狗，我也會告訴對方你是我的家人。」

風火朝牽著他的手的空良露出幸福的笑容。

空良確信按對講機的人就是寄宿的房客，張口回應。

「您好，我是奧州，現在幫您打開玄關大門，請從事務所旁邊的門進來。」

站起身的風火像幼兒般緊緊黏著哥哥，兩人維持手牽手的姿勢走向玄關大門。

縱使現在的他們看起來是一對手牽著手、外表屬於成熟大人模樣的兄弟，但只要一接觸到外人，風火就會如所述那般立刻變成巨大的白犬。

走下大門口讓人脫鞋用的大石頭，空良穿上外出用木屐，開啟玄關大門。

「你們好。現在說晚安好像還有點太早對吧。」

門外確實站著一個屬於外人的男人。

然而，還握著指尖的弟弟卻沒有從人類轉變成白犬。

「我是透過信販公司介紹，身分來歷清清楚楚的寄宿房客田村。」

男人悠閒自在地說，剪裁精良的深灰色西裝外套掛在手臂上。他擁有骨骼健壯的身軀以及與體格相稱的容貌，低沉穩重卻莫名帶著一股明亮感的嗓音在玄關響起。

「田村……」

空良目瞪口呆，雙眼直直看著這個拖著一個黑色行李箱的男人。

「啊啊！是田村麻呂——！」

聽到一直維持人類外貌的風火發出尖叫，空良面前的男人露出從容不迫的微笑。

「為什麼要把柚子醋和辣油淋在素麵上，夏季蔬菜不裹粉直接油炸，還涮了豬肉片！甚至還有白蘿蔔泥！這種東西是誰發明的！」

風火將田村麻呂剛剛所說的那些東西，一樣樣漂亮地擺放在煮得滑溜順口的島原素麵上，晚上七點多起居室的飯桌旁，空良和這兩人圍著桌子而坐。

「這樣才能無限地吃下去啊！」

田村麻呂看起來很中意風火獨自一人煮好的夏季蔬菜涮肉蘿蔔泥素麵。

他坐在靠玄關這邊的座位，一邊喝自己利用冰枕保冰帶來的罐裝啤酒一邊吃素麵。風火坐在靠廚房邊的座位，帶著不滿、懷疑及不安的心情瞪著田村麻呂。

「茄子是很漂亮的紫色。不但外觀漂亮，裡面還吸飽了柚子醋，吃起來很美味呢，風火，謝謝你一直煮出這麼好吃的料理。」

空良背對事務所的方向坐在座墊上，一邊享用素麵一邊說道。

「因為事先在茄子上劃幾刀，所以才能入味嗎……你真是厲害，風火。這個白蘿蔔泥蒜香辣油也好吃得不得了，不知不覺間你已經能煮出這麼出色的料理了。」

信販公司的文件上明確記載著田村麻呂的年齡與空良一樣，然而他現在卻宛如親戚裡的叔叔般稱讚風火。

以三十一歲的年紀來說，空良外貌可能還很年輕，而理應是同齡人的田村麻呂卻散發出一種成熟男人的沉穩氣勢。

「畢竟我沒有其他事情可做呀。為了兄長大人，我就去學習怎麼煮好吃的飯菜。」

「連辣油都是風火親手做的喔。」

「你真的徹底長大了……這個辣油跟啤酒真是絕配。喝啤酒前真想先洗個澡啊。」

「吃完飯你就給我滾回去！話說回來，為什麼你能一臉理所當然地和我們一起吃素麵！」

田村麻呂以每次看了都讓人火大的帥氣風采，解開了襯衫前襟。風火搶在空良開口說話前發出怒吼。

「即使身體變成大人了，你講話還是很毒耶，風火。真是神奇，你們兄弟兩人明明是同一對父母生的，各個方面卻都完全相反，頭髮的顏色也是一白一黑。」

田村麻呂大口灌著啤酒，同時深深地看了看空良和風火，然後聳聳肩膀說「就跟圍棋一樣」。

「因為兄長大人已經很出色了，所以我用不著努力上進！」

「風火，你這是歪理。」

「可是兄長大人真的很厲害呀！我絕對不會和你同居！你怎麼還有臉來我們家！我們以後永遠都別見面了！況且我們很久以前就分道揚鑣了吧！」

將一頭銀色頭髮綁在腦後，風火穿著圍裙的健壯身軀往前傾，懸在飯桌上方。

「風火，白天你要看自己喜歡的電視節目是無所謂，但不要亂學。」

空良嘆了口氣，心想弟弟鐵定又看了一些亂七八糟的連續劇，導致他變得更加口無遮攔。

「因為連續劇很有趣嘛。」

「有時間也該看看教育類節目。」

「你該不會以為教育節目可以教導風火禮儀吧？這種做法根本不是哥哥，而是老媽子了。空良你至少有在學校上過課吧？別把弟弟的教育推給電視機。」

傻眼的田村麻呂插嘴打斷這對兄弟的對話。

這種令人生氣的說話方式讓空良想開口反駁幾句，但最後還是沒有出聲，因為他已經做好了心理準備，有些事情必須要先告知風火。早在田村麻呂出現在大門口之前，甚至在更早之前，他就想把那些事告訴弟弟，卻又一直說不出口。

「我有事要跟你說，風火。」

看到弟弟和田村麻呂待在一起時，兩人的體格看起來相差無幾，空良再度對弟弟何時長得這麼高大的事感到困惑，同時靜靜地放下了筷子。

現在這情況彷彿在高聲強調，風火已經在不知不覺間變成一個跟空良完全相反的個體了。然後，很久沒有與空良兄弟同桌而坐的田村麻呂在感到驚訝的同時，果然也藉此領會到了這一點。

「又來了？什麼事？」

風火像小孩子似地看著左手邊的空良，心想應該不是什麼好事。

「坦白講，今天白天我已經見過田村麻呂了。」

對弟弟而言，田村麻呂應該是「很久以前就分道揚鑣、以後永遠都別見面」的人，沒想到當哥哥的卻直接了當地坦言自己白天才剛跟對方見過面。

今天，在大東京銀行目白分行四樓的會議室裡，身穿深灰色西裝，用從容不迫的態度讓空良心生焦躁的意定代理人，正是這個男人。

「咦？」

「其實在檢察機關的時候，我們也在法庭上見過幾次面。」

要不要繼續往上追溯，連空良都很猶豫。

「……大學時我們還是同學。」

空良之所以放下筷子，是為了把雙手放在正座的雙腿上。他朝風火低頭道歉說「真的很抱歉」。

「咦咦？所以說，從兄長大人每天都要去上課，連上了好幾年的那所學校開始，田村麻呂一直和你在一起？今天已經見過？今天已經見過是什麼意思？」

風火與其說是生氣，不如說是打從心底感到震驚。

在他看來，他們兄弟已經和以後永遠都別見面的田村麻呂分開一段很漫長的時光了，卻沒想到十三年前，空良已經在大學和田村麻呂重逢，並且後來兩人偶爾會碰面。

「我們沒有一直在一起，只是會碰面。因為先前碰面次數太頻繁了，導致我沒發現信販公司說的『田村先生』就是田村麻呂，我滿心都想向你道歉。對不起。」

「為什麼兄長大人都不告訴我！」

「因為我覺得你八成會生氣。」

空良的預感完全實現。

再加上他一直沒機會把真相告訴弟弟，就這樣拖了十三年，讓風火火冒三丈，怒火猛烈得讓他束手無策。

「和田村麻呂一直在一起，哥哥都無所謂嗎！」

「我們沒有在一起，我也不是無所謂。」

站在空良的角度來看，他通過種種手續流程，用功讀書，考上大學，結果卻在自己努力籌措入學金與學費才能就讀的大學裡，莫名其妙遇到了田村麻呂一臉悠哉地對他說「好久不見」。

「可是，那時候我無論如何都想嘗試法律相關工作。」

「法律工作的話，兄長大人想做就做！但我絕對不會和他一起生活！」

「這是兩回事。我是剛剛打開大門時，才知道通過公司審查的田村先生其實是田村麻呂。我也不想和這個田村先生一起生活。」

空良看向左手邊的田村麻呂，發現對方只是悠閒又愉悅地傾聽兄弟兩人的對話，至於素麵則早就吃完了。

「為什麼兄長大人當初沒有檢查他的全名啊！」

「雖然文件早就寄來了，可是今天我恰巧一直到傍晚都忙得不得了，所以……我不是說過了嗎，侵吞公款的肇事者找的意定代理人性格很惡劣。」

此時空良才把方才剛打開的文件仔細看過一遍，可惜為時已晚。先前空良支付手續費，委託信販公司代他直接向房客收取房租，而信販公司已經和田村麻呂簽完合約了。

「你說的那個性格惡劣的意定代理人是指我嗎，空良？你還是一樣這麼不可愛。」

「沒想到你竟然會為侵吞那樣一筆鉅款卻毫無悔意的人進行辯護。」

「我沒有幫他辯護，只擔任他的代理人而已。那個人因為不懂法律和文件的規定，才會侵吞那麼多錢。他也不知道，丟了一筆鉅款，公司自然會懷疑到他頭上，只要進行調查，他的罪行馬上就會暴露在陽光下。因為他太愚昧無知，所以需要一個意定代理人。」

田村麻呂用往常那種隨興語氣直接了當說出事實，讓人完全搞不懂他究竟是認真的還是開玩笑的。

「壞人就該加以制裁。」

截至今天之前，空良已經數不清和田村麻呂唇槍舌戰過多少次了，這導致他沒有多加思考，話就脫口而出。

「法律之下，每個人都會好好受到制裁的。況且，壞人和罪犯不能畫上等號，好人也會成為罪犯的。大家同樣都是凡人，只不過一樣米養百樣人。」

「你講得太複雜了……」

雖然覺得田村麻呂在用話術騙自己，但空良還是把對方的話聽進耳裡。

「夠了……這些事我無法理解，不要講這種我無法理解的東西。」

「空良你……」

田村麻呂瞪大了原本沉穩的雙眼，直直盯著空良看。

「原來無法理解這種事啊。」

「我無法理解的是你說的話。我覺得罪犯就應該受到制裁，所以才去接觸律令！我認為那才是我們面對罪犯的最佳方式……」

空良的語氣變得咄咄逼人，今天第二次說出「律令」兩字。

以往他一直嚴格禁止自己變得太激動，於是深深地吐出一口長氣，盡全力擺脫開始燃燒的怒火。

調查舞弊案件時，明明他的情緒都不會失控。

「考量到我的工作，我不能和一個可能成為肇事者意定代理人的律師住在一起。或者說，我們目前就處於這種況狀，不是嗎？雙方利益相反。」

將視線從一直看著自己的田村麻呂身上挪開，空良重新檢查文件，從頭再看一遍。身為一個法律工作者，他必須讓這份合約失效。

「利益相反的立場也只到星期一為止。這方面我有考慮過，事情會順利解決的。」

「關我什麼事。當初我之所以跳過面談委託信販公司審查，就是認為這麼做可以和房客拉開距離……再說，你是如何發現我在出租房間的！」

世上怎麼可能有這麼湊巧的事。雖然晚了半拍，但空良還是察覺到了不對勁。

自己的音量又拔高了。空良的情緒之所以變激動，乃是因為田村麻呂就在他身旁。他的心情一反常態地紊亂，希望田村麻呂立刻離開這個家的念頭更甚於風火。

「我不是後來才發現，而是我一直都嚴密地看守著你。就連大學，我也是故意考上和你相同的學校、相同的學院喲！然後，我當上了律師，信販公司的資訊和審查，對我來說通通只是小菜一碟。」

田村麻呂整個人已經像待在自己家似的橫躺在榻榻米上，單手撐著頭顱，輕鬆且毫無顧忌地說「我一直看守著你」。

「我要解約。」

空良毫不遮掩，挑釁地看著田村麻呂。

「既然如此，雖然麻煩但我也只好去告你了。你應該知道，我人雖然年輕，卻是個高竿的律師喲？我們說不定得在同居的情況下，花幾十年去打這場訴訟，然後不僅在家裡見面，還會在法庭上見面。不過，我這邊是無所謂啦。風火，下次再幫我做這種素麵。」

「兄長大人——！快想辦法解決他啦——！我才不要為田村麻呂做辣油！」

將炸過的蒜頭和鷹爪辣椒浸泡在白芝麻油裡製成的辣油，充滿了風火為了空良一人費心製作的心意。

「這件事就取決於你怎麼想了！反正這也不是我第一次和你們一起生活，我會按時支付房租，而且房客如果是我，風火在家裡也能一直保持人類的樣子。」

「被你這麼一說……」

空良語塞，雙眼凝視著風火。

他的弟弟原本應該是人類，但自從會在自己以外的人面前變成白犬後，就唯獨田村麻呂能讓他維持人形。

事實上，空良早已清楚箇中原由。

「兄長大人——即使變成狗，我也不覺得有哪裡不方便，只要把冷氣打開就很舒服了。」

要不然，風火連冷氣都不會開，當空良獨自外出時，他總是乖乖待在家中靜靜等待兄長歸來。

只有風火一個人的話，他會以人類模樣待在家中，冬天時則因為寒冷，他有時候會變成白犬縮成一團，連暖氣都不開，就這樣待在家裡。

「你每次都這麼說。」

風火連一次都不曾向空良哭訴過自己感到不自由。

只不過最近，風火開始會像這樣把自己才懂的不滿及痛苦顯露出來。從前，風火的不滿、痛苦和憤怒，全都與空良當下的情緒完全一致。

「那是因為田村麻呂很討人厭。」

不知從何時開始，風火產生了與哥哥不一致的憤怒，以及哥哥所沒有的憤怒。兩人的差異已經出現一段很長的時間了，但他們仍像圍棋般，是一對正反兩極的兄弟，兩人同命，不分你我。

「田村麻呂說的對，如果你能藉由這個機會，盡可能以人形陪在我身邊的話……」

風火已經開始產生屬於自己的情緒了。

那麼，只要他變成人形的時間拉長，總有一天是不是就會完全變成人類了？空良充滿期待。

然而，身為哥哥的他也知道，想讓弟弟變成人，需要的並非是時間。

「加一大筆伙食費上去吧。我可是單身律師耶！每年年底為了抵稅，我甚至還捐一筆錢給NPO，資助學費給那些想升學的小孩們。」

「你到底是要走世俗路線、脫俗路線還是什麼路線，選一個好嗎……」

田村麻呂還是老樣子，一點都沒變，空良感到頭大。

「你還是設法改改遇事就想馬上區別善惡的習慣吧。」

田村麻呂苦笑著把冰涼的罐裝啤酒疊起來，為了對他的話表示反抗，空良一把搶過啤酒並擅自打開。

「契約成立了嗎？」

田村麻呂拿起啤酒罐做出乾杯的動作，隨即戲謔地說。

直到剛剛，空良滿腦子都還在希望對方立刻離開這個家。只要有田村麻呂在，他那一直克制得如描繪一條直線般沉靜的情緒，老是會失控變得激昂。

只要有田村麻呂在，不管是空良還是風火，都無法保持自己平日的面貌。

「……確實，對我們來說很有利。」

如果他們兄弟倆像以往一樣生活中只有彼此，空良並不覺得是一件好事。

「你就幫我做辣油吧，風火。然後，想成我把辣油分一些給田村麻呂。」

空良帶著撫慰的意味，溫和地勸說風火。

「如果是用高高在上的態度，那我就能努力做出來了……」

只要兄長一開口，無論什麼情況，風火的脾氣都會立刻軟化。依然心懷不滿的他吃光素麵，拿起一罐啤酒。

「風火，你還不能喝酒。」

「他的身體已經是成熟的男人了，想喝多少就喝多少吧。」

見過度保護弟弟的空良想要阻止風火，田村麻呂從旁打岔。

「為我們久違的同居乾杯！」

看到田村麻呂舉起罐裝啤酒，風火也跟著說了「乾杯」。

「獻杯。」

可惜空良實在提不起勁說出乾杯二字。

「島原素麵嗎？那裡真的是個很淒慘的地方。」

「當時，我曾很認真地煩惱要不要受洗成為基督教徒。」

說到島原素麵，就會想到島原之亂；說到島原之亂，就會想到天草四郎。順著這個話題，田村麻呂和空良聊起了十七世紀江戶時代剛開始時的事情。

「四郎……」

風火喝著罐裝啤酒，不自覺發出哀傷的呼喊。

「以我們的出身門第，是不可能發生那種事的。」

「不要擅自下結論，我們和你完全不一樣。」

聽到田村麻呂講述結論，空良耿直地留下這麼一句話。

「沒錯，沒錯，無論何時兄長大人都是對的。」

看到風火在笑，田村麻呂大大地嘆了一口氣。

「幹嘛？」

被散發成熟魅力的田村麻呂用真正高高在上的立場嘆了這麼一口氣，空良煩躁地詢問對方的意圖。

「你們兩個的外表雖然都變成大人了，內在卻沒什麼改變嗎？展現一下你們的成長，改變我的想法吧！」

「沒變化有什麼不好嗎！我絕對服從兄長大人，如果兄長大人又做什麼……」

「你是人類，不要發出威嚇的叫聲，風火。」

風火咬著啤酒罐，怒視田村麻呂。

「我曾經有哪次對你寶貝的兄長大人造成危害過嗎？」

田村麻呂抬手伸懶腰，他的臉上總是掛著從容不迫的笑容，讓人看不清他的真實想法。

「……有過一次，我還記得。」

「田村麻呂沒有危害我，風火。」

風火仍舊一直瞪著田村麻呂，空良伸出手，摸了摸弟弟的銀髮安撫他。

「哎呀，空良竟然要幫我說話嗎？」

「這真讓人高興。」田村麻呂打開第二罐啤酒。

「我沒有忘記你所做過的事。」

空良不像風火一樣表現出憤怒，而是雙眼直直地看著田村麻呂。

「我忘不了，而且，也絕對不會原諒。」

空良說出了自從他們相遇之後，自己已經講過好幾次的話語。

「我知道。」

田村麻呂露出有點落寞的笑容，空良關閉想要追上身體成長的內心，將啤酒吞入腹中。

田村麻呂是在九月第二個星期的星期五入住雫石町公車站前的那棟房子，隔天星期六的傍晚，空良和化為白犬的風火只能一同為寄宿房客介紹雫石町。

「據說因為這裡的住宅都坐落在離車站有一段距離的地方，因而商店街蓋得像浮島一樣。這裡幾乎什麼都有，如果有東西買不到，就去車站前找找。」

站在上方沒有屋頂但整體小而整潔的雫石町商店街入口處，空良身上穿著假日休閒的牛仔褲與T恤、右手握著紅色牽繩，指了指這條可以一眼望到底的街道。

「講解一句就沒了？你就這樣對待支付了大筆房租還支付大筆伙食費的新同居人嗎？」

田村麻呂聳肩攤手，身上穿著T恤搭配看起來很舒適的棉質褲及雪駄的他，臉上寫著不滿。

「吼嗚嗚嗚！」

這個週末難得兄長一直陪在身邊，為什麼自己非得和田村麻呂走在一起呢？變身為巨大白犬的風火發出低吼。

「你又不是第一次看到這些。好吧，我就從眼前的店家開始，左右交替介紹吧。和菓子屋、蔬果行、熟食小菜店、咖啡店、蕎麥麵店、拉麵店、賣酒的、拉麵店、居酒屋、藥局、義大利餐廳、腳踏車與機車行、房仲、洗衣店、蛋糕店、賣魚肉食材的、麵包店、咖啡店、壽司店。從旁邊一、二條巷子進去，裡面還有書法教室、補習班、行政書士司法書士事務所、稅理士事務所、隱藏的法國餐廳等等很多店鋪。」

「這樣行了吧？」空良一臉嚴肅地抬頭看向旁邊的田村麻呂。

「為什麼會有兩家拉麵店相鄰開在一起……還叫『一朗』和『太朗』。」

「他們是雙胞胎兄弟，打從出生後就為了醬油口味好吃還是味噌口味好吃而互看不順眼，又打又吵。兩年前他們父親因為太勞累而退休後，弟弟太朗先生就在隔壁自立門戶了。『一朗』是醬油口味，『太朗』是味噌口味。」

一朗和太朗感情不好，拉麵店暖簾的顏色也用紅色和黑色徹底做切割。

「那也用不著兩間開隔壁吧？」

「町內的人都說這樣很方便，可以根據當天心情來選擇吃哪種口味。由於兄弟倆的技術都是從父親那裡繼承下來的，所以麵條吃起來幾乎一樣。其實我也……」

這兩家的拉麵空良一直都有在吃，但因為對明明天氣還很熱卻緊緊貼著自己大腿的風火感到愧疚，說到一半便停了下來。空良會有這樣的念頭，並非單純因為自己瞞著風火去吃拉麵。

「嗚嗯？」

只要有空良、田村麻呂以外的人在，風火就會變成巨大白犬，也就無法進餐廳吃東西。然而空良在心底偷偷想，所有外食產業裡，最無法在家忠實呈現的食物就是拉麵了。

「對不起，風火。」

很久以前，他就知道拉麵店的拉麵滋味，並且偶爾會自己偷偷跑去吃拉麵。當初他會想搬到這個城鎮，原因之一正是這兩家拉麵店，而他推薦的是醬油口味的「一朗」。

「下次我們去吃吃看吧，我超喜歡拉麵的。」

田村麻呂興致勃勃地盯著暖簾，空良看著對方的側臉，沒有告訴他自己也喜歡拉麵。

無論何時何地，空良總是只能仰望著田村麻呂，這讓平日不會因為一些瑣事產生情緒波動的他難得感到非常懊惱。

「哦，原來如此。如果不說他們是雙胞胎，應該沒人看得出來吧。」

忽然，一朗與太朗在同一時間走到店門口互瞪對方，一朗剃光頭髮的頭上包著頭巾，太朗整整齊齊綁起來的頭髮上則戴著針織帽。

「一朗先生和太朗先生雖然是兄弟，但長得完全不一樣。畢竟一個醬油一個味噌。」

遠遠望著一朗和太朗，空良嘆了口氣，心想他們兄弟和自己與風火差真多。

「喂，你沒事吧，空良？話說回來，這是我們同住的第一個週末，你再親切一些幫我介紹這個城鎮吧。這裡新開的咖啡店還真多。原來如此，這裡是因住宅區擴大而成立的新城鎮吧。」

「不，那些顯眼的新餐廳其實是最近才開的。」

空良本身在這裡住了兩年，他們正好看到了新舊店家的交替時期。

「啊啊，我懂了，是疫情的影響。」

「沒錯。一些老人家說這代表離開的時機到了，於是有幾家店就此關閉，新的咖啡店就在那時候入駐空下來的店面。太朗先生也是因為隔壁店面空下來，才在那裡開店。」

田村麻呂思緒靈活，體察到了來龍去脈，空良對他訴說為什麼這排看起來已經在此開業幾十年的店鋪中，會夾雜著全新裝潢的餐廳。

格格不入的全新店家與緊緊關著的鐵捲門並立，世界各地肯定都有這樣的場景吧。

「我幾乎不會去餐廳。因為風火一直做美味的料理給我吃，而且我喜歡和風火一起在家裡吃飯。」

「嗚嗯。」

「那偶爾和我一起去喝杯酒吧？反正你已經能喝酒了……好痛！」

由於空良一直叮囑風火不要咬人，所以風火用頭槌攻擊田村麻呂的腳。

「喝一杯有什麼關係？兄弟之間偶爾也要有各自獨處的時間。」

見風火一臉哀傷地抬頭望著自己，空良懷著一種奇異的感覺回視弟弟。

風火現在對田村麻呂找空良去喝酒的舉動，感到相當氣憤。然而，空良本人實際上對田村麻呂並沒有一絲怒意。

「……從我開始上大學起，我們就有各自獨處的時間。即使需要獨處的時間，我也不必特意去外面和你喝酒。」

空良再次彎下腰，用雙手撫摸風火的脖子，然後帶著嘆息說道。

接著，他下意識地把耳朵貼上風火的皮膚，聆聽心跳聲。每次一察覺自己與弟弟產生不同的情緒，他都會想確認風火是真的存在。

「原來你是那種縱容弟弟一直維持這副模樣的大人。」

「沿著公車行走的路線往車站方向走，會看到超商，以上。」

空良用媲美汽車導航的冷酷方式，結束了雫石町的介紹。

「嗨，律師，你還是老樣子，只跟那隻狗甜甜蜜蜜呀！」

冷不防地，商店街入口處右邊一家有著時髦黑牆的蔬果行裡，冒出一個身材高大、黑髮微鬈的青年，精神奕奕地走到街上來。

空良已經徹底習慣了在雫石町內常常聽到這句話，大家都說他是「和愛犬甜甜蜜蜜的律師」。此刻空良也正好彎腰抱著風火，連耳朵都貼過去。

「哎呀，這是你的朋友嗎？真是失禮了。律師會和其他人走在一起，真是難得。」見站在空良旁邊的高大男人看向空良，黑髮青年察覺到他們是一起來的，便抓了抓頭停在原地。

「他並不是我的朋友，圭太。這一位是寄住在我家的田村。」

空良以手掌比了比右手邊的田村麻呂，然後挺起上半身，向繼承父業的村上圭太做介紹。

「初次見面您好，我是房客田村。昨天我才剛搬到這座城鎮來生活，請多多關照。」

田村麻呂的寒暄正經有禮到讓人懷疑他怎麼沒穿西裝，說完他朝圭太一鞠躬。

「哦！這樣挺好的啊，律師。享受單身生活的你一個人獨居在那麼大的房子，應該覺得閒到發慌吧？」

「汪汪！」

風火朝說出獨居二字的圭太訴說：「才不是！」

「啊啊，也對，還有風火在。你簡直像是聽得懂我們在講什麼，真厲害，真厲害。」

圭太彎下腰摸了摸風火的頭。

「我是因為沒錢，也沒工作的緣故。」

「並非很開心地和他同居。」空良用毫無抑揚頓挫的中音域嗓音對青年說道。

「不要講那麼小家子氣的話啦——對了，律師，我每天都和老爸骨肉相殘。年輕的有機蔬菜農夫生產的蔬菜很好吃，你拿一些回去！讓我贏老爸一次！」

圭太一口氣說完後，就衝進店裡。

「不，我說過了……」

他不是律師，更別提因為有機蔬菜而擔任意定代理人了。過去兩年間，針對這一點，空良感覺自己已經對雫石町的居民們說過一萬次了。

「看起來很好吃吧？這些加茂茄子、萬願寺辣椒、壬生菜、金時紅蘿蔔！」

尚未退休的父親在蔬果行裡空出一塊只有一平方公尺的小空間，擺放圭太從有機農夫那裡直接採購來的蔬菜。而圭太放在竹篩裡拿出來的，正是那些蔬菜。

好吃確實是好吃，但價格卻不是平日能吃得起的，因此這裡雖然屬於高級住宅區，圭太父親縮小販售面積的判斷卻是正確的。

「其實我還想改一改店名！」

「蔬果行『於七』[2]……感覺令尊是一位妙人。」

2 蔬果店的日文漢字是「八百屋」。「八百屋於七」是日本江戶時代有名的縱火案兼悲戀故事。

聽到圭太的話，田村麻呂抬頭看向招牌，心想這世上應該沒有第二家蔬果店敢取這個店名了吧，從而對圭太父親感到佩服。

「其實在下是律師。需要幫忙的話，歡迎與我連絡。」

他從屁股的口袋裡拿出黑色名片夾，帶著笑容遞名片給圭太。

「咦！原來是兩個律師要住在一起嗎？」

圭太目不轉睛地看著名片，完全沒把「空良是律師」的誤解扭轉過來。

「不要在這個城鎮拉生意，工作要在自己戶籍所在地做。」

擔心田村麻呂會在自己住了兩年的這個城鎮裡捲入一些事端，於是空良從旁插嘴。

「法律有這麼規定嗎？」

聽到空良小聲地那樣說，田村麻呂立刻反駁。

空良對只能用孩子氣的話語表達不滿的自己感到很懊惱。

「……會在提到法律時沉默，真像你的作風呢，空良。」

面對沉默的空良，田村麻呂露出束手無策的苦笑。

「放心吧，我不會參與明顯贏不了的敗仗。」

看了看蔬果行「於七」內部，田村麻呂理智地判斷這場骨肉相殘的現況。不論怎麼看，現在這家店大多是靠父親的經營手腕支撐下去的。

「事務所原來在池袋啊？離這裡很近。田村……麻呂？先生？」

圭太歪著頭，總覺得這個名字好耳熟。

「不過，律師要去幫多津子老師和六郎老師辦理離婚喲。」

聽到圭太這句不像玩笑的話，個性非黑即白的空良無法做出回應。

「請給我豆芽菜和蔥。」

見風火的尾巴搖個不停，逐漸對這個場景失去耐心，空良便對圭太說道。

「咦——？那我們家的骨肉相殘？」

「即使有京都蔬菜，我也不會受理的，況且現在應該也還沒到骨肉相殘的地步。」

直白說出自己的想法後，空良把裝著蔬菜的竹篩推回去。

風火推測出今晚的菜色，一邊探頭看向店裡，臉頰一邊依偎到空良腳上。

「麻煩再給我白菜。」

「呿——」

打算繼續骨肉相殘的圭太幫忙挑選好空良點名的蔬菜，空良付過錢後把東西放入環保袋中。

「以後就請田村先生多多關照！」

「從骨肉相殘到離婚，任何案件在下都會受理的。不過，也只是受理而已喲！」

田村麻呂語氣輕快地說完「不擔保會贏」，便和空良及風火一起離開了蔬果行。

「圭太！給我兩公斤泡菜！」

當空良一行人逐漸遠去，取而代之出現在蔬果行「於七」的是一道精神奕奕的女性嗓音。

那道女性聲音給人一種乾淨俐落的印象，空良先前偶爾會在商店街裡聽到。

「夏妃，啤酒配泡菜雖然很棒，但妳要不要看看京都蔬菜？」

「那個太貴了啦。你要先搞懂原價率和經營管理，之後再談進貨！」

這個名叫夏妃的女性看起來比圭太大了十歲，講話雖然粗魯，但神祕的是她把蔬果行的經營方法說得具體入微。

「這個城鎮的消費觀相當理性呢。」

田村麻呂似乎擁有相同的感受，在空良身旁喃喃自語。

「哎呀，律師，你和風火出來買東西嗎？我們店一人份的蕎麥麵就可以外帶喲！如果律師願意幫我們家寫遺囑的話，隨時都可以來吃免費的。爺爺的情況越來越糟糕了——！」

朝著商店街深處走去的空良，在蔬果行前面的蕎麥麵店「桐屋」的老闆娘一邊灑水一邊輕鬆寒暄。

「謝謝您，下次有機會我一定來買。然後，我並不是行政書士。」

總之，商店街眾人只清楚空良獨自住在一棟大房子裡，至於職業除非必要，否則就隨便記一記。

「真讓人吃驚。才兩年的時間，你就在這個城鎮徹底扎根了。明明以前到每個地方都只是暫住而已。」

非常清楚過往情況的田村麻呂一邊走在空良及風火的旁邊，一邊真心感到佩服。

「這是湊巧……」

自己之所以能像這樣獲得雫石町的接納，是出於一個小小的原因，空良不知該如何說明，便抓了抓黑色髮絲。

「竟然會在商店街見到律師，真是難得啊。」

結果原因本人從前方走來，朝空良和風火揮了揮手。

「嗚嗚。」

風火先一步察覺，用力搖起了尾巴。

「太陽打從西邊出來嗎？你竟然和一個男子漢走在一起。」

平日大多在石神井公園巧遇的柏木夫婦慢慢地走過來。

「真的耶，真是優秀的人。」

田村麻呂的體格健壯，長相看起來老實卻又帶著一點點個人特色，反而醞釀出一種魅力。每個人看到他都會覺得是「男子漢」和「優秀的人」

「這個男人並不是男子漢。」

但聽到柏木夫婦那麼說，空良覺得不太高興，一臉認真地告訴他們。

「喂——空良！」

「他不是男子漢，而是從昨天開始寄宿在我家的房客。」

空良攤開手掌比了比田村麻呂，以往見到柏木夫婦時他總是會露出柔和笑容，但這次卻幼稚地板著臉，好像風火變成人形時那樣。

「初次見面您好，敝姓田村。」

聽到田村麻呂再度用低沉好聽的聲音客氣有禮地說話，空良沉下臉色。

「我是柏木。真的嗎？那真是太棒了。看你一個人住在那麼大的房子裡。不對，是和風火兩個住在那裡，我總是有些擔心。」

「這個人看起來身強力壯，讓人挺放心的呢！老實說，那棟房子很容易被人闖入。不但幾乎全是木造的，外面還圍了一排笹竹，很難從外面看清裡面，讓我很擔心呢。」

清楚得知原因後，空良現在才領會到，柏木夫婦是真的很擔心他這個買下房子後直接入住的奇怪年輕人。

無論從哪方面看，田村麻呂都是一個讓人放心的人，因此柏木夫婦笑著說「太好了，太好了」。雖然空良不太喜歡田村麻呂得到如此高的評價，不過六郎和多津子為他操心的舉動，讓他產生一種不可思議的沉靜心情。

「謝謝您昨天給我那些好吃的素麵，我馬上就吃掉了。」

「啊，我也很幸運地一起吃到了，真的很好吃！謝謝您的款待。」

空良、田村麻呂以及腳邊的風火全都鞠躬道謝。

「你們連飯也一起吃嗎？太好了。」

「我則是想自己一個人吃飯了。」

兩人看起來明顯已經是老夫老妻了，多津子卻開玩笑般地說出以往說過好幾次的話。

「也不知道世界以後會如何演變？這個區域歷史悠久，這座城鎮卻像一群外鄉人的聚會場所。不過我覺得這裡很適合居住。」

六郎為難地笑了笑，平靜地對空良和田村麻呂說道。

「經歷泡沫經濟破滅、雷曼兄弟破產和疫情過後，大部分的居民都換成新的一批人。這裡表面上看起來是住宅區，但實際上卻宛如古代有驛站的城鎮，不過外鄉人意外地容易加入這裡。」

六郎仔細地告訴他們，這座城鎮不會拒絕新人加入。

「先前我們……我搬來的時候，六郎老師和多津子老師也是像這樣找我聊天。他們兩位從以前就在這裡為小朋友開設書法教室。」

空良一邊向田村麻呂進行解說，一邊補充說他們都是書法家。

「大家小時候都向他們學習過如何寫字，包括方才的圭太也是。大家現在都還稱呼他們老師，把他們當成父母一樣看待，町內的人也因此才關照我。」

空良結結巴巴地告訴田村麻呂，他是如何在兩年被雫石町接納並融入這裡的。

「空良和風火他們已經完全是這裡的居民了……」

有一瞬間，空良以為田村麻呂要像真正的父親般，開口朝六郎和多津子道謝說「我家孩子承蒙關照了」。

「是啊，所以我們的離婚才要交給律師來辦。」

「我們東西很多，感覺會相當麻煩。」

多津子和六郎輕快地笑了笑，像往常一樣提起離婚的話題。

「兩位看起來十分恩愛呢。如果有什麼事，歡迎找我。」
田村麻呂以輕快且輕鬆的語氣回答，並分別給六郎和多津子一張名片。
「這位同居人也是律師嗎？」
「不是同居人，是房客，然後這位田村先生是律師，而我不是。所以住手，別像業務員那樣拉生意。」
空良瞪向馬上遞名片給柏木夫婦的田村麻呂。
「至少讓我遞一張名片當作打招呼吧，畢竟我也有享用到素麵。啊，對了，方便的話，下次請讓我以新搬來的居民身分前去拜訪。」
「你只是借住的房客，用不著！」
看到空良罕見地在外面發怒，六郎和多津子都瞪大了眼睛。
「太好了，律師。原本我還擔心你身邊只有風火而已，原來你也是有朋友的。」
「這個男子漢才不是我的朋……不對，他不是男子漢！」
「你們感情很好吧，畢竟都可以住在一起了。這樣我就稍微放心了。」
柏木夫婦表現出打從心底放下擔憂的神情，讓空良無法繼續反駁「才不是」。
「以後我們每天都會一邊吵架，一邊一起吃飯……好痛！」
「汪！」
聽到田村麻呂爽朗地這麼說，無法說話的風火用頭槌撞擊他的膝蓋以表抗議。
「你沒事吧？怎麼了，發生什麼事了，風火？」

「風火其實非常討厭田村先生，他是個連狗都不願意親近的男人。」

空良滿臉不高興，毫無顧忌地說出心聲，讓六郎和多津子越來越想笑。

「看律師變得像個小孩子，這樣感覺真不錯。」

「找到一個好同居人了。」

希望自己一直維持沉著冷靜的空良只要一和田村麻呂待在一起，情緒就會產生劇烈波動，柏木夫婦則說這是好事。

身旁的田村麻呂笑著說「你看吧」，空良卻怎麼也收不回幼稚的鬧脾氣表情。

「啊，對了。那間稅理士事務所說有事情想委託律師幫忙。」

收下田村麻呂的律師名片後，六郎拍了下手，突然想起這件事。

「即使我請他們幫我申報納稅，也不會幫他們進行辯護，況且我是自己進行申報納稅的。」

「這是一個推薦用辯護以物易物的城鎮呢……離律師為了白蘿蔔和拉麵站上法庭的日子也不遠了。」

這一天田村麻呂也理解到，這個城鎮的人只要一找到機會，就想透過物品或工作，拜託空良擔任他沒做過的辯護人。

「不是，是律師平日一直提到的那種很難的工作。他們說因為在日本從事的人不多，所以找我詢問，但其實我也無法正確地回答他們。那是叫什麼來著？」

「意思是稅理士事務所有事情要交付給舞弊稽核師處理嗎？」

「沒錯，沒錯，就是那個名稱。」

「真是又長又難記。」六郎攤手聳肩。

「感謝您的通知，我會試著與他們連絡看看。」

向柏木夫婦鞠個躬後，空良便與風火一同離開了。

「那麼，今後請兩位多多關照了！」

看到田村麻呂很高興地向柏木夫婦揮手道別，一直盡力讓自己隨時保持冷靜的空良更加火大得不行。

「彼此彼此，請多關照，田村……麻呂？先生？」

「咦？田村麻呂？先生？」

可能是看到了名片，背後傳來多津子和六郎充滿疑惑的聲音。

田村麻呂也許已經習慣了，只是無所謂地笑笑，那種泰然自若的態度也比昨天更讓空良感到厭煩。

因為，六郎和多津子對田村麻呂也很溫柔。

「稅理士的話，或許是哪家公司需要用到舞弊稽核師。太好了。」

在賣食品材料的商店「ARAIKE」購足其他食材後，空良無可奈何地帶著田村麻呂，一邊抓著風火的紅色牽繩，一邊走向離商店街有點距離的雫石町公車站前。

「你真的沒有工作嗎？」

空良對發問的田村麻呂的憤怒尚未平息。

「這個職業不太有市場需求。」

可是當他深入思考自己感到火大的原因時，卻發現每一項都很幼稚，於是嘆著氣回答。

「雖然現在問為時已晚，但你為什麼要辭掉檢察官的工作呢？」

從法學院時代開始，空良便一直以當上檢察官為目標，後來進入檢察機關卻待了兩年就離職，在那之後又過了兩年的時間，拖到現在田村麻呂才詢問原因。

「……我原本以為，自己適合在法律裡追究、彈劾惡與罪的工作。」

聽到田村麻呂問及他不希望被人提起的問題，空良這才首次意識到，過去兩年裡對方明明有的是機會問他，卻從來不曾開口問過。

「比起連罪犯也會幫忙辯護的辯護律師，那份工作應該相當適合你吧。」

嘴裡雖然這麼問，但田村麻呂的語氣聽起來似乎早已知道原因。

空良強烈認為人類應該追求公正，罪惡必須受到制裁。因此他相信，不依靠蠻力，而是透過法律這個由人類所制定的道理進行問罪的行為，應該很適合自己。

作為一名勤奮優秀的檢察官，兩年內他將許多嫌犯都徹底調查了一遍，然後才很有把握地做出起訴之判斷。只要相信這麼做是正確的，他就會要求嚴懲嫌犯。

「你覺得自己做得太過火了嗎？」

其實也不算湊巧。田村麻呂有幾次擔任那些嫌犯的意定代理人，親眼目睹了空良面不改色地對嫌犯窮追猛打。

「嗚嗯？」

察覺到空良的心情變得低落，風火貼到他的腳上。

弟弟與哥哥的心情產生共鳴，哥哥摸了摸弟弟的白色頭顱。

「我不那樣覺得。」

田村麻呂認為空良在法庭上做得太過火，即便如此，空良還是抬頭直直看著對方。

「好幾次我都在想，法官應該對那個嫌犯處以嚴刑才對。比起判決，我更相信自己的起訴書。」

空良說不了謊，便坦白說出內心的想法。

「所以我辭職了。」

空良並非無法接受判決才辭職的，而是每當他相信「這個嫌犯應該被制裁」，都會體會到自己不適合當檢察官。

「如果以法律為準繩，我以為……自己就能與他人交流了。」

空良原本覺得，透過法律當媒介，自己心底那股極端的冷酷理智就能與人們共存，但從結果來看或許只是他的錯覺。

「……是嗎。」

田村麻呂的嗓音不知為何聽起來很柔和。驀地，空良覺得這聲音聽起來就跟六郎和多津子擔心他肚子餓時一樣。

「我也想確認，你們所帶來的律令後來是否有讓眾人感到幸福。」

空良小聲獨語。

「一個人的幸福，是這麼簡單就能判斷出來的嗎？」

田村麻呂既不斷定，也不斷言。

「但是，即使要透過那個律令，你也還是想與大家交流呢，空良。」

田村麻呂宛如在自言自語，不過他說話的模樣肯定就跟六郎和多津子一樣。

這是空良第一次想與他人交流，但說不定他現在已經在與大家交流了。空良也知道自己正在努力做的，是他長久以來一直沒做的事，目前正處於心焦不已卻又達不到目的的階段。

「我明明什麼事都做不好，大家卻都接納我。」

「你對自己太嚴厲了啦。你肯定已經做到了，所以那些人才也溫柔回應你。」

田村麻呂一定是在指六郎和多津子。

「我做到了什麼？」

「一般人都會做的事，像是表達自己的好感或接受別人的好感。你覺得大家接納了你，也意味著你接納了大家，不是嗎？」

空良停下腳步，看著領先他幾步走在前面的田村麻呂的背影。

接納大家。田村麻呂最清楚，這對空良來說是最艱難的事。空良想問對方是不是在嘲笑他，最後卻什麼話都說不出口。

風火看起來很落寞，空良卻沒能注意到。

「肚子餓了。」

不用說，等一下他們三人要一起吃晚飯。田村麻呂在位於公車站牌附近的家門前伸了個懶腰。

空良已經不耐煩去思考田村麻呂的真實心聲了。穿過被笹竹圍繞的日本傳統房屋一扇小小的門扉後，他和風火走過小徑，然後打開門鎖。

「你應該已經從信販公司那裡拿到這棟房子的鑰匙了吧？」

走到脫鞋用的石頭上，空良冷不防地詢問跟在身後的田村麻呂。

「還沒，後天我們才會交接。合約生效日是後天吧？」

「……沒錯。那你為什麼昨天就來了？至少等星期一我交出報告書後再過來！」

信販公司連絡空良，說昨天六點房客會前來拜訪。但經過田村麻呂這麼一提，他才想起合約生效日正好是提交大東京銀行報告書的星期一，他自己應該也已經看過那份合約了。

「我把戶口名簿放在池袋的事務所。這一點我不會忽略的，放心吧。」

「你一點都沒變呢。」

空良一點都不覺得佩服，只是在田村麻呂面前苦澀地做了個深呼吸。

「你也一點都沒變嗎？我不這麼認為。」

迥異於一臉苦澀的空良，田村麻呂倒是露出了笑容。

「看不就知道了嗎？」

說不定田村麻呂並不是在嘲笑空良。田村麻呂究竟是看到哪一點，才覺得他「已經做到了」呢？空良想詢問，卻構築不出話語。

「汪！」

抬頭看向垂著頭的空良，進入家門後本應恢復人形的風火發出叫聲。

「風火？你為什麼還是狗……」

大門也關上了，他們已經完全進入家裡，為何弟弟沒有變回來？空良把目光投向風火看著的方向。

「……有人在我們家裡。」

空良壓低聲音，繃緊全身的神經。

他緊緊握住白毛已經豎起的風火的紅色牽繩。

「等等，你們先不要動。」

空良站在玄關掃視家裡，田村麻呂用力按住他的肩膀，然後邁步踏上走廊。

田村麻呂悄無聲息地朝掛著「奧州法律事務所」招牌的店面方向走去。

「你知道些什麼嗎？」

空良走在後方，同時小聲地詢問田村麻呂。

「別問了，不要跟過來，待在原地。」

辦公室裡鴉雀無聲。

但突然間爆發一道巨響，和主屋相連的門扉被人打開。

「……！」

早已闖入事務所的兩個小偷在聽到他們三人回家的聲響後，八成就屏住呼吸不敢動彈，判斷大概無法輕易找到要偷的東西後，便踢開門衝了出來。

「空良，快報警！他們有武器！」

那兩個男人穿著普通棉質休閒服並戴著帽子和口罩，他們的體格非常高壯，而且手上還分別舉著鐵製的警棍和保養得很好的靴刃。

「把風火帶去！」

看到刀刃長度，空良開口說道。田村麻呂把他用力推到背後，自己赤手空拳面對那兩個男人。

縱使空良很清楚田村麻呂不會隨隨便便被打敗，無奈的是對方拿著刀。

但田村麻呂也沒給歹徒任何攻擊的機會。確定他氣勢洶洶地把男人連同警棍一起踢飛出去後，空良拿起了手機，這時另一個男人以那沉重的身軀所無法想像的靈敏動作，用看起來很鋒利的靴刃抵住空良的咽喉。

「我要是割下去，你的小命可就沒了。把手機丟掉！我們要離開了，你們給我乖乖的……」

不管是扔掉手機也好，甚至是被刀子割傷也無所謂，讓空良真正焦急不已的，是此刻絕對不能發生的局面。

「站住，風火……」

緊緊抓住的紅色牽繩反過來拖著空良移動，風火巨大的身軀用力撲向拿著靴刃的男人。

「嗚哇……有、有狼？」

眨眼間，男人壯碩的身軀倒下，刀刃微微掠過風火的腳後飛了出去。

風火饒不了膽敢用那把刀抵住哥哥喉嚨的男人，他露出尖銳的獠牙，毫不猶豫就要咬斷對方的氣管。

「風火！不可以，風火！」

空良一邊大叫，一邊胡亂踢著走廊地板。風火幾乎要咬斷男人喉嚨的獠牙，就在空良眼睛的前方停止了動作。

「你們把偷來的東西放下，然後趕緊滾出去！」

田村麻呂用低沉震耳的嗓音，威嚇這兩個恐懼到無法動彈的男人。

放下原本想帶走的電腦，兩人手忙腳亂地從辦公室方向往外逃。他們大概是想帶走證據一類的資料正本，卻四處都找不到，所以才打算把整臺電腦都搬走。

當他們一離開這棟房子的範圍，原本外觀與狼很相像的白犬風火，瞬間變成了一個身穿白衣的高大青年。

「即使被切成碎塊……」

哥哥的手掌溫柔地撫摸風火化為人類肌膚後的臉頰。

「我也無所謂的，風火。」

白色的大陸絲綢隨時看起來都是嶄新的，神祕的是它的衣長及袖長還會隨著風火身體的成長而變大。

「總之不能殺人。」

「可是他們想傷害兄長大人。」

風火把臉埋在空良的肩膀上搖搖頭，宛如幼兒在用力搖頭拒絕般。

「我可以保護好自己的。」

倚在肩膀上的弟弟不知何時身體已經徹底長大成人，空良依然躺在地上，無法靠自己的力氣站起來。

「風火。」

他再次呼喚弟弟的名字，眼神清澈純粹。

「如果你想殺了誰，那就來殺我吧。」

哥哥在弟弟的耳邊說道。

弟弟稍微撐起身體，看向哥哥清澈的雙眼。

瞬間，風火眼中露出了泫然欲泣、非常悲傷的情緒，然而眼神看起來又宛如成熟男性。

「……風火？」

看到風火展現這些未曾出現過的情緒，空良開口詢問。

「我半點也不想那樣做。」

風火用和以往一樣天真無邪又稚氣的聲音說著，然後從地上爬起身。

「我一直都在想，在演變成那樣之前，萬一對方報警的話，我們會先因為家犬有問題行為而被究責吧。」

好不容易兄弟倆終於分開了，田村麻呂抓抓頭，看向小偷離開的方位。

「是主任派來的嗎？」

「是啊。如你所料，那個人和黑社會勾結，轉移大筆資金給他們。可是那個黑社會並沒有留下多少證據，我也是昨天才終於抓到了一絲證據，但我想，他們應該不會乖乖等待星期一到來。」

田村麻呂沒說的是，他也因此而為揭發違法行徑的空良感到擔憂。

「在銀行下達處分前，我們一起行動吧。」

他只交代空良這句話。

「只要兄長大人沒事，我就無所謂。」

見風火徹底斂去方才的悲傷，若無其事地笑著，空良什麼話也說不出口。

剛剛，風火毫不猶豫就想殺人。

不對，是「又」想殺人。

「肚子好餓，風火，幫我煮晚餐。」

田村麻呂拍了拍空良的背，撿起掉在大門口的環保袋。

「我也餓了。啊，今天兄長大人和田村麻呂都來幫忙吧。」

風火伸了個大大的懶腰，右手臂被刀刃劃傷滲出了鮮血，但他用左手輕輕摩擦一下，傷口就整個消失。

空良沉默地目送感受不到疼痛的風火前往浴室換衣服。

「總之，先把看起來快壞掉的東西放進冰箱吧。」

空良沒有動，也動不了。田村麻呂一把抓住他的手肘，把人用力推進起居室。

「你還是一樣這麼強。」

空良使盡力氣勉強擠出聲音，朝這個用強壯的腳一踢就擊退了身強力壯的歹徒們的男人說道。

「那是當然的。」

田村麻呂用總是從容不迫的眼神看著對方，笑了笑。

「畢竟我可是現任兼前任的征夷大將軍。」

好不容易才把田村麻呂調侃的話語聽清楚，空良發現自己的知覺現在正靜靜地遠去。

延曆二十二年，西元八〇三年舊曆三月。

春天即將來臨的平安京東山道入口粟田口，不知道自己虛歲才年僅十二歲的空良穿著白色綢衣，手指緊緊握著短弓。

「兄長大人，你睏不睏？肚子餓不餓？穿這樣冷不冷？」

站在空良身旁的是，腰際插著短劍的弟弟風火。他們從北方大地啟程至今已經超過十天，風火身上穿著那邊準備的相同白色綢衣，開口詢問哥哥。

這裡有一座小山丘，在通往山谷一處荒涼到難以稱之為道路的地方，兄弟兩人彎著腰躲在其中的樹蔭處。他們潛伏在這裡，吃光了肉乾與樹上的果實後又繼續撐了幾天。

「京城之人稱我們為『蝦夷』，聽說只是用語上的些微不同，他們就嗤笑我們是野蠻人。我再也不允許任何人嘲笑我們。可恨的是，我們必須配合他們的語言，並且還要穿上與大陸貿易而來的這身和服。」

空良把在北方收到的這身大陸白衣緊緊合攏到衣領，然後在腹部的地方牢牢綁緊衣帶，衣帶下方輕飄飄地舒展開來，但卻沒有纏在腳上。

「太難了我聽不懂。只要兄長大人不覺得冷就好。」

遵守他們一族的規定，空良用朱色的組紐及勾玉把一頭長長的黑髮整整齊齊地綁起來，並在眼角畫上朱線。為了融入平安京景物，空良讓髮色白得發光的風火也換上相同裝束，又讓他稱自己為「兄長大人」。

這是祭祀，也是政道。

「……但是，風火……」

空良凝視著身高幾乎與自己相同，但外表看起來稚嫩許多的風火，然後放下了短弓。

「你還是回去吧，回北方去。」

空良一直搞不懂，自己為什麼會把弟弟也帶來了。

「為什麼？」

風火一定不明白，為何他們兄弟兩人要遠從千里之外的北方，騎著馬披荊斬棘來到平安京。風火也不知道，他的哥哥準備用這把塗了劇毒的短弓，為主人報仇。

風火是天真無邪的。

空良和風火生長的地方，是離這裡遠到要騎馬十天、被京城稱為蝦夷地的一塊土地。他們出生時，北方大地和大和朝廷的軍隊已經展開激戰，也建造了堅固的膽澤城了。持續了二十年的戰爭讓大家疲憊不堪，得知人民疲弊，族長阿弖流為和母禮決定投降。

「我要殺了征夷大將軍坂上田村麻呂這個人。殺他用的這把短弓，我一個人就能操控了。」

阿弖流為和母禮仔細觀察並了解那個征夷大將軍後，投降了。比起農耕、養蠶，最重要的是比起沒有「律令」的生活，據說朝廷能讓大家更加安居樂業，於是他們二人相信了坂上田村麻呂，去年前往了京城。

「為什麼要殺他呢？」

「因為他違背了讓族長們活著回來的承諾。兄長已經無法回頭了，所以，風火你回去吧。」

夏末時，阿弖流為和母禮被斬首的消息傳了過來，北方人民的心都碎了。

他們這些人已經不再是被朝廷稱為蝦夷的部族了。為這場艱辛的長期戰爭畫下句點的，是北方大地最強大公正、大家引以為傲的阿弖流為被斬首一事。

斬下的首級被曝晒示眾的地方就是這個粟田口。粟田口是一處刑場，大概也是朝廷透過罪人首級讓湧入京城的人們打消歪主意的地點吧。

「如果只是處刑也就罷了，但他們居然還為了威嚇大家，把主上當成罪人當眾行刑……」

空良天生就很聰慧。他天生聰明美麗，因而大家讓他在祭祀時獻舞，當戰況趨於劣勢的日子，也有人主張把空良獻祭給森林。

空良並不抗拒。他覺得，那些人拿著以「律令」為名的法規，企圖用那種八竿子打不著關係的東西掩蓋北方原本與森林山川共存的生活，這種做法才是真的野蠻又卑鄙。為了反抗這種殘暴行為，成為活祭品他也義無反顧。

——難道我們弱到需要犧牲孩童的性命嗎！

一口回絕獻祭要求的，是身為族長的阿弖流為。

重要的事，族人總是交由阿弖流為決定。阿弖流為過去所作的決定，為許多北方人民帶來了利益，就連這次的投降也是。他以自己的死亡，將人民導上了安寧的生活。

空良一直很信任阿弖流為的公正，也只信任他。

「那個人在哪裡呢？」

阿弖流為在夏天被斬首後，季節更迭，再度來到了春天。那些被稱為蝦夷的人之中，有不少人開始與朝廷往來。

「據說田村麻呂又要在北方築城了。」

北方大地已經沒有大規模反抗的跡象，人們開始被律令吞沒。隨著阿弖流為死亡，戰爭結束了。

於是，空良前往坂上田村麻呂居住的平安京。當大家都放棄反抗時，一些思慕阿弖流為的女性們幫空良準備好所需用品。雖然她們告訴空良一定要再回到北方，但空良知道自己應該回不去了。

「為了去北方築城，他應該會經過這裡。」

因此一路跋涉到京城後，空良和颪火已經在這裡待了好幾天。他們早已習慣潛伏在山裡，但如果睡著的話，征夷大將軍或許會在這期間離開也說不定。

「颪火，回去吧，拜託你。」

食物耗盡加上睡眠不足，空良的意識有些模糊。不管怎樣，他雖然在心底發誓一定要報仇，但看起來卻正走向窮途末路。

「當初大家無論如何都要我帶著你走，所以我才帶你來到這裡，反正你從小就一直跟在我身邊。」

有時候，空良會因為公正的問題，而與北方的人們發生口角。

「明明你一心只想阻止我和別人起爭執，為什麼大家都要我把你帶上戰場呢？」

遇到同年齡的孩子之間或偶爾有長輩做出卑鄙舉動的時候，空良都會看不下去，挺身對抗。

而當情況失控，即將演變成拔刀相向的時候，弟弟風火總是會緊緊抱住空良的肚子阻止他。

「因為我跟兄長大人一直在一起呀。我會保護兄長大人的！」

聽到風火天真地這麼說，空良無力地微笑。

「你要怎麼保護我？」

別說拿起武器了，風火連和別人爭執都不曾有過。

為什麼他會把弟弟帶來這裡？他是何時想帶著弟弟走的？空良連思考的力氣也漸漸消失。

「你們是哪裡的孩子？怎麼會在這種地方，還穿著奇怪的衣服！」

冷不防地，刺耳的京城話在背後響起。

當空良察覺到這道粗糙的男人嗓音而回過頭時，一支穿著他很眼熟的柔軟皮製盔甲的軍隊正好準備通過這裡。

「是那些唐人帶著孩子來吧？我曾經在御所附近見過。他們就像這樣把腰帶綁得高高的。」

空良從沒見過戰場的模樣。而坂上田村麻呂麾下準備前去築城的士兵數量，恐怕並不是他所認識的「人」的數量。

「可是，全都是白的很奇怪耶。只有勾玉是朱色的……那個勾玉，難不成他們是蝦夷之子嗎？」

以上總總加上朱色的勾玉造型，一個曾經在北方打過仗的士兵察覺到異狀。

「你們是故意假扮成唐人的吧？因為老大下令我們……先在阿弖流為的刑場合掌拜過後再出發。把他們抓起來！」

「別碰我！」

即使身上裹著白色絲綢，空良二人也因為勾玉而很快被識破他們與阿弖流為的關係，眨眼間，多到數不清的男人抓住了空良和風火的手臂。

「怎麼了？發生什麼事了？」

大概是對隊伍失序的情況感到奇怪，在空良視線所不能及的士兵人牆的另一邊，一個體格高大的男人從馬上下來。

空良不曾見過坂上田村麻呂，但光是看那踩在地面上的沉穩步伐，他就明白了對方的身分。田村麻呂是一個能與阿弖流為打得旗鼓相當的男人，為了讓活在北方大地的人們可以活得更幸福，阿弖流為便相信對方，決定投降。

「竟然相信這種……穿著彰顯內心懦弱的盔甲的男人！」

但北方的人民不會像這樣穿鎧甲保護全身，也不會把鐵劍裝飾得花枝招展。

這個男人雖然外表看起來剛強誠實，但結果卻讓阿弖流為的首級放在這裡曝晒示眾，

空良找好了短弓箭矢要射的鎧甲縫隙。他專注地使出渾身精力，以一個孩童不可能會有的驚人力氣甩開士兵手臂，迅速握緊加固過的弓柄，舉起短弓用力拉開弓弦。

「……嗚……！」

想要射出箭矢的那個剎那，空良的手臂被田村麻呂正面揮開。

「兄長大人！」

骨頭被沉重撞擊的疼痛，讓空良痛到發不出聲音，下一秒，身體就被士兵們壓制在地。

「你想對我們老大做什麼……即使是小孩也不能讓你活著，就在這裡把你的頭砍下來！」

「能和阿弖流為死在同一個地方，你也會覺得滿足吧！」

臉頰被壓在泥土上聽著這些話，空良心想這幾個男人說的確實沒錯。

對空良來說，阿弖流為是公正的指標，但從今以後，對方活過的痕跡將會逐漸消失。或者說，現在已經開始消失了。他已經無處可歸了。

北方人民遵從的，不再是阿弖流為這個人，而是無形的「律令」。

「你們可以在這裡砍掉我的頭，可是我弟弟只是跟著我過來而已，帶他到北方去……拜託你們。」

無論如何，都要保住寶貝弟弟的性命。空良咬著嘴唇，懇求這些士兵們。

「你用的不是北方語言吧。」

田村麻呂在空良旁邊蹲下身。

對了，這個男人和阿弖流為交談過很多次，所以很清楚北方語言的用字遣詞。眼角畫著朱線的空良怒瞪著田村麻呂。

「別露出那種眼神，你還是個小孩不是嗎？」

田村麻呂憐憫地看著空良。

「等等，處理時要小心。箭頭上應該塗了劇毒。」

有士兵想把空良緊握不放的短弓強硬拿走，田村麻呂開口吩咐道。這個男人十分清楚空良是多麼認真地想殺死他，並且也對空良心生憐憫。

「蝦夷之人憎恨我是正常的。」

這個男人的一切，空良都無法理解。

「可是，為了幫阿弖流為與母禮求情，老大不知向陛下懇求了多少次。是陛下說不可放虎歸山……這種小孩怎麼可能理解老大有多麼辛苦！」

不知為何，年輕的士兵眼眶泛淚。

「當初做出承諾的是我，沒能遵守承諾的，也是我。他們憎恨我是理所當然的，別殺這些孩子。」

「不，我們不可能讓膽敢朝征夷大將軍射箭的人安然無恙地活著！律令之下也無法容忍！」

就如他們仰慕阿弖流為一樣，在這裡的眾多士兵們是不是也都仰慕著這個男人呢？

在空良看來，這個欺騙阿弖流為並將之斬首示眾的人，根本不符合剛剛他所聽到的那些形容話語。

「是誰告訴你們，本將軍剛剛差點被一個孩童射殺了，真是丟臉。不要殺小孩子，他們什麼都還不懂。」

——難道我們弱到需要犧牲孩童的性命嗎！

明明是田村麻呂正在沉穩至極地說話，空良卻聽到阿弖流為的聲音。

「我們接下來要在北方繼續建造新城。雖然是個孩童，但這種反抗者必定會成為威脅到征夷大將軍的禍患之苗。」

見士兵們情緒激動不肯退讓，田村麻呂嘆了一口氣。

在與北方漫長壯烈的戰爭下，不僅北方，連朝廷的士兵們也留下不少宿怨。雙方都抱有同胞被殺的相同恨意，因此自己應該會被殺吧？空良心中毫無迷惑。如果有人在他面前對著阿弖流為射出含有劇毒的箭矢，他們肯定也不會讓對方活著回去。

「拜託你們，至少讓我弟弟活下來。」

空良開口懇求，仍然蹲著的田村麻呂抓住他的下巴，讓他抬起臉來。

「弟弟……你希望我把你弟弟帶回北方嗎？有人會來接他嗎？」

田村麻呂看著空良陷入沉思，然後開口詢問。

「有的，有一群女人在等他。請讓我弟弟回到北方，拜託你。」

「好，我就實現你的願望。照他說的做。」

田村麻呂朝滿臉寫著懷疑的士兵們強硬下令。

「不光語言，這個射箭的孩子還漂亮得驚人。把他獻給皇太子吧。」

田村麻呂站起身，再次看了看空良的臉蛋後朝士兵宣布。

「獻給安殿親王嗎？」

「他是與皇太子妃的母親傳出不倫的好色之徒，只要長相足夠美麗，他應該來者不拒。一旦進入御所獲得皇太子寵愛，這孩子就再也無法出來。到時候既無法回到北方，也無法攻擊我。」

空良毫無遲疑地理解了田村麻呂的話中含意。

「風火，你跟著那個男人回去吧，不用擔心我。」

他朝弟弟露出笑容，但心底已經決定目送風火離開後，自己就咬舌自盡。

寶貝的、年幼的弟弟從出生後就一直跟在他身後。當初他應該把人留在北方的，但最後還是跟以往一樣，把風火帶來了這裡。

至少能讓天真無邪、一心一意相信兄長的弟弟活下來並回到北方去，就是空良天大的幸福了。

不知從何時開始，風火便總是跟在空良身邊。這個弟弟溫柔老實，宛如兄長的影子。於是乎，他們雖然陷入如今這樣的危險境地，空良此刻卻因分離而滿心歡喜。

「……如果阿弖流為大人還在的話……」

牽掛既消，一條生命線即將中斷的聲音從空良的嘴中溢出。

北方人民從此以後或許可以獲得安寧，可是空良全然無法接受。因為有阿弖流為的真誠公正，他才能獲得安寧。

然而那個正直的人被斬首了，甚至還被當成罪人，首級放在這裡曝晒示眾。

空良絕對不會原諒毀約的人。即使被殺、咬舌自盡、靈魂被剁碎，他都要瞪大雙眼，希望可以永永遠遠懲處那樣的人。

「那分公正就宛如日光般耀眼，我絕不會原諒任何背叛它的人。」

一心追求公正，空良的生命即將走到盡頭。

「兄長大人？」

「你們僥倖活下來了，不用擔心。」

田村麻呂已經走向自己的馬，離開了這裡，有個士兵開口回應風火。

「那我隨兄長大人一起走。」

「不可以！風火！」

第一次，空良強硬地責備弟弟。

「為什麼？」

「因為你的兄長會成為陛下皇子的玩物。光是能活著，你們就該感恩了。」

「可是兄長大人眼中完全看不到感恩。」

冷不防地，風火從士兵腰際拔出刀子。

「兄長大人的眼神不一樣，靈魂就快被殺死了。『公正』被殺死的事，讓他恨得不得了。你們一直在說謊。」

風火這麼說完後，眼中燃起了朱紅之色，抓住刀的手臂毫無遲疑地從低處往男人下顎的下方揮去，用刀刃切斷了對方的氣管。

「……嗚……」

「風火……？」

可能是砍中了粗的血管，大量鮮血噴濺而出，將風火的白色綢衣和皮膚都染成了朱色。

呼吸沒有一絲紊亂，行動沒有半分躊躇，風火的刀戳向下一個士兵的心臟，給予致命一擊。

「臭小鬼……」

見已經有兩個同伴被殺，士兵們齊齊舉起了武器。

風火避開刀刃，靠近對方胸膛後把刀刺進去，一旦發現自己的刀鈍了就毫不猶豫丟掉，再撿起死人的刀來用。皮膚被微微砍傷的同時，風火已經在眨眼間殺死了二十名以上的士兵。

「發生什麼事！」

回到遠處的田村麻呂的聲音傳了過來，空良知道壓住自己的士兵們已經全部喪命了。

風火朝在場所有人一一砍殺過去，宛如熊熊烈焰持續向外蜿蜒燒了三天三夜，把所有一切都焚燒殆盡般。

火勢受到風的鼓動，竄起巨大的火焰，火焰毫不猶豫地吞噬掉絕大部分的人，只有騎在馬上的人勉強逃離了這片火焰。

火焰逕自燃燒、擴散。因為，燃燒是它的本能。

風火像呼吸般自然地揮刀砍殺，又在辨別刀刃鋒利度後，轉為拿起長槍刺擊士兵。在田村麻呂回到這裡前，他已經殺了十個人，然後又加二十個人。

在空良屏住呼吸的期間，風火已經堆起一座屍山，全身染滿他們的鮮血。

「兄長大人，你沒事吧？」

火焰只是逕自燃燒，什麼念頭都沒有。

發現哥哥站了起來，風火愉快地笑了起來，身上沒有露出絲毫殺氣。

這是他過去連人都不曾毆打過的弟弟。

「你們……難道全是這孩童一個人殺的？」

當田村麻呂用手分開士兵們的遺體時，在場所有人連生命的殘影都已消失殆盡。

「風火！」

瞬間，空良一把抓住風火的手臂往外跑。本應是一團火焰的風火，手摸起來卻一點熱度都沒有。

「兄長大人，我們可以一起回北方了嗎？」

風火很天真無邪，兄弟倆再度手牽著手，讓他心中只有高興的情緒。

天真無邪。

風火心中完全沒有一絲惡意。沒有惡意也沒有殺氣，如呼吸般自然地殺了那麼多人，如喝水般輕鬆地進行虐殺。

空良一路朝東側的山跑上去。山路雖然陡峭，但對一直生活在北方狹隘山野裡的這對兄弟來說，這座山只是小意思。

「風火。」

從小他們兄弟就在那片山野裡，一起學習如何使用弓與劍。不管做什麼，他們都在一起。北方與朝廷的戰爭從他們出生前就開始了，但空良和風火正過著他們的孩提時光，應該從沒認真想過自己有一天會殺人的事。

「怎麼了，兄長大人？」

至少在阿弖流為被殺之前，空良從未思考過親手做出奪人性命的舉動。因為阿弖流為被殺，他才第一次決定要殺人。

風火現在肯定也沒思考那樣的事，他只是仰慕哥哥、保護哥哥而已。

「沒有遵守諾言的人，確實是我沒錯。」

田村麻呂的聲音從背後追上這對兄弟。

空良轉身回頭，看到對方的身影，聲音充滿了讓人無可逃避的憤怒及悲傷，彷彿就要泣血。

風火毫不猶豫築起的屍山，全是這個男人手下的士兵。空良看到過士兵們景仰田村麻呂，稱他為「老大」的場景。

「你殺了我吧。然後，讓這股仇恨到此結束。」

田村麻呂懇求這對白衣染血的兄弟。

「我弟弟他……」

「可能是魔物」這句話差點脫口而出，但空良使盡力氣吞回了肚子裡。因為他不能讓風火聽到這句話。

「我會帶著風火走，我會和風火一起離開人世。」

空良接過了風火握著的刀。

空良直到今天才知道，風火這團火焰，可以毫無惡意地殺死那麼多人。既然火焰什麼念頭都沒有，以後萬一有誘因出現，這團火焰可能又會逕自將許多人吞噬殆盡。

縱使對方是敵人、是仇人，風火毫不留情的刀刃也不該存在於人倫義理之中。這一點，放在空良仍拒絕接受的律令上也一樣。

最重要的是，空良無法對他憐惜的、可愛的弟弟的罪行視而不見。

「和哥哥一起離開吧。好嗎，風火？」

「能和兄長大人在一起，去哪裡我都願意。」

空良注視著笑得彷彿結束一場玩鬧的風火。而空良身旁，田村麻呂則是呆立在原地，看著他們兩人。

「那麼，閉上眼睛。」

「好。」

只對哥哥一人百依百順的弟弟緊緊閉上眼睛，臉上仍帶著微笑，身上濺滿了數不清的士兵鮮血。

空良握著刀柄，抱住風火，心想他要狠下心，用身為哥哥的這雙手送弟弟離開，別讓弟弟感到痛苦。

瞬間被奪走眾多士兵性命的田村麻呂，也沒有開口叫空良住手。

「風火……」

死亡前夕，空良喚了聲弟弟的名字。

「等等，等等，等等，給我等一下，那邊的餓鬼——」

就在這時候，一道分辨不出男女的輕快嗓音響徹雲霄。這個聲音既非田村麻呂，也迥異於士兵們的用字遣詞，更與當下宛如刑場般充斥頹喪氣氛的場景格格不入。

空良原本抱著與風火一起死去的覺悟，緊緊握住了刀柄，這時身體變得僵硬如石動彈不得。

「你是誰啊？」

風火天真無邪地笑著詢問，不知道他是不懂方才哥哥要帶著他一起去死，抑或是正如田村麻呂所說，因為還是個孩童所以一無所知。

田村麻呂並沒有舉劍防備。他對這個分辨不出是男是女、是人非人的來客有印象，雙眼凝視著對方，但空良卻沒有多餘的心力去注意自己以外的人的心理變化。

「那個——我是彌勒菩薩，從很久以前就在了，不知道你們有沒有聽過？」

這個人被一片神奇的白光所籠罩，讓空良看不清楚模樣，對方的中指及大姆指比著一個圓圈，其餘手指豎立在右臉頰附近。

「很久……是……多久前呢？」

空良誤以為彌勒菩薩的意思是說祂之前就待在這裡，並把方才的慘案全都看得一清二楚，好不容易才用力擠出聲音詢問。

「從這個世界出現前，我就存在了。你看這件袈裟，我穿起來很好看吧？」

聽到這句話的空良定睛一看，發現對方腰上繫著一塊美得絕塵拔俗的布，並且彌勒菩薩以一種不屬於這個世間的隨便口吻說道。

「確實很好看。請問您是哪位？」

「……祂是彌勒菩薩，你都沒聽過嗎？」

田村麻呂小聲告訴空良，勸告他不要反抗。

「沒關係，沒關係。我不會降下天譴或是佛罰的。」

「那你要做什麼啊？」

風火目瞪口呆地詢問。彌勒菩薩仍然滿臉笑容地凝視著風火的眼睛。

「我要讓你們人類往生到淨土去，讓大家成佛是我的工作。因為突然增加了很多工作，所以我才火速趕過來。」

彌勒菩薩不帶任何情緒地回頭看向山谷的方向。

「……請您讓他們大家往生到淨土去。」

為了屍體交疊的士兵們，田村麻呂朝彌勒菩薩深深鞠躬。

「他們是我重要的士兵，裡面有很多人是我養育長大的。」

空良全身無法動彈，聽著田村麻呂艱澀地擠出聲音說話。

「既然如此，我們也想拜託您。」

成佛是什麼意思，空良也懂。在文化與宗教上，北方已經開始與朝廷融合，還建造了神社，彷彿想掩蓋住他們自己原本對森林的信仰。

「山谷裡的人，我會全部帶走的。至於那邊還活著的兩個人，說起來容易做起來難啊。」

「我們要怎麼做才能去淨土呢？」

空良認真請教。

不管對方用字遣詞再如何隨便，只要看一眼就知道，出現在他面前這個飄浮在半空中的人，並非人類。

「這個嘛，當人類的壽命到達八萬四千歲，這個世界不再受盜賊、饑荒、戰爭所困擾時，我會先誕生。」

「這有可能嗎……」

彌勒菩薩帶著看不清是真心還是玩笑的表情，朝嚴肅傾聽的空良笑了笑。

「然後進行三次說法。」

「三次，好多！」

風火用力搖搖頭，表示他聽不了那麼多次說法。

「本來我是在等待五十六億七千萬年後的未來到來。」

「我無法等那麼久才讓盜賊、饑荒和戰爭消失！」

田村麻呂用堅定宏亮的聲音說道。

「那閣下就不用等了，先去做吧。」

彌勒菩薩落落大方地對田村麻呂露出微笑。

「閣下應該能做到吧。接著，你該怎麼辦呢？」

眨眼間，彌勒菩薩跑到這對白衣染成朱色的年幼兄弟旁邊，一臉傷腦筋地看著他們說「唉呀……」。

「這個世間，偶爾會出現獨自一人就殺了很多人的人。」

彌勒菩薩傷腦筋地嘆了口氣，說每一百年大概只有一人。

「很多是指？」

在空良看來，方才風火在眨眼間殺死的人已經夠多了，但這時他還是倒抽一口氣，忍不住發問。

「譬如能稱為一個村莊、城市、國家、種族的人數，還有不同宗教的人們。」

彌勒菩薩作比喻的聲音很溫柔，可是一想像對方所說的「多」，空良就覺得實在太「多」了。

「人數比你剛剛殺死的還要多一百倍，很難想像對吧。世上偶爾會誕生那種獨自殺死一大堆人的人，大家用阿修羅、夜叉、惡魔等等各種不同的詞彙稱呼他們，然而他們的行為其實是一樣的。」

確認風火眼中的紅光已經消失，彌勒菩薩看向空良。

「今天一個人殺了很多人，人數超過了限度，所以我們也不能隨便置之不理。」

彌勒菩薩臉上一直帶著笑容。

「一個人嗎？」

「是一個人沒錯。而且未來大概還會出現這種情況。」

「為什麼呢？那股力量是宿業嗎？」

「如果是宿業，是不是就無法請您清除了呢？」空良問個不停。

「一個人能殺人，不是因為擁有力量，而是具有意志。因為他具有意志，有一顆相信的心。」

「他是相信什麼，所以才能殺人呢？」

「既然如此，只要拿掉相信的源頭，風火就不會再殺人了吧？」空良求助般繼續問道。

「這股相信的力量絕對不能小看。如果你想把它命名為宿業，那麼相信的力量應該就是一種宿業吧。你就是帶著堅定相信的宿業誕生在這世上的。」

彌勒菩薩以溫和沉著的目光看著空良。

然後祂轉頭與風火的視線相對，微微歪了歪頭。

「風火……嗎？這真的是你的名字嗎？」

「嗯。我是空良的弟弟，風火。」

風火惹人憐愛的聲音，讓空良很心痛。

風火所相信的，該不會是身為哥哥的他吧？

「這樣一來……」

看來，他們只能與宿業一同離開人世了。

「就無法馬上做出決定了。你這麼聰明，卻想就這樣了結生命嗎？」

空良花了很久的時間才發現，彌勒菩薩的話是對他說的。

「你打算一直維持這樣的狀態嗎？」

「請問您的意思是？」

畢竟空良甚至沒有發現彌勒菩薩的話是對他說的，所以就如他反問的那樣，他完全無法分析出話中涵義。

「其實，具有獨自一人殺死很多人的宿業的人，本來應該是看不見我的，所以說我遇到了相當奇妙的事物呢。這是指無？或是無限呢？」

彌勒菩薩說著，比出圓圈的手指沒有任何改變。

「抑或者是一個開頭？還是說……」

彌勒菩薩並非準備說些什麼，而是乾脆俐落地中斷話語，然後突然鬆開一直比著圓圈的手指。

「咦……？咦？風、風火？」

空良順著彌勒菩薩手指所指的方向望過去，就見前一秒風火確實還站著的地方，下一秒變成一隻毛皮光滑的白色幼犬在地上咕嚕嚕滾了一圈。

「嗚嗯？」

「變成狗的話，就無法殺死很多人。只要讓他在人前變成狗，啊，就不會有問題了。問題解決！」

彌勒菩薩伸了一個大大的懶腰後，神清氣爽地斷言道。

「請等一下。這模樣實在……拜託至少讓他以人類身分死去！」

空良跑到看似準備離去的彌勒菩薩面前，開口懇求。

「誰說你們可以死了。死亡就代表往生，你們還早得很、早得很。在找到答案之前，去旅行一下吧。」

「這算什麼回答！」

「那你已經有答案了嗎？八成是覺得死了一了百了吧。」

順著陡坡而下，彌勒菩薩看向被風火的火焰焚燬般堆疊在一起的屍體方位。

「可別以為你們能輕鬆地死亡喲。」

「這算是懲罰嗎？」

「是一場旅行。如果你們找到了答案，就能以人類身分死去。大概吧？」

彌勒菩薩就連他們兄弟必須找到什麼，都沒有告訴他們。

有溫暖的東西貼近腳邊磨蹭。風火即使外型化為體內有血液流動的溫熱白色幼犬，依然仰慕依賴著兄長。

「嗚嗯。」

「風火……」

純白的毛皮上，沒有沾染任何鮮血。

這是代表要從白色開始，從無開始，重新再活一次嗎？還是代表一切通通歸於無呢？

「有件事要先叮嚀你。關於蝦夷的事還有阿弖流為的事，你不可以告訴任何人。」

「為什麼呢？」

空良的腦袋亂成一片，明明幾乎沒有從彌勒菩薩口中得到「為什麼」的答案，但空良還是問了。

「因為我無法預測這趟旅行需要多久的時間。這是屬於你的旅行，輸的人會從歷史上消失，能留下名字就該謝天謝地了。因為這個緣故，所以你不可以說出口。」

「彌勒菩薩……」

空良抱著幼犬模樣的風火，朝瞬間消失無蹤的彌勒菩薩大喊。

「哎喲喂呀，差點就忘了。」

彌勒菩薩很快又再度出現，然後看向凝視著祂這些非人舉動的田村麻呂。

「田村麻呂將軍還有一點小事需要去做，所以臨終之際你有想呼喚我的念頭的話，因緣俱足時就呼喚我吧，然後我會再來找你。」

「彌勒……菩薩……」

早就認識彌勒菩薩的田村麻呂聲音中帶著一絲絲半信半疑。

「我會帶他們去淨土的。」

「不用擔心山谷裡的那些士兵。」彌勒菩薩散發出莊嚴燦爛的光芒。

在那片光的照耀下，人、山、樹木、岩石都一一消失，趁著看不清彼此輪廓的時候，空良和變成幼犬的風火往外跑，與田村麻呂暫時分開來。

而在粟田口的這場動亂，則如彌勒菩薩所言，在《續日本紀》及《日本後紀》上都沒有留下記錄，等於沒有發生過般從歷史上消失了。

也就是說，在那之後時間已經過了一千兩百年以上。

『而當時的征夷大將軍——坂上田村麻呂生前主動捐獻出的宅邸就是這座清水寺。』

起居室打開的電視螢幕裡，出現了一千兩百年前田村麻呂的住所。

「我們怎麼可能贏得了曾經住在這種地方的傢伙呢……」

飯桌上，空良一面和清水寺前任屋主一起包餃子，一面對著莊嚴廣闊的清水寺畫面嘆息。

「我忙得要命，根本沒那麼多時間住在那裡。那裡與其說是我家，不如說是一座要塞。」

捐獻出清水寺的當事人望著變身成老套觀光地的寺院，聳了聳肩。

「你們還要包嗎——？」

小偷離去後，他們吃了正統派生拉麵。吃完麵，負責處理飯後清理工作的風火從廚房傳來詢問聲。

「還要包。」

「我是第一次包餃子這種東西，現在終於抓到訣竅了。」

空良之所以在雫石町商店街購物，原本是準備買生麵條，晚餐在家裡吃拉麵配煎餃。後來處理小偷的事讓他們肚子餓了，所以三人就先把拉麵煮來吃。

飯後田村麻呂提議今晚來喝一杯，於是大家先各自去洗澡，然後空良和田村麻呂像現在這樣一邊看電視，一邊包著餃子。

以田村麻呂和空良的過往經驗來說，做些和戰鬥截然不同的事，再喝點酒，可說是今晚必須的一項流程。

不管對手是誰，認真戰鬥過後的血氣都必須用不同的事物來鎮定。

「抓到訣竅後就覺得很好玩，所以我喜歡包餃子。」

空良一絲不苟地折著餃子皮，覺得這種需要按部就班進行的日常工作很適合讓人平靜情緒，加上又能順便包好餃子，簡直一石二鳥。

「的確會讓人越包越開心，形狀也漸漸變漂亮了。」

幾乎快要無所不能的田村麻呂明明是第一次包，卻很快就包出了完整扎實的餃子。

「要包這麼多再冷凍起來嗎？白天我一個人在家時也可以包呀。」

廚房裡，為了做餃子內餡，風火用鹽搓揉著切碎的白菜。對他來說，完全不需要鎮定情緒的流程。風火戰鬥時的情緒與平時幾乎沒有落差。

能獨自一人殺死很多的人，大概都是這樣吧。剛開始空良是用這個想法去看待的。

不過走過一千兩百年的歷史後，空良和田村麻呂他們對這種事其實已經見怪不怪了。和小混混打架這種小事激起的血性，包兩三個餃子就能輕鬆平息下來了。

比起遭小偷，隨隨便便就想咬死小偷的風火，更讓空良難以平復情緒。

「證據資料通常會保存在雲端，這種常識對方難道不知道嗎？」

原先送錢給小混混的這個黑社會的粗線條作風，讓空良嘆息。

「做這種威脅行為並不聰明，主任八成已經自暴自棄了吧。」

田村麻呂坦言說，由他擔任意定代理人的那位肇事者已經無計可施了。

「直白地說，就是他已經抓狂了吧。」

「他對自己的所作所為應該心裡有數，也清楚會帶來多大的危害。」

見空良斥責主任蠻不講理，田村麻呂露出苦笑。

「他心底深處也明白自己是個毒瘤，這是自作自受，卻被別人用一些大道理冷靜地逼問。這種情況最容易讓人火大了。你要記得盡可能再稍微收斂一點。」

「否則這種事就會重複發生。」田村麻呂指導空良的話語裡不帶任何尖刺。

「這種事，不用你說我也知道。」

田村麻呂所說的話，其實是空良一直想讓自己記住的事。

他從四十年前開始就一直在努力了，只不過那是他的天性。江山易改，本性難移。

『全國各地都有神社與坂上田村麻呂的傳說有關聯。田村麻呂死後，以身穿盔甲、手持太刀的站立姿勢被放入棺木，之後為了守護京城，以面朝東邊方位的方式進行埋葬。現今則被大家尊稱為武神。』

「武神武神的，煩死了。」

電視機裡傳出一大堆對田村麻呂的讚譽，讓空良忍不住發牢騷，把自己的無能為力遷怒他人。

「無論什麼時候聽這些，都讓我覺得心情舒暢。可是死後還要維持站姿埋在東邊方位……嵯峨天皇這個上司也太糟蹋人了。放在現代，只要叫勞保局來，他馬上就會被處罰吧。」

已經徹底適應了現代社會的征夷大將軍本人，回憶起自己連續服侍過的四代天皇們，聳了聳肩膀。

「這也大得太不合理了吧……清水寺。」

把它當成要塞來看，就能理解這棟建築物為何這樣堅固。看著現代參加校外教學的學生活潑地在寺內跳來跳去，空良突然壓低聲音說道。

「這是你對消失在歷史中的人們的供養嗎？」

如此龐大的建築物，經歷了一千兩百年後還留存於世上。即使它是要塞，征夷大將軍還是將它捐獻出去當作寺廟。空良也從後世撰寫的歷史中得知，征夷大將軍一直拚命地在工作，正如他本人所說的那樣。

「是給所有人的供養。」

一聽空良就明白，田村麻呂是指那時候風火在粟田口一口氣殺光的那些士兵。把包好的餃子放在撒了一層片栗粉的方盤上，田村麻呂笑了笑。

「其實我們雙方半斤八兩，都是用人頭數決定勝負的。因為那個時代就是習慣那樣做。在你小時候，我在北方打了一場大勝戰，斬首四百五十七人、俘虜一百五十人、燒掉七十五座村莊。這樣還被人嫌太少。」

將數字精準地複述一遍後，田村麻呂拿起新的一張餃子皮。

「只靠一座清水寺，是不夠弔唁所有人的。空良。」

驀地，田村麻呂用平靜的聲音呼喚空良的名字。

「你明明是在憎恨中出生，長大後卻成為很好的人。」

田村麻呂死後，回顧這段已經成為歷史的時光長河，他與空良、風火巧遇過許多次。

剛開始，空良對田村麻呂只有滿心的憎恨。

「……你……」

但仔細回想起來，雙方重逢之後，田村麻呂從不曾在空良和風火面前露出任何憎恨情緒。當初在粟田口那裡，空良覺得田村麻呂說不定也是用這種平靜的聲音，這種彷彿大人對孩子說話的聲音，對他們兄弟說話。

「那是一個常常互相殘殺，靠死亡人數來推動政治的時代。因此天皇陛下將蝦夷孩童的力量讓他失去了眾多士兵的事件隱瞞起來，才會沒有留下記錄。」

看到往昔的要塞，田村麻呂想起了粟田口士兵們的死亡，便道出他們之所以沒被寫入歷史的原因。

「那時候……」

很久沒有與田村麻呂這樣面對面了，也很久沒有提起粟田口的話題了，空良盯著廚房裡正在做餃子餡的風火看。

「風火的行為也包含了我的憤怒，我們的心情是相同的，又或者說……」

風火如同一團火焰般殺死士兵們的舉動，讓空良震驚不已，但他一直記得，當時在那個情況下最想死的其實是自己。

「又或者說，純粹因為我的憤怒。」

風火明明什麼都不知道，為什麼行為會如此貼合空良的內心呢？最近，這個弟弟明顯表現出他與哥哥擁有不同的身體、不同的想法，對此空良滿心感到不可思議。

「那是當然的啊。」

空良心裡戒備起來，懷疑田村麻呂要提到阿弖流為。

「因為你知道那是你最重視的主人被殺死的地方，而且，現代的話我也會用不一樣的方法挽救你的性命。」

過去的一千兩百年裡，田村麻呂幾乎不曾在空良面前提起阿弖流為。

不過他也沒忘記，自己曾說要把空良獻給後來登基為平城天皇的好色皇太子當寵童。

「但如果回到那時候，我還是只能採取同樣的方法。」

空良聽著田村麻呂說的話，順著時光之河走到相同的年代，同時明瞭這個男人將不同時代的不同世理精準區分開來，內心沒有因此而受到影響。

「不管你選哪一種，我都會死。」

即使前面沒有成功咬舌自盡，之後要被迫雌伏在皇太子身下的話，他的心也會死去。

空良無法因時代不同而把世理區別看待，喃喃自語地這麼說。

「你還恨我嗎？」

田村麻呂無可奈何地露出苦笑，然後開口問道。

再次被詢問這個問題，空良即使還無法區分世理，也已經理解在粟田口的那時候，田村麻呂正準備救他一命。

「剛才……」

可是要他把這些話告訴田村麻呂，是一件非常困難的事。

「我和風火的情緒並不相同。」

因為很難做到，所以空良把話題轉移到身邊剛剛發生的事情上。

「我明明沒生氣，風火卻生氣了。」

「嗯？我可以殺死田村麻呂了嗎？」

不知何時，風火拿著裝有餃子內餡的調理盆坐到了空良身後。

「我們被殺了也不會死的，因為我們三個人都死不了。請你停留在啃啃的狀態。」

「這一切全要感謝彌勒菩薩，讓我們在無窮盡的時光中旅行。」

風火永遠記不住這件事，並且似乎覺得有人要殺害哥哥，偶爾會像剛剛那樣差點殺死人。過去，風火也曾再度殺死人過。

「為什麼田村麻呂沒有變得更像中年大叔呢？」

撒鹽搓揉過白菜和絞肉後，風火又拌入滿滿的青紫蘇及蔥花，做成餃子內餡。他將內餡放到空良身旁，然後一臉不滿地問道。

「怎麼了？第一次有人問這種問題。」

田村麻呂詫異地瞪大眼睛，風火默默地指著電視給他看。

『五十四歲病倒的坂上田村麻呂……』

深入挖掘清水寺歷史的節目還在繼續播放，正好講到了田村麻呂的享年。

「臨終時我試著呼喚彌勒菩薩，結果祂出現了，我就請祂讓我的身體恢復到最耐操勞的年紀。」

「這種事……也能拜託那個散漫的彌勒菩薩嗎？」

田村麻呂的身體確實比死亡時年輕，甚至也比粟田口事件的時候還年輕。空良也是直到現在才知道其中原因，覺得很驚奇。

「就是因為散漫，才能提出這種要求吧？為什麼你們會這麼吃驚？」

「因為，我們一千多年來一直都維持當初的模樣啊！」

「沒錯沒錯，害我連酒也不能多喝！」

將銀髮綁成一束的風火身上穿著圍裙，拿起一罐與餡料一同帶過來的罐裝啤酒打開來，發出噗咻的爽快開罐聲，以此表達自己對這件事的抗議。

「等餃子煎好了再來喝啤酒，風火。」

「不，我總覺得邊喝邊做比較好。」

田村麻呂也打開風火拿來的罐裝啤酒，並遞一罐給空良。

「餃子真棒。」

不知道為什麼大家各拿一罐啤酒，然後田村麻呂沉浸在包餃子作業裡。

「對啊，餃子好棒。」

空良打開田村麻呂遞過來的啤酒，包餃子本來就是他喜歡的一項作業。

「你們以前的生活感覺挺不錯呢。」

「我覺得不對勁！」

風火硬是坐在田村麻呂與空良中間，來回交互看著他們。

「什麼不對勁？」

「總覺得你們比之前融洽多了！難不成你們趁我不在的時候培養感情？」

一千兩百年裡，只要有哥哥以外的人在，風火就會變成白犬，而變成人形時他幾乎全都跟哥哥在一起，偶爾會出現在田村麻呂面前。

也就是說，過去的一千兩百年裡，他的生活中幾乎只有哥哥。

「風火，那是因為我們上大學和參加司法考試都是同一年啊。聚餐則是一起參加過幾次。」

「是聯誼啦，聯誼。」

空良絞盡腦汁想安撫弟弟的情緒，但田村麻呂卻讓他的努力化為流水，還發出「嘿嘿」的笑聲。

「下流！」

「原來如此，風火還不曾和女孩子在一起過嗎？」

結過婚也生過小孩的田村麻呂一臉正經地詢問風火。

「因為和別人見面時，我都變成狗啊！」

「那就實在沒辦法了。」

「兄長大人呢？我知道聯誼是什麼意思喲！」

「你別把田村麻呂的話當真！我從來沒參加過聯誼……」

空良一直努力讓自己在生活中盡可能保持平常心，別因外物而動搖。然而，餃子、啤酒、清水寺加上田村麻呂，讓他的步調又完全失控。

「這一千兩百年來哪有時間做那種事。」

「真是漫長的時間啊。」

田村麻呂再次感慨萬千地說，聽了讓人更加不爽。

「那是因為我們一直保持少年的模樣沒有改變啊。如果跟你一樣有得選，我也想要自己選。」

「我們有得選嗎？以常理來說，我們可以回到過去經歷過的時光，但卻無法前往空白的未來，不是嗎？」

「你覺得彌勒菩薩的模樣像是會遵守那樣的秩序嗎？」

剛才空良稱呼祂是散漫的彌勒菩薩，其實後來彌勒菩薩偶爾也會出現在他們面前，每次都維持那副散漫的樣子，沒有一次不散漫的。

「秩序嗎？說起來，我們老早就脫離生物的定律了吧。這個身體到底是怎麼回事？雖然死不了，但會肚子餓，也會受傷。不過……」

冷不防地，田村麻呂露出從未有過的嚴肅表情看向空良和風火。

「直到我們在昭和時代分開之前，空良和風火你們確實一直維持著當初的孩童模樣，但現在卻都徹底變成大人了。發生什麼事了嗎？」

田村麻呂不動聲色地丟出問題，這個問題也與空良本身一直掛在心上的事有關。

「田村麻呂。」

現在正是好機會，空良下定決心，轉身直直面向田村麻呂。

「昭和那時候，你讓外表還是少年的我們有三餐可吃，但我們卻沒有留下隻字片語就消失離開，是我們做錯了，真的非常抱歉。」

由於手上沾滿了餃子餡和片栗粉，空良便以掌心向著田村麻呂的奇怪姿勢，認真朝對方彎腰道歉。

「怎麼了？你竟然會向我道歉，天降冰雹了嗎！」

「無論對誰做了失禮的事，我都會鄭重道歉的。」

風火一臉詫異地盯著突然轉身面向旁邊的空良。

「你們突然消失不見，我雖然覺得失落，但並不會擔心，因為我明白你們不會死。你們是因為身體長大了才離開的嗎？」

「我從你家離開後，才發現自己和風火的身體長大了。」

外表已經一千年，不，是一千兩百年沒有任何變化的空良和風火，在昭和的高度經濟成長期年代與田村麻呂一同生活後，突然間開始成長了。

回想起這件事，空良清楚記得當時他們遇到一個很明確的契機。

「有那回事嗎？」

「有的。當時你突然就長大了，風火，我嚇了一大跳。」

空良想摸摸目瞪口呆的風火的頭髮，可惜手上仍沾滿了片栗粉。

「不管是江戶時代還是明治時代，我們都大概住在一起過，可是戰後過了一段時間，整個社會變得小孩子再也無法獨自生存了。」

因此外表是大人的他才會養育這對兄弟。田村麻呂如實道出以前三人同居的原因。

「我們也曾被GHQ[3]扔進戰爭孤兒收容中心，但很快就逃走了。」

雖然他們的身體死不了，但在二戰的前中後也吃足了苦頭。回想起當初，空良就嘆息。但這麼一說才發現，日本「靠死亡人數來推動政治的時代」已經暫時告一段落了。

「這個社會變得小孩子無法獨自生存，也不算是壞事。不對，那時候的我其實覺得，世道變好了。」

3 全稱是 General Headquarters，乃二戰後美國麥克阿瑟將軍在日本東京都建立的盟軍最高司令官總司令部。

田村麻呂似乎也在想同樣的事，自言自語地說。

「過了一千兩百年，這個世界變了不少呢。你們的戶籍是怎麼處理的？」

「外表變成大人後，我就去做臨時工，在各個城鎮之間輾轉流浪。戶籍是買來的。」

「幸好我們雙方都能趕在電子化前偽造好現在的戶籍，否則在現代這個社會會遇到一堆麻煩。」

田村麻呂似乎是和空良在同時期買下現在的戶籍的，空良可以想像得到，對方八成同樣也去辦理過改名手續。

「為什麼你要特地取名叫田村麻呂？」

坂上田村麻呂是歷史上大家耳熟能詳的人物，有名到大家聽到全名後會做出「田村……麻呂？」的反應，連電視臺至今還幫那座昔日的要塞做一個介紹特輯的地步。

「我們都逐漸習慣二十一世紀的社會了，用父母喜歡征夷大將軍當原因，我想大家應該都能接受。」

「你在開玩笑嗎？」

「我只是把自己的名字拿回來，你不也一樣嗎？」

田村麻呂對著震驚不已的空良，說了這麼一番聽不出是真是假的理由。

「但即使是乳名，你的名字也太短了吧，空良。」

然後突然間，田村麻呂把明明不怎麼重要卻讓他有些在意的事說了出來。

空良想問他是什麼意思，明明不是什麼大事，空良卻問不出口。

「無聊死了。」

驀地，風火嘟起了嘴巴。

「我去煎餃子了，你們繼續包。」

先前的空良總是獨來獨往，現在不但和田村麻呂聊天，而且還露出和自己說話時不一樣的神情，這讓風火覺得很不爽。

「進入叛逆期了嗎？但這也是成長的證明。」

田村麻呂目送風火端著包好的餃子走向廚房的高大背影遠去後，低聲說道。

「無論如何你都不放棄嗎？」

接著，他問了空良這樣的問題。

一千兩百年來，空良與風火一直處於一場與他們意願相違背的旅行裡，這也是一趟已經無家可歸的旅行。他們並不想去已經完全變成另一個模樣的北方，那裡也不再有人等著他們回去。

「我要讓風火變回人類。」

即便如此，空良也不打算放棄。

讓風火變回人類，就代表讓風火從彌勒菩薩所說的「獨自一人就殺死很多人的人」的宿業中解脫。

「剛才他二話不說就想咬死小偷耶，你要如何讓他當好一個人類？」

「不知道他……是不是還有相信的心？」

——一個人能殺人，不是因為擁有力量，而是具有意志。因為他具有意志，有一顆相信的心。

彌勒菩薩當初是這麼說的，卻沒有告訴他風火究竟是因為相信什麼而殺人。

但經過了一千兩百年後，空良覺得自己終於稍微看到了那個源頭，然而，直視那個源頭卻讓他十分畏懼。

「如果當初彌勒菩薩沒有出現在那裡就好了。」

「小小十二歲，能在還不懂世事時就死了，是嗎？」

田村麻呂朝自言自語的空良露出無奈的笑容。

「說到底，祂為什麼獨獨出現在我們這裡呢？雖然那時候確實出現了『每一百年大概只會出現一次』、『獨自一人就殺了很多人的人』，但過去這段時間來不是出現了很多相同的人，祂都視而不見嗎……比如希特勒。」

雖然不想跟進行種族淨化的歷史性象徵阿道夫・希特勒這種宿業相提並論，但空良實在無法理解。

「彌勒菩薩不是說過了嗎？」

「祂說了什麼？」

「是你看得到彌勒菩薩。假如相信的心堅固不移，即使彌勒菩薩站在面前，看不到的人就是看不到。彌勒菩薩就是這樣的存在。」

為了理解田村麻呂的說詞，空良沉思了很久。

「彌勒菩薩就是這樣的存在……嗎？」

這是非常模稜兩可的一句話。從前，空良完全沒把這分模稜兩可放在心上過。

「佛菩薩不是定罪的法官，祂們只會出現在需要的人面前。」

「可是我當時明明完全不認識彌勒菩薩！」

但他也能理解，用語言來形容的話就是這樣沒錯。

神佛並不像法律那樣一板一眼，這一點環顧全世界宗教就能明瞭。

「啊！今天要演第二集，快轉過去！電視頻道！」

隨著煎餃子的悅耳聲響從廚房裡傳出，風火的大嗓門與一塊溼的擦碗布也一併飛了過來。

「怎麼了？」

田村麻呂和空良都用被丟過來的擦碗布擦了擦手。

「是風火最近迷上的刑偵劇。他說劇中有一個配角的情報販子很帥，他想要跟那個配角同款的衣服。」

清水寺已經看到煩了，空良一把抓起遙控器，切換到風火想看的頻道。

那齣連續劇的宣傳廣告已經開始了。

「挺不錯的衣服呀！我買給他吧？就當作我們的同住紀念。」

「以後會跟穿上這件衣服的風火待在一起的，只有我跟你而已耶。」

情報販子的衣服是類似日本傳統工作服的藍色布料上點綴了朱色刺繡，風格實在太過特殊，導致空良完全想像不出哪裡會賣這種商品。

「……阿弖流為不也……」

「閉嘴。」

其實，田村麻呂突然開口說了一半的話是事實，阿弖流為當初身上就是穿著這種服飾，不過兩者只有一些相似。空良不清楚風火是否還記得這一點，但自從他開始有這個想法後，便常常回憶起阿弖流為的點滴。

「雖然彌勒菩薩交代過絕對不能提他的事，不過那個人有被歷史好好記錄下來了。」

至今為止，空良也好幾次開口詢問田村麻呂「是你做的嗎……」，但說了這幾個字就把話吞回了肚子裡。

歷史記載阿弖流為是北方一位強壯公正的首領，這與田村麻呂方才所說的粟田口之亂被抹消的原因完全相反。

而且，也與空良心目中的田村麻呂通通連結不起來。

無論是本應出勝利者信手亂寫的歷史，還是像這樣坐在他面前的田村麻呂。

「你是不是……」

空良注視著這個背叛了等同他父親的阿弖流為，還將之斬首示眾的男人。田村麻呂上奏天皇祈求饒阿弖流為一命的舉動，不僅倒在粟田口的士兵們說過，連《日本紀略》裡也有記載。

「你的外表很符合戶籍上的年齡呢，田村麻呂。你看起來比大學時更加成熟了。原來如此，你不但能變年輕，也能變老。」

「沒那麼隨興自由啦，我覺得自己單純變老了而已。」

身體年齡變大並非由他的意志所控制。田村麻呂擺擺手，拿起啤酒喝。

「我如果繼續維持這個模樣……」

四十年前和田村麻呂一起生活後，空良的外貌猝不及防變成了大人。後來他冒出了一個念頭，想去學習律令走到終點後誕生的法律並掌握它，於是就幫自己找戶籍。

「奧州空良」的人生是從他考大學的時候開始的，現在的空良再怎麼下功夫，外表看起來頂多都只有二十七、八歲。

「如果繼續維持這個模樣，有什麼問題嗎？」

原以為沒在聽的田村麻呂開口問空良。

「你不想說出口嗎？這個城鎮真的很棒呢。」

這個男人說話總是帶著留白。但那些無聲的留白不是給田村麻呂自己，而是給他說話的對象。

但縱使過了一千兩百年，空良還是很難辦到。

「來，餃子好了！連續劇要開始演了！」

風火把兩盤擺成圓形的煎餃放到飯桌上，煎餃帶著漂亮的焦黃色。

「看起來好好吃！」

「青紫蘇口味的建議只沾醋醬油就好。」

把三人份的罐裝啤酒、盤子、筷子從托盤上拿出來擺好後，風火轉頭已經沉浸在連續劇裡了。

「我開動了，好吃！好燙！」

田村麻呂豪邁地大口吃著加入滿滿青紫蘇的煎餃。

不知道為什麼，他們三人又各自拿了一罐啤酒。

蔬果行「於七」的圭太似乎注意到空良家今晚要吃煎餃，不知何時把那些青紫蘇放入白菜裡綁在一起送給他們。

「我開動了。好吃！好燙！」

肉汁從餃子裡溢出，空良也和田村麻呂一樣被煎餃所擄獲，大喊好吃。

多虧有圭太送他們的大量青紫蘇，大家吃煎餃吃得停不下來。

這座城鎮裡有和空良及風火往來的人，倘若身體的年齡一直無法增長，遲早有一天他們得離開這裡。最多再過幾年，町內居民就會對空良年輕的外貌起疑。

「我第一次產生這種心情。」

早晚有一天，他們會無法在雫石町繼續住下去。一思及此，空良的心就灰暗沉鬱起來。

也許是因為他幾乎沒有父母的記憶，所以對其他人和居住城市的執著也很淺，況且他原本也沒有任何自己和其他人融洽交流過的記憶。他們兄弟兩人一直互相扶持依靠，因而對空良來說，只要有風火陪在身邊就足夠了。

過去一千兩百年，他們一直是這樣相依為命活過來的。

隔日星期天，按照信販公司的手續流程，田村麻呂整天都乖乖待著沒有四處亂跑。

九月第三個星期的星期一，空良和田村麻呂都應該去大東京銀行確認報告書。可是當空良穿上西裝繫好領帶，一大早就前往目白分行時，卻發現檢察機關的人員已經在分行裡開始搬運資料。

「對不起，沒有事先和您進行商議。考量到江藤主任侵吞的金額和匯款對象的特殊性，如果私下解決，我判斷反而會對本行造成損害。」

「既然如此，就盡快讓檢察機關介入處裡。」仲手川不停向空良鞠躬道歉。

檢察機關人員在櫃檯後方忙成一片，雖說這樣的結果是好事，但第一次面對這種情況的仲手川看起來六神無主。

「我認為您的判斷很明智。」

「原本談好的酬勞我一定會支付給您的。話說回來，我聽說黑道分子還跑到奧州先生那裡去，您有沒有受傷？一切都還好吧？」

「咦？放心，我沒事。」

聞言空良能料到，聲稱「終於抓到了一絲證據」的田村麻呂八成就是這次稽查行動的情報來源。

「自從擔任分行長後，我第一次遇到這種案件，坦白講實在不知道該怎麼做才對。」

「我真覺得慚愧。」仲手川反覆鞠躬道歉。

「大東京銀行應該有基本對應方針吧？」

行員做出違法行為時的銀行基本對應方針，承辦這個案子時，空良也看了內容。

「您說的那個……」

仲手川一臉為難地嘆了口氣。

「在害您受傷之前，我並不後悔自己做下的決定。奧州先生，我真的感到非常抱歉。」

仲手川誠摯的話語，讓空良明白自己最初看到的那份基本對應方針只是給外人看的假象。

「那次長您……」

「我沒事。畢竟這次的事情很嚴重，我們也能調查出證據真偽。」

仲手川看向同樓層中的某個人，眼中充滿信賴。

調查出證據真偽的那個人，毫無疑問是田村麻呂。

「總會有辦法解決的。」

因為案件超出了自己的裁決範圍，仲手川只能盡全力配合眾人的工作。空良這時才領會到，先前自己都太輕視對方了。

「……其實我也一樣，真的對您感到很抱歉。」

「發生什麼事了嗎？請您快抬起頭來。」

空良自然不會告訴仲手川他道歉的原因。

「雖然我有其他提供情報的管道，但其實是因為有奧州先生幫忙，我才能下定決心通報檢察機關。」

「咦？」

仲手川誠摯地說道，當然他隱瞞了情報提供者的名字。空良搞不清仲手川這句話的意思，於是抬起頭來反問。

「該怎麼說呢……想到目白分行和銀行的事，其實我曾經好幾次冒出設法擺脫這次的案件並逃跑的念頭，讓我覺得很慚愧。可是……」

仲手川帶著某種敬畏的神情，看著空良黑色的眼睛。

「我總覺得您絕對不會認同。因為您會貫徹公正絕不動搖。」

空良總算明白了，對方是在認同他、稱讚他。

「我實在無法反駁您。江藤本身也說了，您肯定是正確的那一方。」

空良做不出回應，並且無意識中摀住了胸口。

「我第一次這樣近距離看檢察機關人員工作，他們的工作應該會比現在這個職業更適合奧州先生吧？如果奧州先生擔任檢察官，我會充滿安全感。我能想像得到，任何罪犯在您面前都會不堪一擊。」

「才……」

沒有那回事！如果空良這麼回答，就變成說謊了。

「那我們晚點見。」

身為目白分行負責人，仲手川先離開去忙了。

次長完全沒有隱瞞打算的想法裡，有著空良所沒發現的內心糾結，以及最後還是被打動的心情。

站在仲手川身邊的空良，無從知道這些東西。因為對空良而言，人類是很難理解的。

原以為已經克制住的那團火焰般的核心，又跑出來干擾了嗎？

——我實在無法反駁您。

沒能察覺到自己善良面的仲手川，甚至對空良心生膽怯。

「所以我才會從檢察機關離職。」

嘆出的氣落在指尖上，空良抬不起頭來。

——不知道您有沒有想過，您的私欲可能會害別人喪命？

「我是在害怕嗎？」

追究罪責的過程中自己那彷彿被消音的聲音，又回到了垂著眼眸的空良耳邊。

「追求公正，有何不對？」

寒冰般的聲音聽起來像是從很遠的地方傳來。

過了很長一段時間後，空良才察覺那是自己的聲音，愣愣地站在原地。
「喂，奧州！」
驀地，一道耳熟的男聲呼喚空良的名字。
雖然被人不客氣地叫了名字，但也多虧如此，空良才發現自己屏住了呼吸。
「藤原。」
來人是過去曾在檢察廳一起工作的檢察事務官藤原史。他朝空良舉起右手，臉上一點笑容也沒有。
「好久不見了，你好嗎？」
空良對藤原抱有一些複雜情緒，停下腳步詢問對方。
藤原是他此刻不想在這裡見到的人，但同時也是他想先見一面的人。
「我好不好不重要。你就是這個案子的調查負責人吧？我寫在調查報告裡的。」
檢察事務官原本相當於檢察官的助理，但與雙方的立場無關，藤原無論在什麼時候都不曾對空良露出過笑容。
「這是當然的。報告書正好完成了，我會盡力協助你們的。」
藤原用力瞪著客氣回應的空良，而後陡然間別開視線，去做自己的工作。
「主動發動攻擊的傢伙通常想看到的，是慘叫和嚎啕大哭的反應。」
田村麻呂輕輕拍了下空良的肩膀。
這次，空良終於能深深地吐出憋住的呼吸了。

「你沒讓加害人看到他想要的反應。」

田村麻呂聳聳肩，看向藤原的背影。

「藤原不是加害人。」

空良微微搖了搖頭。

雖然不是加害人，但空良原本就不擅長與人交際，藤原更是讓他感到格外難以應付。

「不要太認真去思考每件事。」

「然後，所有事都敷衍了事嗎？」

正如田村麻呂所說，空良總是很認真地回應藤原，有時候就會害小事變成大事。但空良記得，其中一件大事是有其意義的。

「也不全然是那樣。這次被侵吞掉的款項流向，是會把大筆金錢用在與人命有關的事情上的黑社會，所以才會故意洩漏情報不是嗎？」

田村麻呂很乾脆地直言，自己打破了象徵意定代理人信用的保密義務。

和以往一樣，田村麻呂在與人來往的過程中，常常採取空良所無法預料的應對方式。

「你那樣豈不是……」

「所以，我會和他們繼續維持良好關係的。次長這麼強勢地出面，日後應該能贏回信任吧。而我畢竟是嫌犯的意定代理人，接下來會被嚴格訊問一番。哎呀，晚點見。」

田村麻呂笑了笑，朝著向自己招手的檢察事務官走過去。

空良懊惱地目送他那悠閒自在的背影離去。

「我就是討厭你那一點。」

田村麻呂既是軍人，也是軍師，擁有天皇的全心信賴，生前被任命去征夷，死後還維持站姿奉命守護國家，是以武神之名享譽全國的大將軍。

不知從何時起空良也記住了，知道怎麼打架和身強力壯是兩回事。

「我和你之間，也不能用討厭這個詞彙。因為你很強大，才會有人戰敗。」

那些人就是他們，也可以說是他。輸贏和善惡，兩者感覺並不一樣。

既然已經清楚有將資金使用在暴力行為上的那些人牽涉其中，就該把這個案件交給政府來審判。這麼一來，必定可以拯救很多人的性命。

田村麻呂打贏了戰局，做了善事。但他走的道路，並非空良相信很公正的那個職業。

空良再次想起了一千兩百年前被他當成父親般崇拜信仰的主人。那個人為了拯救大家的性命與生活，決定在田村麻呂手下投降。

「我和那個人也不一樣。」

阿弖流為擁有開闊的胸襟。就如同字面上的意思，因為空良與眾不同，因此阿弖流為一直為他感到擔憂。

空良拉著風火的手，一直走在對方為他籌劃好的道路上。

——追求公正，有何不對？

剛剛也是，空良聽到了自己的聲音彷彿是全能的力量，又彷彿是神魔。

然而，那個聲音卻像是從非常遙遠的地方傳來的。

不知從什麼時候開始，空良用盡辦法想要擺脫。擺脫為了主人而詛咒眾多生命的自己。擺脫想像神明一樣理所當然進行審判的自己。

空良想去相信，那道寒冰般的聲音今日仍在遙遠的彼方。

由於侵吞公款的書面證據雙方已經推進到裁決階段，因而今天檢察機關的訊問時間並不長。接下來應該還會被傳喚，次長幫忙向檢察機關解釋，兩位法律專家認為這次不僅要向金融廳報告，還應該當作一起犯罪案件來處理。

「當初如果能再早一點通報檢察機關，反而可以更溫和地解決吧。」

無可奈何地和田村麻呂一同離開，在下午上班時間剛開始的時刻，空良穿著西裝在石神井公園裡邊走邊低語。

落羽杉的綠色是一種淡淡的綠，櫸木的斑駁葉影落映在空良身上。

「事情如果這麼簡單，就不會辛苦這麼多人了。」

空良右手邊的田村麻呂沿著公園池邊走。身處幽深的森林裡，田村麻呂伸了個大大的懶腰，然後做深呼吸。

連深呼吸的動作都這麼好看，空良站在旁邊嘆氣。

「直到今天我才明白次長內心的糾結。沒注意到這一點，我覺得很內疚。」

得知檯面下另有一套基本對應方針，空良對大東京銀行的做法深感錯愕。

「可是，越是往違法的方向走，真的越容易落到徒勞無益的境地，不是嗎？我怎樣都無法理解，為何每次總是有人要繞同樣的遠路？」

「徒勞無益嗎……」

田村麻呂說到這裡停了下來，然後偷瞄了空良一眼，斟酌接下來的用詞。

「因為，人類就是會做無益處、白費工夫、繞遠路、不正確的事嘛。」

「我不懂。」

因為不懂，所以空良曾經真的很想問清理由。可是等他放棄這個問題後，才覺得白費功夫這四個字的意思不太好。

他之所以說出白費功夫四個字，是因為做白費功夫的事會害許多人陷入疲弊，而過分疲弊會招來不幸。

空良想相信那團火焰還離自己很遠，但結果到頭來，它好像還牢牢待在自己體內，這讓他心情低落了下去。

「藤原他不是加害人。」

空良對田村麻呂這麼說道。他覺得，依照自己的個性，這一點他必然會事先告訴田村麻呂。

「你在維護老是用那種態度對待別人的傢伙嗎？那傢伙的舉動太荒謬了吧？」

空良和田村麻呂先前曾在法庭上多次碰面。他這時意識到，田村麻呂把先前藤原如何對待他的場景全都看在眼底。

「也不算荒謬。藤原有認真質疑我。」

因此聽到田村麻呂說藤原是加害人，空良嘆口氣，覺得必須把對方還不知道的一些事講出來。

「在離開檢察機關前夕，殺害一家五口那個案子的一審判決出來了。被害人之中包含了小孩子。」

「那個案子我記得很清楚。凶手沉迷於陰謀論網站，深信從國外搬來定居的那個家庭是間諜。辯護人主張陰謀論是因為妄想症，被告是無責任能力人，一審的國民裁判員做出的刑事判決是無期徒刑對吧。」

那是一個舉世矚目的案子，田村麻呂雖然沒有參與其中但記憶猶新。

「縱使妄想症是陰謀論網站的產物，但殺意及殺害行為是個人責任，被告應該處以極刑。」

空良想盡可能用當時的語調，把自己曾經說出口的話複述一遍。他記得很清楚，當時的聲音毫無感情且冰冷。那就是他的說話方式。

「然後，我把裁判員制度批判了一遍。這個制度把市民情緒擺優先，無法擔保審判公平性。雖然最高法院應該會做一個總結，但會被情緒左右的裁判員制度沒有存在意義。當我這麼說之後，藤原很氣憤地回答司法制度本身是屬於每一個市民的。」

空良與藤原在這方面的交鋒，那時候並非是第一次了，只不過，那時候藤原的言語直直地、深深地刺傷了空良的心。

「藤原不是加害人。聽了他的話，我才辭去檢察機關的工作。那時我真的不能理解。我無法在不能理解的狀態下，繼續請求法院判處極刑了。」

聽完這番告白，田村麻呂靜靜看著空良很長一段時間。

「空良。」

然後，他用不含責備意味的聲音呼喚空良的名字。

「小偷來闖空門的時候，你對風火說『即使被切成碎塊，我也無所謂的』。」

然而田村麻呂說這句話的語氣裡，帶了一絲責備空良的意味。

「按照你的判斷，你也應該處以極刑嗎？你應該去死嗎？」

「我……」

那時候，空良確實對風火說了那麼一番話。

——即使被切成碎塊，我也無所謂的，風火。

這句話不是衝動下說出口的。空良之所以對風火提出這種希望，其實有著明確的理由。

「以後別再說那種話。你很聰明，不能理解的事或許讓你覺得很痛苦。關於裁判員制度那件事，對你而言大概是正確的觀點遭到攻擊，不過那些話只是恰巧刺傷你而已，但藤原一直都用那種態度對待你吧？」

經田村麻呂這麼一提，空良這才想起，擔任自己的助理時，藤原確實總是對他說話帶刺。

「你說的沒錯，但為什麼呢？」

「也許是因為他非常討厭有人露出若無其事的表情吧。但倘若藤原毫無理由，始終用那種態度對你，那就是一種加害了。」

田村麻呂再度提到了加害二字，空良發現，藤原當過他兩年的助理，但在裁判員制度那件事發生之前，他竟完全沒把對方那些頂撞的言行舉止放在心上過。

他對藤原毫無興趣。藤原或許也意識到，空良與他無法進行人與人之間的正常交流，因而覺得生氣。

「……肯定是我對藤原的態度有問題。」

「不要胡思亂想。你這個人真的很麻煩耶！彌勒菩薩不也說過你很聰明嗎？」

田村麻呂轉變聲調。

「如果我真的聰明，就不會讓事情演變成這樣了。」

在田村麻呂的聲調引導下，空良難得自動說出這番現實的話。對此，他感到有一點好笑。

「說的也是。」

田村麻呂深表同意，空良更加高興了一點。

田村麻呂所說的「人」，也許就是這麼無奈。空良吐出一口氣，彷彿抓到了某種頭緒。

「對了，少年時代的你美麗得驚人，宛如有神靈附身，但現在就沒那麼誇張了耶？」

他突然提起，年幼時的空良，擁有無論在哪裡都會被當成供品的出色容貌，但現在的長相沒有那麼出色了。由於說了「聰明」二字，田村麻呂似乎回憶起了過去，臉上露出苦笑。

「少年時期不都是那樣嗎？變成大人後，我反而活得很輕鬆呢。畢竟北方的人動不動就想把我丟到湖泊和河川裡、埋在森林裡……」

在類似石神井公園這樣的景色中，當時只要發生災害與不幸，年幼的空良就常常差一點被推出去當作供品。而現在的他，如字面意思所言，變成了一個容貌普通利於生存的大人，外表也稍微衣冠楚楚。對於這一切，空良每天心中都充滿了感激。

「他們把你當成活祭品嗎？」

田村麻呂露出一反常態的驚訝神情，顯得突如其來又不自然。

「那種事以前不是很常見嗎？這個話題出現過好幾次了。」

曾經生活在北方的空良，覺得這種事既然是大家一起決定的，那就理應遵守這樣的道理。

每當空良要被當成活祭品供養出去時，阿弖流為必然會出面喝止。但儘管如此，北方人民還是不斷想把空良獻給大自然，也像是要把空良還給大自然。

空良還記得，喝止眾人的阿弖流為偶爾會有點難過。

——但即使是乳名，你的名字也太短了吧，空良。

被活祭品話題嚇到的田村麻呂在前天說過的這句話，此時再度於空良耳畔響起。對方的意思，空良也明白一半。以當時的名字來看，空良和風火都太簡短，不過除了他們，也還是有其他人的名字很短，更何況空良和風火並沒有父母。他們是在阿弖流為的部族裡被大家養大的。

而且依他們兄弟的身世，應該無法擁有很長的名字。

「俗話說過猶不及。你能長大成為這樣的青年，真是太好了。」

就在空良陷入懷疑心不在焉的時候，田村麻呂的聲音傳入耳中，讓他不禁抬起頭來。

小時候的空良可憐又美麗，無論遭遇怎樣的惡事都不奇怪，卻偏偏存活了下來，並且成為一個某種程度上可以融入這個世間的大人。看著空良，目光柔和的田村麻呂露出了笑容。

「……這個案件被提交到地檢署雖然好，但這樣你不就拿不到成功酬金了嗎？」

被人保護的是弱者。田村麻呂說不定知道，究竟是誰為了什麼而保護他？空良對這個問題感到困惑，同時又想把話題帶離這個困惑，於是開口詢問田村麻呂。

「當初接受委託時，我就有預感會出事，所以請對方提前支付了費用。而且，之後我還會接著擔任那位前主任的辯護律師。」

田村麻呂若無其事地說出這件會讓空良嚇一跳的事。

「你怎麼會……」

「因為我接下了擔任意定代理人的任務啊。總之，他的去處只會從銀行變成看守所。在委託人看來，律師應該是從這個階段才開始派上用場的吧。」

「這個案件還有辯護的空間嗎？」

由於先前舉行了半個月的公聽會，空良本身也與江藤交談過好幾次。舞弊稽核師通常以書面證據為基礎，自行找嫌犯探聽問話。他們的邏輯與偵訊不同，會先把所有證據整合起來，使之前後連貫符合條理，再從中找出並掌握關鍵性漏洞。

雖然漏洞很快就找到了，但對方卻是一個難以產生反省、後悔及罪惡感的人。

「很多啊。首先，當事人如果不懂自己為何會被判刑，這一切就沒意義了。」

正因為如此，江藤才會那麼簡單就和黑社會搭上線吧！空良把這句話吞回肚子裡，結果田村麻呂一張口，就把他沒說完的話全說了出來。

明白了田村麻呂要從現在起教懂江藤何為犯罪後，空良望著腳邊的雜草。

「這種工作，我完全做不來。」

說話的聲音不帶挖苦及嘲諷，連他自己都聽到了。

守護者、被守護者、正確的人、惡人、弱者，區分的界線變得模糊，讓空良也逐漸辨識不出自己屬於哪一種。

因為辨識不出來，所以他想遠離試圖以寒冰般的聲音審判別人的自己。

空良清楚記得「辨識不出」的起點在哪裡。他冒出一個念頭，想要將之告訴田村麻呂。

「四十年前，在離開你家之前，國鐵不是同時發生多起游擊式攻擊嗎？」

在小孩子逐漸無法獨自活下來的那個時代，他們被田村麻呂扶養了很久。空良帶著猶豫，提起了那段生活的最後時光。

「是昭和六十年吧。你是指反對國鐵民營化的勞工工會和中核派發動的恐怖攻擊嗎？」

「我在你的房間裡看了報紙和電視新聞後，很贊同當時工會的想法。當然，那種暴力行為毫無意義。」

「外表看起來只有小學六年級的你，竟然會有那種想法。」

田村麻呂說話時雖然露出傻眼的表情，但心中並不感到驚訝。因為他了解空良。

「我當時覺得，那種環境是對勞工的剝削。在那個近似經濟戰爭的時代裡，我覺得他們應該發動革命。」

外表雖然是孩童模樣，空良仍每天都不停學習。

學習了一千兩百年，他的心一直固執地朝著自己認為正確的方向走。然而，迷惘的時間卻也逐漸增加了。越是學習，不知為何迷惘也越多，尤其在與田村麻呂一起生活的日常裡。

「隔天，公寓隔壁戶的老奶奶被人發現倒在地上。」

「好像是住在隔壁城鎮的女兒，發現母親失去意識後發出了慘叫，被我們聽到。那時候是傍晚，我叫了救護車。」

為大聲哭喊的女兒提供援助，並立刻安排救護車的人，就是這位田村麻呂。

「她哭著說，她本來應該昨天就來的，是因為電車停駛，導致她來不了。」

那位女性大聲哭喊著「如果我昨天能來就好了」的聲音，在空良聽來，彷彿從很遙遠的地方逐漸朝他靠近。

「當時，我覺得那群勞工是正確的。」

住在隔壁戶過著簡樸獨居生活的那位老婦人，一直很掛懷空良沒有去學校上課，以及在這棟禁止養動物的公寓裡有小狗模樣的風火的事。

「但那個老奶奶卻無法被算進犧牲者之中。」

對方在意他、擔心他，並且常常找他說話。縱使空良對她抱持警戒，她也總是面帶笑容。

經過一千兩百年，空良開始一點一滴接觸人群，有時還會與田村麻呂一起生活。原本他只從單一角度、從小小的一個針孔往外看世界，然而在那時候，他的視野卻突然間被打開，宛如一扇窗戶被徹底拉開窗簾。

「直到現在我才察覺，藤原一直用那種態度對待我的原因。因為那兩年裡，我一直沒把藤原看進眼中，也沒把其他人看進眼中。」

自從這段旅程開始後，空良非但沒有找到答案，信念還變得搖搖欲墜。

「不懂的事一直不斷增加，讓我很不安。」

原本不想告訴田村麻呂的心聲化作言語，落在空良腳下。

他猛然意識到，能聽見自己的聲音，代表田村麻呂也聽見了，便連忙抬起頭來。從樹葉縫隙灑落的陽光反射到眼睛，讓空良看不清身邊男人的表情。

「那代表你開始看見這個世界了，不是嗎？」

說話習慣留白的田村麻呂沉穩地說：「這是好事，不是嗎？」

原本看不見的世界開始變得可見，然後不懂的事情也不斷增加，確實讓現在的空良非常不安。

「那個老奶奶其實沒有死喔，空良。」

田村麻呂毫不猶豫地開口，回答空良一直問不出口的問題。

「她住院了一陣子，但最後並沒有完全康復。出院後要去女兒家時，她有來找我道別，也想見你一面。」

田村麻呂告訴屏住呼吸聆聽的空良。

「她給我巧克力，要我轉交給你，並且為了等你回來而留了一會兒。」

那時候，空良和風火已經跑出田村麻呂家，不會再回去了。也回不去了。

「不好意思，那些巧克力我吃掉了。」

田村麻呂戲謔地笑了笑。

「畢竟是四十年前的，也沒辦法。」

從戲謔的田村麻呂身上汲取力量後，空良也吐出憋住的呼吸，笑了出來。

「不過話說回來，今天工作很早就結束了。我們來去吃吧，吃拉麵。」

田村麻呂用豪爽的聲音結束了這個話題。

「那你去『太朗』吧，我去『一朗』。」

即便知道旁邊的男人總是領先他一步，空良還是覺得很不爽，便說出刺耳不好聽的話。

「好了好了，別生氣。」

「哎呀，是律師和田村先生。」

當空良用手肘去推朝他靠過來的田村麻呂時，前方長椅上傳來了六郎的聲音。

「午安。」

看到六郎正在全心享受撫過三寶寺池上方燈臺樹葉片的清風，使空良不禁露出笑容。

「您好。書法教室今天沒上課嗎？」

放學回家的小學生們開始在公園內跑來跑去，於是田村麻呂爽朗地問道。

「今天是多津子老師上課。」

空良聽了覺得生氣，開口告訴他。

「我們是用星期幾來劃分的。我負責教五年級和六年級的學生，今天是三年級的學生上課。」

「原來如此。年齡小的小孩子或許會比較喜歡女老師也說不定。」

六郎從容不迫地說著，田村麻呂點頭回應。

「多津子老師可是很嚴格的。可能是因為我太寵那些孩子了，才會變成這樣的分配方式吧。」

幾十年來一直按照這種分配方式經營教室，六郎笑著說自己已經記不起當初的分配原因了。

「言之有理。」

「不要隨便附和啦，田村麻……田村。」

言之有理什麼鬼啊！空良越來越不高興了。

「我覺得你這樣很棒呢，律師。」

六郎平靜地這麼說道，過了好幾秒，空良才發現對方是在說他。

畢竟他現在沒有一個地方覺得棒。

「您是說我嗎？」

「這樣很好。平日的你雖然年輕卻格外安靜，情緒也都沒有變化。我原本以為你的個性就是這樣，結果原來不是！和田村先生在一起時，你就會變得像個小孩子似的，非常棒。」

「我才不是小孩子！」

「你看。」

空良的回應出乎意外地響亮，六郎很開心地笑了起來。

「這樣非常棒。對了，律師，如果你的工作提早結束的話，就順道去『香寺公一稅理士事務所』一趟吧。」

「啊！」

星期六在商店街遇到時，六郎曾告訴過空良稅理士事務所的事。

「對不起！前幾天您都特地告訴我了……」

空良原本打算等上班日再連絡對方，但今天的騷動讓他把這件事完全拋諸腦後。

「別擔心，別擔心，大家都是大人了，他們如果真的有麻煩，自然會主動來找你。我只不過是雞婆一下罷了。」

「……謝謝您。」

六郎擺擺手說道，但空良還是為了道歉而深深一鞠躬。

「為了慶祝田村先生搬來，多津子老師說下課後要送賀禮給你們。反正，你們先做好心理準備吧。」

六郎用頑皮的語氣說完後，朝他們二人揮手道別。

「我本來想主動去向他們打招呼的！禮物會是什麼呢？真期待！」

「你這個人真的很厚顏無恥耶。」

空良一邊和田村麻呂互相推擠，一邊朝六郎再次鞠躬，自然而然地從三寶寺池往西走，前往商店街。

「柏木夫婦為什麼想離婚？」

一走出公園，田村麻呂立刻用誠摯的語氣詢問。他的誠摯並非出於興趣，而是感到不可思議。

「我絕對不會把原因告訴你。」

「哈哈。一千兩百年來，現在的你確實最像個小孩子。」

聞言空良覺得火大，轉頭看向身旁，然而田村麻呂的神情卻與他想像中完全相反。他們已經離開了森林，沒有從枝葉間流洩而下的陽光反射，空良這次看清了對方的臉。

田村麻呂臉上既沒有一絲嘲笑痕跡，也沒有揶揄意味。

守護者、被守護者、正確的人、惡人，空良又在心中反覆質問這些身分的界線。長久以來，空良都認為每個人只會有一種身分，當今世界卻偏偏相當複雜難解。

「……憑你的能力，很快就會有人告訴你了。整個城鎮的人都知道柏木夫婦他們的事。」

然後，田村麻呂露出了不知該如何解讀這句話的表情。那個表情，四十年前他們三人一起生活時，空良曾經看過好幾次。

「原來是醬油口味！」

走進雫石町商店街，在掛著紅色暖簾的第三家店鋪「一朗」裡，田村麻呂痛快地吸著拉麵，然後低聲說道。

「以後去隔壁吃的時候，你肯定也會用同樣的口吻說『原來是味噌口味』。」

空良以相同氣勢吃著「一朗」的醬油拉麵，同時對田村麻呂的行為表示傻眼。

「一朗」的湯頭是小魚乾熬成的香濃高湯，但又不會有魚腥味。風味十足的醬油湯底吸附在飽滿的捲麵上，燉煮得很柔軟的叉燒肉片故意切得很薄，吃起來入口即化。

「我無法擔保自己不會說。」

清澈的金黃色湯面上，可看到證明高湯品質優良的漂亮油脂層。

空良和田村麻呂都沉默不語，只發出簌簌的吸麵喝湯聲。

「總之拉麵就是讚！是一項出色的發明！」

連同橘色蛋黃在嘴中流淌的溏心蛋也在眨眼間吃得一乾二淨後，田村麻呂才放下筷子。

空良先前在公園出口打了電話給那家稅理士事務所，雙方預約明天見面。在一邊旁聽他講電話的田村麻呂露出別有深意的笑容，結果演變成現在他們兩人並肩坐在吧臺座吃拉麵的場面。

「為什麼吃了這麼好吃的拉麵後，你會一臉愁容啊？你是女兒節娃娃嗎？」

「女兒節娃娃不是一臉愁容，而是一臉白吧……雖然剛剛是克制不住欲望走進拉麵店的，但在拉麵店吃完拉麵後，馬上就湧出無盡的罪惡感。」

珍惜地喝掉湯，放下中式湯匙後，空良露出真正的愁眉苦臉。

「啊，對喔，因為無法讓風火吃到這個。不過，上星期六的拉麵真的非常正統派。」

只要有外人在附近，風火就會變成狗。田村麻呂馬上也意識到，如果持續這樣下去，風火一輩子都不可能吃到拉麵店的拉麵，於是也跟著罕見地露出愁容。

「那只是一種號稱吧？」

「也是啦。想在一般家庭裡重現拉麵店的拉麵，我們是辦不到的。」

「就是說啊！我也曾經請店家外送過來，結果口感和剛煮好的麵完全不一樣！」

空良不禁使出以他來說算是相當大的力氣，狠狠地把手拍到桌面上。

「繼續這樣下去，風火就一直嘗不到這種滋味。」

「這真的……會讓人想用盡方法幫風火變成人類呢。我懂你的心情。」

兩人一臉嚴肅地盯著拉麵碗看。把拉麵的湯喝光後，會露出碗底的「一朗」兩字。

「所謂的味道，是會消失的吧？」

現在是下午三點半，處於午晚餐之間的離峰時間，而離峰時間照常營業的「一朗」此時沒有其他客人，兩人不自覺就喝著水繼續坐著。

「會消失？」

田村麻呂一時間無法理解空良的低喃，便反問回去。

「是啊。無論是餃子還是拉麵，我第一次吃到的地點都是在滿州。」

「啊啊，也對。」

「律師和田村先生第一次吃拉麵是在『滿洲』嗎？」

已經和他們寒暄過的老闆一朗誤以為他們在講某家常見連鎖餐飲店，把兩杯麥茶放在桌上，說「這是免費招待」。綁在老闆剃光頭髮的腦袋上的頭巾，和暖簾一樣是紅色的。

「不是的，呃……」

「我們老家附近有它的店。」

空良不擅長這種臨機應變地說謊，田村麻呂便代替他笑著回應。

「一朗先生的醬油拉麵真好吃，這是多加水麵吧？」

「不愧是律師，你真內行！麵條固然重要，但煮麵的水如果不好喝，煮出來就不會好吃。我老爸所做的砂石式淨水器就很好用。我和弟弟為了這個爭得你死我活……啊，萬一哪天我不小心宰了弟弟，就要拜託你們幫我辯護了。我會奉上餐券的！」

一朗指了指隔壁「太朗」的方向後，一邊點頭一邊回廚房去了。

「殺人的時候，屬於無意致死的話，罪會比較輕是沒錯啦，但還是盡量別殺人比較好。況且殺死太朗先生的話，我們就不能用擔任拉麵店老闆的一朗先生的餐券了……也吃不到太朗先生的拉麵。」

田村麻呂說這番話時，像是對著一朗的背影竊竊私語，又像是在下咒說「你只會陷入不幸」。

「不過回想起來，滿州的餃子與拉麵和我們現在吃的煎餃與拉麵，完全不一樣對吧？那時候的餃子是水餃，真讓人懷念。」

而且他們所說的滿州也不是連鎖餐飲店，而是距今約八十年前的現在已經滅亡的國名。

「是完全不一樣。」

二戰時他們雙方都曾流浪到滿州國，初次吃到的中華料理滋味分別在他們腦海中復甦。

「……你說的沒錯，味道真的會消失。」

打從心底理解了空良的話中涵義後，田村麻呂全身僵硬地說「覺得毛骨悚然」。

「現在，任何料理都可以在網路上搜尋到食譜，只要肯花錢，也沒有什麼食材和調味料買不到。自從身體長大可以使用廚房後，風火就說反正他有時間，三餐想自己煮。可能因為連續煮了幾十年，所以他的廚藝進步不少。」

「風火煮的菜真的很好吃。明明是家庭料理，卻和餐廳的味道不相上下，甚至可以說比餐廳還好吃。原來身高不夠高，雙手不夠長，在廚房煮飯會很辛苦嗎？我懂了。」

田村麻呂這才明白，為何風火身上會多了些以前同居時所沒有的習慣。

「風火不知道為什麼變得很高，於是兩年前要搬進那間房子時，我反過來把廚房翻修得比較高。」

「風火變得真高大，讓我大吃一驚。我和你從大學起就常碰面，但風火的人形我已經將近四十年沒看到過了。」

大約四十年前，他們和田村麻呂在同一個屋簷下生活時，風火和空良一樣，外貌仍維持著粟田口時的模樣。

「明明是弟弟，竟然長得比我還高大。」

「你們現在簡直像兩個不同的人。」

聽到空良的自言自語，突然間，田村麻呂用一反常態意味深長的語調開口說道。

「空良，你還記得風火出生時的事嗎？」

「你幹嘛三不五時就問這個？」

不知從何時開始，田村麻呂偶爾會詢問空良這個問題。

「我們兄弟只差一歲，所以我不記得他出生時的事。」

「這樣啊。」

田村麻呂問了好幾次，每次空良都回以相同的答案。空良不認為，回答「這樣啊」的田村麻呂已經忘了他的回答。

每次被問，空良都會心想，對方為什麼要問這種問題？想著想著，他隱隱約約地開始明白田村麻呂詢問的原因。他封印在心底的疑問在哪裡，那個原因就在哪裡。

「總覺得風火變了呢。」

也許是看出了空良的心情有消沉的跡象，田村麻呂用若無其事的爽朗聲音說道。

總覺得。

這是一種模稜兩可的形容詞，空良卻神奇地聽得很舒服。這個男人平日講話時總是帶著留白，既不斷言，也不斷罪。

從前，他覺得這種做法令人無法放心信賴。

但所謂的從前，又是多久以前呢？空良的想法也有了很大的轉變。

「從我開始上學之後，我與風火之間，第一次有了很多各自獨處的時間。」

而風火就是從那時候起有了轉變。空良感到不知所措的同時，也很清楚這一點。

「風火變了。他產生了屬於他自己的思想，不再跟我一樣。」

他注意到田村麻呂無聲的留白，隨即也察覺到自己話中沒有留白的餘地。但目前僅停留在察覺的階段，完全不知道自己以前說話也都沒有留白餘地。

「也許是因為我變了……那時候，風火並沒有自己的想法。」

空良用又輕又低的聲音，再次提起粟田口的事。

那麼為什麼風火會像火焰一樣，將士兵們的生命瞬間燃燒殆盡？田村麻呂並沒有詢問他為什麼。

說不定，田村麻呂早就知道答案了。

「正如你們所想像的那樣，在北方人民之中，只有我是野蠻的人。大家最終都接納了你帶來的農耕和養蠶，歸順朝廷。大家的生活，應該也比先前與自然共存時輕鬆多了……律令，也是不可或缺的。」

唯有他無法接受，就這麼走過了朝廷與北方融合的時代。

「我並不覺得和自然共存的北方人民及你是一群野蠻人。如果你們只是一群野蠻人，朝廷也不至於害怕到那種程度；如果你們只知野蠻，也不會在戰爭中變強大。」

這句話很有一位擅長帶兵打仗的將領的風格，田村麻呂陳述了強大的涵義。

「那是因為有那一位在。」

因為他們的首領，能為了大家著想而考慮在敵人面前投降。空良能理解田村麻呂所說的強大的意義。

「即使在年幼的時候，我三不五時也會為了追求公平、公正和平等，而和同部族的人們發生爭執。」

空良現在也知道了，當時的他是個無法參與打仗的小孩。

「那些情緒的名字，我是後來才學起來的。」

空良整理心底的種種情緒，田村麻呂默默地聽著。

「那一位總是告誡我，不要把人逼入絕境。他對我說，大家都要活著，所以很多事都是無可奈何的。」

田村麻呂不但把大東京銀行一案提交給檢察機關，還預料到了後續發展。將這一切看在眼底，空良覺得對方看起來相當高大可靠。

「一直以來，我都揣測不出那種無可奈何，包括現在也是。」

——他心底深處也明白自己是個毒瘤，這是自作自受，卻被別人用一些大道理冷靜地逼問。這種情況最容易讓人火大了。你要記得盡可能再稍微收斂一點。

前天晚上田村麻呂的規勸話語，再度浮現在空良耳畔。

「對那時候的我來說，那一位代表絕對的公正。而我棲身之處，卻失去了那分公正。」

空良想對田村麻呂說，你能明白我的那股不安嗎？

但他也勉強明白，自己不能朝田村麻呂發洩這些話。

「四十年前也是，我原本相信那場革命是為了勞工利益，也支持他們。」

直到今日，田村麻呂告訴他，隔壁老婦人並沒有成為革命的犧牲品。

空良那時找到自己認為公正的道路，聆聽那條路上的聲音，並贊同他們的理念時，他覺得自己渾身發熱，雙腳好像踩在軟綿綿的雲朵上，心中產生掃視一切直至世界盡頭的堅定意念。他相信未來會很美好。

然而他碰觸過也交談過的隔壁鄰居，卻因革命而受害。當他知曉對方所遭受的痛苦的那一天，他突然領悟到，自己那股熱情的底下並沒有立足點。

「現在也是一樣，其實我自己也很驚訝。現在的我依然無法和其他人交流往來，藤原說的那些話，我也只是單純放在腦中繼續思考罷了。假如沒有風火，我就只有孤單一個人。」

他對嘮嘮叨叨的自己感到厭煩。

「你這就是和別人交流啊。以後有機會，你就告訴藤原，你一直在思考他的話。」

「所有的問題我都不知道該如何回答。譬如這次的案件，如果打從一開始你就參與其中，我知道後續會有完全不同的發展。我所認為的公正，並不講人情義理。那是因為我……」

「那是因為你希望能有更多人獲得幸福。」

猝不及防地，總是用留白方式說話的田村麻呂，斷然說出讓空良意想不到的話。

「之所以追求公正，是因為你相信只要秉持公正，就不會發生殘酷的不幸事件對吧？」

空良呆呆地聽著對方說話。

「你怎麼會……」

「公正」是空良藏在內心深處，偶爾會拿出來凝視的堅持。他不知道該拿它怎麼辦，卻又割捨不下。如今被田村麻呂用言語講出來，讓空良瞪大了雙眼。

剛剛他評價這個案子「徒勞無益」的時候，田村麻呂也是這樣聽他傾訴的嗎？

「還是孩童的你，見識過許多不講人情義理的殘忍不幸事件以及死亡。這一點，我也有責任。」

空良說不出話，默默傾聽田村麻呂的聲音。

他們能這樣面對面地稍微談論一千兩百年前的事，是從先前同居的時候開始的。當他情緒激動時，田村麻呂也都會察覺到異處。

漸漸地空良開始覺得田村麻呂講話都別有涵義，這讓他感到害怕。他摀住耳朵，為了了解這個世界而去讀書看報紙。

「你所注重的公正如果有和人情義理共通之處，也就會有相違背之處。這很正常。今天這條路走不通，明天和後天就會有其他條路走得通了。」

田村麻呂用詼諧的口吻，讓空良抬起他垂得太低的頭。

空良之所以單純繼續思考，乃因為對他而言，田村麻呂說的話也具有同等意義。他有時候會想起對方的話，動腦思考，然後昨天和今天相比，今天和明天相比，他有沒有產生一些變化？

——追求公正，有何不對？

現在空良願意相信，那個聲音確實已經遠去。

「……晚餐要吃什麼？因為食材都是我去買的，所以做決定的人基本上都是我。」

空良浮出想向田村麻呂道謝的想法，便開口詢問。

「素麵的季節就快結束了，結束之前，我想再吃一次先前的那種素麵。」

「那個真好吃！」田村麻呂為了不忘記而一直反覆回味。

「你真是意外地無欲無求啊。風火也很擅長做擔擔麵風味的芝麻醬素麵喲，上面灑滿了肉燥。」

「晚餐就吃那個吧！」

田村麻呂拍了下手，一秒做出決定。

「啊。」

從椅子上起身後，空良想起來，多津子為了慶祝田村麻呂搬來，要送賀禮來家裡。

「我們還是別買東西，先回家吧。」

「你說什麼！」

結帳時，他們各付各的。

「我猜這樣比較好。」

擔憂孩子肚子沒吃飽的父母，戰鬥力是無法估量的。定居在雫石町後，空良才認識這一點。

「我吃飽了，多謝款待。」

「多謝款待。」

穿過紅色暖簾，兩個人走出拉麵店。

可能因為現在正處於非用餐的離峰時間，他們從一朗的店裡走出來時，很不幸地跟站在黑色暖簾前灑水的太朗碰個正著。

「下次來吃味噌口味！」

在這種情況下，空良什麼話都說不出口，田村麻呂卻很開朗地開口，改變了太朗臉上的不滿神情。

「遠看的時候，他們看起來完全不一樣，但近看的話，他們的眼睛一模一樣。真不愧是雙胞胎。」

第一次近距離看在剃光頭髮的頭顱上包著頭巾的一朗，以及在綁得整整齊齊的頭髮上戴著針織帽的太朗，田村麻呂不經意地說。

「眼睛嗎？」

回憶起弟弟的紅色眼睛，空良心想，不知道他與風火的眼睛像不像？

「我之所以說風火變了，是指我也能清楚看到風火的存在了。」

田村麻呂邊走邊朝雫石町商店街的人們點頭打招呼，同時開口說道。

「所以我才說，風火培育出自我了。」

「我的意思不是那樣。」

田村麻呂似乎想說些什麼，空良覺得自己知道下一句話的內容，於是做好了心理準備。

「當時在粟田口，我其實無法清楚看到風火。」

見空良停下了腳步，田村麻呂也止住了步伐。

「那時候你覺得自己即將死亡，乞求大家饒你弟弟一命，於是我就豎起耳朵去聽你們的對話，士兵們的舉動也像是還有另一個孩童在。」

田村麻呂小聲地說：「那彌勒菩薩呢？」

「當時是攸關生死之際，所以我只是配合著你說話罷了。對於風火是否真的存在這件事，我一直都……」

說到這裡，田村麻呂停了一下。

因為他發現，身邊的空良已經屏住了呼吸。

「搞不清楚，不過現在我能看清楚他的存在了。」

田村麻呂放輕聲音，並拍了拍空良的背

空良恢復了暫時停止的呼吸。

「我只有風火一個家人而已，你竟然……」

空良後悔剛才感謝對方的舉動，從喉嚨用力擠出聲音。

「空良。」

田村麻呂停住腳步，呼喚空良的名字。

「我已經發現了。因為發生了國鐵事件和隔壁老奶奶的事，你才會離家出走。」

田村麻呂說話時並沒有用力，而是用和平日一樣的語調對他說道。

「我都知道，空良。」

田村麻呂看著空良的視線中，帶著明白對方失去了公正的棲身之所後，心中惶惶不安的瞭然。

「我們走一條和以往不同的路吧。」

如字面意思所示，田村麻呂邀請空良改變回家路線。

假如他們已經在不同的道路上邁出了第一步，也能依著路繼續走下去……

到時候風火又會走在哪裡呢？空良直直看著自己的腳邊。

結果不出所料，下午四點半，在風火開始煮晚餐之前，結束書法教室課程的多津子按下了「奧州法律事務所」的大門對講機。

「應該由我上門去拜訪您才對，現在反而讓您費心了。」

田村麻呂光明正大地站在玄關正中央和多津子寒暄，一副招待自己客人的模樣。他還穿著上午那套西裝，顏色接近黑色的西裝很貼合他養眼的體格，讓人看了就火大。

「汪！」

空良同樣也穿著西裝，只是先脫掉了外套。在他氣憤地開口之前，化身為巨大白犬模樣的風火先一步用自己的雙手，或者現在應該說是兩隻前腳，去撲打田村麻呂的胸膛。

「喂喂，風火！」

身材結實的田村麻呂雖然沒摔倒在地，但背部抵到了牆上，他伸出雙手抱住風火。

「你這麼快就跟風火變成好朋友啦，田村先生。」

多津子的年齡早就過了七十歲，她將一頭白髮綁成一束，髮絲整齊得不可思議。

「汪汪！」

無法說話的風火想說的是「才不是，才不是，誰是他朋友！」這一點，無論是被他用前腳連打胸膛的田村麻呂，還是冷眼旁觀這一幕的空良都很清楚。

「你們已經這麼熟了！」

「是啊，這是風火最強烈的愛意表達方式。多津子老師，真的非常感謝您特地過來。老實說在公園聽到六郎老師的通知後，我就有點期待。」

決定讓吵吵鬧鬧打成一團的風火和田村麻呂繼續玩，空良跪在玄關與多津子視線相對。

看到空良坦然地接受好意，讓田村麻呂有些吃驚，但露出微笑的瞬間，他又遭受了風火的頭槌攻擊。

「他們看起來玩得好開心，風火應該也很高興田村先生來家裡住吧。這是我煮的湯，希望你們不討厭手作料理。」

「多津子老師每次煮的料理真的都很好吃。如果田村麻……不對，是田村先生，田村！他嫌棄的話，我會全都吃掉的。」

「喂喂！」

如果不是田村麻呂體型高大，別人大概會以為他正在被攻擊吧。田村麻呂擋下風火認真的攻擊的同時，竟然還強而有力地將對方壯碩的白色身軀抱到右手上，然後站起身來。

「我怎麼可能會嫌棄！那是為我煮的嗎！非常謝謝您！」

「汪！」

風火張開嘴巴想要咬上田村麻呂的喉嚨，空良趁著這個機會，慌慌張張地把風火的身體接過來。

「好了，風火，你和田村先生的感情好過頭了。」

「不可以啃啃，不可以。」

田村麻呂當然有察覺到，自己的喉嚨差一點就被對方的獠牙咬到，他維持臉上的笑容不變，伸出右手肘，擺出讓對方張嘴咬的姿勢。

「嗚嗯嗚嗯。」

被哥哥強硬抱住，原本因為無法啃啃而不滿的風火馬上高興起來，抱住了空良。

將風火緊緊抱著，空良又去尋找對方的心跳聲。這是當哥哥的他一直改不過來的毛病。今天他尤其拚命地探尋弟弟的心跳。

「這個其實是雞肉鍋。我和那個人先前去京都的時候，他很難得地說，有一家餐廳即使花大錢也想進去吃一頓。那家店的雞肉鍋是真的好吃。」

多津子稱呼六郎時，既不說先生也不說丈夫。

「那個人說，因為那家餐廳有坂本龍馬喜歡的雞鍋，但我討厭坂本龍馬。男人真的都很喜歡坂本龍馬呢。」

空良原本還在想，男生會在旅行地點指定去某家餐廳吃飯，確實很罕見，但多津子隨即說出了讓人不覺得意外的原因。

「哈哈，因為他代表男人的浪漫呀！坂本龍馬！」

「你這傢伙真的很輕浮耶！」

田村麻呂一臉驕傲地笑著，依然抱著風火的空良見狀，用激動的語氣說道。

「哎呀？」

意識到多津子露出微笑注視著講話的自己，空良便頂著收不回的氣呼呼表情，噤口不語。

「姑且不提坂本龍馬，這種雞肉鍋真的很好吃，我一直努力做各種嘗試，看能不能自己煮出來。這次剛好熬了很多湯，不介意的話，你們兩人一起吃吧。」

多津子抱著一個很大的環保保冷袋，裡面放了裝在寶特瓶裡的白色雞骨高湯，以及一些看起來像煮火鍋用的食材。

「光看就覺得這個湯應該很好喝。真厲害！我好期待。」

「我用了雞骨，加入蔥的綠色部分和薑，整整熬了三天。這隻雞品質好像不錯，這次熬出來的湯我很有信心。你們就搭配雞肉以及圭太自豪的京都蔬菜一起吃吧。」

雞肉和京都蔬菜都裝在環保袋裡，顏色與外觀都很漂亮的壬生菜、九条蔥及金時紅蘿蔔映入眼簾。

「連京都蔬菜都有……不好意思讓您破費了。」

熟知價格的空良朝多津子搖了搖頭。這份慶祝田村麻呂搬家的禮物太過貴重了。

「這些蔬菜好像滯銷了！其實我也理解圭太的心情啦，聽說他和有機蔬菜的生產者們關係很好。大概是看了他們的農田後，就冒出了想吃那些蔬菜的想法吧。」

小學時曾向多津子及六郎學過毛筆字的圭太，在半紙[4]上用毛筆寫下蔬菜名稱，然後貼在京都蔬菜的販賣攤位上。

「那就讓我們也陪您一起溺愛一下圭太先生吧。」

圭太的毛筆字很漂亮，與他那輕浮的言談舉止完全相反。能親眼看到自己的教導成果，多津子和六郎說不定覺得很開心。

「我也很寵律師你呀。」

開口說話的多津子，聲音充滿寵溺。

「沒錯。」

空良從沒聽過這樣的語調，這肯定是屬於母親的寵溺。

「然後，我對優秀的田村先生也一樣。如果再年輕個三十歲，我就努力追你了。感覺你像是會出現在外國電影裡的那種男性呢，田村先生。請你多吃點，留在雫石町久一點喲。」

「用不著做什麼事都需要年輕三十歲啦。您已經非常完美……了……好痛！」

4 日本特有的紙張規格，長約二十四～二十六公分，寬約三十二～三十五公分。

田村麻呂把本來就低沉的嗓音壓得更加低，但空良和風火分別凶狠地踢了他一腳，不讓他把話說完。

「拜託你們下腳輕一點好嗎！」

「你在對多津子老師胡說八道什麼！這樣對六郎老師也很失禮吧！」

「汪汪汪汪！」

舉止原本像個成熟大人的空良和風火發出怒吼，田村麻呂揉了揉被踢中的小腿。

「呵呵。」

聽到突兀的、宛如溫柔呼吸般的笑聲，空良連忙閉上嘴巴。

「每次在田村先生面前，律師都會變得完全不一樣呢。」

很久沒和田村麻呂同住在一起了，空良這才發現自己有了一些變化。現在被多津子一提，更讓他覺得自己真的「不一樣」了。

「他是我父母的仇人。」

空良嘟著嘴告訴多津子。

「又來了。律師你一直很安靜，讓我總是擔心你究竟是活著，還是死翹翹了。現在的你比較好。」

多津子的目光溫柔至極。那分溫柔所代表的涵義，空良已經知道、學到並能感受到了。

「真的嗎？」

沒有接受過，就無法學會那樣的感情。空良花了很長很長的時間才學會。

「真的。」

「那我先走了！」多津子開朗地結束談話，朝想要送她的空良擺擺手，然後打開了玄關大門。

「謝謝您的禮物！」

田村麻呂扯開嗓門大聲道謝，並彎腰鞠躬。

「不用這麼客氣。」說完，多津子自己關上大門離去。

環保袋被攤開放在起居室的飯桌上，三人所做的第一步，是先用眼睛欣賞白色的雞湯、粉紅色雞肉的肉質緊實度、京都蔬菜的美麗外觀。

「這些湯光看就覺得很好喝。兄長大人，下次記得問多津子老師怎麼煮。」

湯雖然是白的，卻並不渾濁，仔細撈掉浮沫的雞骨高湯讓大家垂涎三尺，穿著白色綢衣的風火拜託空良代問。

「你用不著這麼拚命的，風火。」

「我覺得做菜很開心，而且這個湯看起來很美味呀。」

袋子裡裝了各種食材，光看就讓人覺得陶醉。

「這份搬家賀禮真棒，感謝老師。」

田村麻呂感激不已地點點頭。一想到多津子是為了他才準備這些東西，空良的嘴巴馬上又不滿地嘟起來。

但與其說他不滿，不如說他這是幼稚的吃醋。

「不管在哪裡、對象是誰，你總是能獲得優待，難怪能侍奉四代天皇。」

「話雖這麼說，但我和平城上皇互看不順眼，所以嵯峨天皇說要攻打平城京時，我立刻就動手了。藥子之變講究的就是一個快字。」

歷史上長久以來被稱為「藥子之變」的事件，聽田村麻呂的講述語氣，彷彿是昨天才剛發生似的。

「平城上皇不就是……」

空良已經從後人彙整而成的史書裡，得知平城上皇就是好色皇太子安殿親王，也就是當初在粟田口，田村麻呂對士兵們說要把他獻出去的對象。

可是空良並不想在風火面前談論粟田口的事。

「雖然為時已晚，不過我想再解釋一件事。」

然而田村麻呂卻接續空良的話，繼續說下去。

「那時候，安殿親王有個出名的癖好是喜歡年長的女性。他讓年幼的女孩進宮當宮女，但卻對女孩的母親藥子傾家蕩產獻出一切，最終身敗名裂。我認為他對小孩子沒有興趣。」

即便不知道進宮後會遇到什麼，田村麻呂認為那還是比當場死去好。空良現在已經能理解他的想法了，雖然還無法好好地用語言表達出來。
「真的是有夠晚的，都過一千兩百年了。」
「如果不是因為當時你是連士兵們都肯定的美麗幼童，這種藉口根本行不通。」
下午時田村麻呂曾說「你能長大成為這樣的青年，真是太好了」。姑且先不論其中的道理，空良也能理解時代及政治背景已經不一樣了。
「粟田口……安殿親王？兄長大人，我想啃啃田村麻呂！我可以啃啃嗎？」
聽到安殿親王，風火雖然不懂這四個字的意思，但也能大致理解空良和田村麻呂正在說什麼時候的哪件事，還來不及阻止，他就變成了雪白的狗。
「等一下，風火！」
空良手忙腳亂地抱住想要朝田村麻呂露出獠牙的風火脖子，阻止了他的行動。
瞬間，空良打從心底鬆了一口氣。
——當時在粟田口，我其實無法清楚看到風火。
其實用不著田村麻呂說，空良有時候也會覺得，風火彷彿完全不記得那時候發生的事了。當初在粟田口時，彷彿已經遺忘一切的風火真的是人類嗎？有時候，空良背地裡會整顆心被不安的陰影所籠罩。
「用啃啃之類的可愛稱呼來命名你以獠牙咬別人喉嚨的舉動，模糊這個行為的嚴重性，是我的不對。」
見哥哥直接用自己的語言說話，風火立刻恢復人形。

對了，風火這邊很熟悉田村麻呂的事。

「用我可以聽懂的方式說！」

空良也發現到，因為他整個人放鬆下來，所以無法特地用簡單易懂的詞彙說話。於是他尋找適合的措辭方式，並做了個深呼吸。

「……以前，即使不把話說出口，我們的心情也都是相同的。無論面對什麼事，我們都是一體的。」

右手掌心摸了摸風火生氣嘟起的臉頰，空良碰觸這如今的確已經不再相通的體溫。

他們兄弟兩人以往總是一體同心，因而風火的個體存在感在他心中也是曖昧模糊的。空良相信肯定是這樣沒錯。

「風火。」

他也知道，田村麻呂正如往常那樣看著他們兩人。

「今天，田村麻呂幫了我一個忙。前幾天不是有幾個人拿刀指著我嗎？他們背後的主使者們現在也在檢察機關和員警手中了。這都是田村麻呂做的。」

空良凝視著風火的眼睛，解釋給他聽。風火眼中和以往一樣燃燒的紅色火焰一點一滴平息了下去。

「田村麻呂的……」

喉嚨，不可以咬斷。

空良想要開口這麼說，但卻怎樣也說不出口。田村麻呂背叛了他所信任的人。他無法輕輕鬆鬆把這句話說出口。

明明下午他才終於願意相信，寒冰般的聲音已經遠去了。大概是他天生就沒有不論善惡去相信一個人的信心吧。

「風火，求求你，不要再殺死任何人了。」

唯獨這個願望，空良在過去一千兩百年裡不斷期盼，不斷勸告弟弟。而所謂的任何人，也包含了不會死的田村麻呂。

「……我又被罵了。」

風火沮喪地垂著頭，露出苦笑。明明現在是人類的外貌，他卻彷彿連耳朵也垂下去了。

突然間，大門對講機的鈴聲響了。

「大概是找我的。」

田村麻呂似乎內心早已有數，用和平日一樣、此刻卻顯得突兀的語調說完後，站起身來。

「您好。啊，我就是田村。」

掛上對講機，調皮地回頭看兄弟二人一眼後，田村麻呂便朝玄關大門走去。

「謝謝。可以用簽名的方式嗎？」

領取宅配包裹的聲響傳了過來。

直到兩年前，空良與風火都還不斷更換住處，又或者漂泊不定。田村麻呂可能也跟他們一樣，雖然搬到這裡又過了個週末，但行李只有衣服和文件而已。
空良能預料到，對方接下來將會運送一些其他行李過來。
「為了紀念我們睽違已久的同居生活。」
不過回到起居室後，田村麻呂卻把一個矮矮的紙箱放在風火面前的飯桌上。
「你這是什麼意思？」
「就先打開看看吧。只不過我也無法保證品質。」
聽田村麻呂故弄玄虛地這麼說，風火克制不住好奇心，打開了紙箱。
「啊啊，這個！」
風火取出的東西很像日本傳統工作服，但上半身是藍染木棉製的羽織外套，袖子與衣領周圍用朱色的線繡了大大的螺旋圖案。
「是那個情報販子穿的衣服！」
這個上下成套的服裝，非常像風火所沉迷的連續劇裡，他曾說想要的情報販子的衣服。
「你是怎麼找到的？」
因為相似度非常高，空良感到很震驚，便看向田村麻呂。
「我去網路上搜索過。用連續劇名稱和登場角色的名字，搜索衣服和網購，然後轉眼間就送貨到府了。」
「你已經徹底變成現代人了吧……征夷大將軍。」

空良目瞪口呆地低語，而風火已經高高興興地換上了那套服裝。

「兄長大人！怎麼樣？我穿起來好看嗎？」

前一刻還垂頭喪氣的風火，現在彷彿換了個人似地高興不已。

空良心情複雜地凝視著穿著藍色服裝的風火。這套服裝，風火應該只在電視上看到過才對。

——阿弖流為……

阿弖流為也曾穿過這樣的服裝，服裝外觀與現今愛奴族流傳下來的民族服飾非常相近。現代有一派學者認為蝦夷就是愛奴族，但當時出生在北方的空良本身並不清楚實際情況。離朝廷甚遠的北方土地上區分了許許多多不同的部族，文化和語言就宛如漸層色。空良記得，大家雖沒有涇渭分明的差異，但也並不完全相同。

「你穿起來很好看，風火。收到禮物後，必須要道謝才可以。」

在與朝廷長達二十年的戰爭中，阿弖流為將這些部族集結起來。擔任首領中的首領的他，有些日子會穿著藍色布料上有著美麗朱色刺繡花紋的服裝。

比如上戰場的日子，還有祭祀的日子。那是他參與政治及祭祀的服飾。

「……田村麻呂，謝謝你。」

「這是你做美味料理給我的謝禮。」

聽到風火努力擠出的道謝，田村麻呂輕描淡寫地回應。

「那我們來準備煮火鍋吧！」

風火直接穿著這套衣服，幹勁十足地拿著多津子贈與的食材走向廚房。
哥哥目送擁有驚人壯碩身材的弟弟離開。
「長得越來越像了。」
田村麻呂喃喃自語般地說道，同樣想過這件事的空良心臟重重一跳。
現在，空良也清清楚楚意識到了。
身體長大後的弟弟風火，與阿弖流為十分相像。

九月第三個星期一的晚上，正好是夜晚氣溫驟降的日子。
三人沉默不語，靜靜喝著散發溫暖蒸氣的白色雞骨湯。
「我好想把這些湯喝得一乾二淨。」
負責準備火鍋的當事人風火，戀戀不捨地喝著碗中剩下的湯。
風火將京都蔬菜切得整齊漂亮，肉質肥厚的香菇上還有名為「花切」的雕花切痕，看起來宛如花瓣散落。
「都吃完了……這個雞肉鍋是怎麼回事，乍看之下很濃郁，喝起來卻不太鹹，但湯中充滿濃郁的雞肉香氣……感覺滲入了五臟六腑！」
震撼人心的美妙滋味，讓田村麻呂發出讚嘆。
「雞肉鬆軟柔嫩，京都蔬菜本身具有獨特風味，但壬生菜和金時紅蘿蔔卻與雞湯融合為一了。我好像終於能明白，圭太堅持賣這些蔬菜的意義。我也想要每年都吃一次這些蔬菜……可是要煮這種雞肉鍋。」

金時紅蘿蔔和壬生菜雖然存在感不強，但甜味富有層次，九条蔥則是吸滿了費心熬出的雞骨湯。

空良細細品嘗星星造型的甘甜金時紅蘿蔔。

「對了，袋子裡還放了白飯和蛋喔，而且還是蛋殼看起來很硬的紅蛋。」

「是要用來煮結尾的雜炊吧！」

「拜託你了，風火。」

「那就非煮不可了！」聽到田村麻呂和空良開口這麼說，風火迅速站起身，拿著鍋子走向廚房。

「你們兩個真的過得不錯呢。」

「多津子老師有時會送來很棒的東西，今天則是託了你的福。」

空良心想，這方面的道謝他勉強說得出口，於是朝田村麻呂微微低頭致謝。

因為先前太專注在雞肉鍋上，導致他們甚至忘記喝啤酒，現在只能各自端起稍微變溫的啤酒杯喝下肚。

「天降冰雹了嗎？算了，既然收到感謝，我就順便提一下。以後，你真的不必再擔心和江藤前主任有來往的那些黑社會了。」

住處被曝光讓空良一度很擔憂，田村麻呂對此表示「不用擔心」。

「你做了什麼？」

「這星期發售的雜誌上，用特大字體寫著『連調查員的辦公室都遭到黑社會暴力分子闖入』，是盡可能指向特定黑社會相關資訊的報導。他們不會只為了復仇，冒著無意義的風險動手做些什麼。那些人雖然處於黑暗面，但也是商人，不講什麼道義。」

聽完解釋，空良便明白為什麼不用擔心，但還是不清楚田村麻呂到底做了什麼。

「這份工作我也做了很長一段時間，手裡有幾張底牌。」

田村麻呂用左手輕輕拍了拍自己的右手。

「雖然你看起來已經融入現代生活，但動作卻還是平安時代的將軍風格。我看你是平安時代大叔吧。」

「隨便你愛怎麼說。」

聽著空良這一番帶刺的話，田村麻呂從容不迫地笑了起來。

空良逐漸意識到，田村麻呂雖然能融入每個不同的時代，但本質上依然是武人。縱使不拿武器、不舉劍，他依然強大。

強大，且正直。

田村麻呂所說的「開始看見這個世界」，對現在的空良來說，只覺得處處都是矛盾，內心也常搖擺不定。

「我覺得那傢伙並不是脆弱的人，他是喝醉了嗎？」

於是，一個原本身上帶著劍和槍的人，才會變成今天多津子口中那個喜歡吃火鍋的男人。空良選擇轉移話題。

「你說龍馬嗎？正常人都會有輕忽大意的時候吧。他不可能隨時保持警戒。」

田村麻呂低聲回應，彷彿他自己也曾經歷過那樣的日子。

空良也知道，朝廷殺死了他們稱為蝦夷的北方大地的首領之後，坂上田村麻呂的征夷任務變成了融合兩邊，而不再是戰爭。他建城，祀奉神佛，最重要的是以律令為秩序的基礎，傳授農業和養蠶的技術，讓北方人民的生活安定下來。

——沒有遵守諾言的人，確實是我沒錯。你殺了我吧。然後，讓這股仇恨到此結束。

也許在出發前去建築新城的那一天，田村麻呂的戰爭時光就已經結束了。然後會不會這個男人原本就沒有仇恨別人的時間呢？

空良偶爾也這麼想過。

「聽說他死亡之前，正在等著吃雞肉呢。老實說，那個並沒有好吃到送命的程度。」

「他好像曾經請我們吃過一次水炊鍋對吧？然後他誤以為你是某個武士家的人。」

在一百五十多年前，漫長的江戶幕府即將走向終結的時候，空良和風火也曾與田村麻呂住在一起過。

現在回想起來，每當世道變得不安穩，田村麻呂都會突然出現在他們兄弟面前。

「那個時代武士的氣勢很難遮掩。因為當時那群血氣方剛的人在各地爭先恐後掀起了反抗運動。龍馬家境富裕，像那樣不管三七二十一總之先和他看中的人吃頓飯培養關係的做法，也許正是他的行事策略不是嗎？」

說不定，龍馬也是這樣認識了薩長同盟。但不僅田村麻呂，現代也已經沒其他半個人知道當時實際情況是什麼了。

「是龍馬太得意忘形了吧！」

風火以簡單卻貼切的詞彙來形容坂本龍馬，然後戴著隔熱手套小心翼翼地端著鍋子走回來。

「得意忘形……嗎？他也算是把臉都丟光了吧。」

「好了！再等五秒！五、四、三、二、一！」

數完五秒後，風火拿掉鍋蓋。

「哇啊……」

「這是……！」

鍋子裡白飯浸在雞骨湯中煮得軟爛，上方倒了蛋花，煮得半熟的蛋黃帶著光澤且蓬鬆。

「我把剩餘的九条蔥切成細絲，還加了柚子醋。」

「我開動了！」

「我開動了！」

田村麻呂和空良已經等得心急如焚，風火用自己拿來的三支中式湯匙，把雜炊舀到大家手邊的空碗裡。

每個人都拋掉了餐桌禮儀，用力吹著盛在中式湯匙裡夾雜鬆軟蛋花的雜炊，然後將之塞進口中。

三道近似低吟的聲音緩緩飄上空中。

「這就是所謂的幸福吧……」

「我也難得完全同意你的看法。」

「真想讓龍馬也吃吃這個！」

柔和的雞湯香氣在口中久久不散，三人痛快享用著雜炊。

「我們剛剛在說，那傢伙喜歡的雞肉鍋根本不是這個模樣。」

田村麻呂告訴剛剛人在廚房沒聽到的風火。

「我覺得只要沒有戰爭，食物就會漸漸變好吃。如果想吃樸素一點的味道，風火現在也煮得出來了。據說肉類、蔬菜、穀物和水果已經連含糖量都能計算出來了。這是化學的一大進步。」

「可是龍馬請我們吃的那種雞肉鍋，真的非常好吃。」

記憶中那彷彿是昨天才剛發生的事，風火回憶當時極致的奢侈，笑了出來。

「是啊。我也很驚訝，那時候竟然會有那種料理。真是太豐盛奢侈了。」

「那種雞肉鍋確實也有它好吃的地方，真是神奇啊。在那個時代，我覺得它已經是京都料亭的豪華火鍋了，但現在回顧起來，卻覺得它的滋味很清淡樸素。」

田村麻呂抓抓頭髮，說這樣真糟糕。

「即使名稱一樣，味道卻會逐漸改變。」

明明雞肉鍋毫無疑問變得更好吃了，自己卻感到失落，這才是真正的奢侈浪費。空良對自己的心態發出感嘆。

「你之前說『味道是會消失的』，那是一句很恐怖的話。龍馬應該真的很喜歡那個雞肉鍋吧。我早就看穿了，他打定主意要讓想交談的對象吃吃看那個雞肉鍋。」

田村麻呂回顧一百五十年前的那個雞肉鍋，發現自己已經記得不是很清楚了。

「因為他喜歡，也因為那道菜是奢侈品，所以他才會那麼做吧？由於家裡足夠富裕，他才先讓自己覺得優秀的人吃一頓好料的，再找對方談話。聽到你剛剛的話，讓我覺得恍然大悟。說不定那跟龍馬所追求的維新也有關聯。」

空良吃光雜炊後放下碗，認同方才田村麻呂所說的猜測。

「薩長同盟那件事，天知道事實情況是什麼。幾年前還有消息說，龍馬的名字會從教科書裡消失。」

「為什麼？」

改變已經用白紙黑字寫下來的歷史，對空良而言，等同改寫他走過的人生道路。

「據說是因為失去了資料證明他是薩長同盟的關鍵人物。畢竟在被暗殺之後，直到日俄戰爭時，龍馬的名字才開始轟轟烈烈傳開來。」

「報紙有報導過……說龍馬出現在皇后[5]的夢裡。」

即使在明治時代，大家對這種夢的觀感也不太好吧。空良回想之後，忍不住笑了出

5 指明治天皇的皇后一条美子。日俄戰爭開戰時，即西元一九〇四年二月六日晚上，美子皇后夢見坂本龍馬。

來。

「他被當成激勵士氣的象徵。他看起來像個好脾氣的商人，也像一個精通謀略的男人。」

「……處在漩渦中心的我什麼都不知道，甚至也沒察覺德川幕府已經邁入尾聲，滿心以為太平盛世終於到來了。但你應該早就察覺到了吧？」

回顧田村麻呂提出要跟他們兄弟兩人一起生活的那段時期，空良意識到，早在坂本龍馬出生之前，田村麻呂就已經察覺到社會的異變了。

「德川幕府已經延續了兩百六十五年，大家沒想過它會結束很正常。」

田村麻呂笑了笑，覺得當時的情況不足為奇。

然而田村麻呂當時已經察覺到，幕府時代即將結束了。他肯定是因為已經有所察覺，所以才會來到空良和風火身邊。

——我一直看守著你。

肯定是出於那句話以外的某種原因。

「能找到那種破綻的，都是才高八斗的軍師吧？」

「又或者是恐怖分子。以歷史教科書來說，大多數的事情都是從結果來進行評斷的。」

「可是……」

當初想要考大學時，空良才知道阿弖流為有被寫進教科書裡。當然田村麻呂的名字也在裡面。

以結果做評斷的歷史教科書裡，並沒有寫哪一方是對的、哪一方是錯的。

他們兩者都沒有錯，只不過田村麻呂還活著，而阿弖流為死了。

「民間故事和歷史書籍總喜歡讓每件事變得合情合理，但人生在世，本來就無法讓所有大小事都合情合理、有條不紊。我們也不是為此而活的。」

可是……當空良說不出後續的話，陷入沉默時，田村麻呂低聲說道。

「是這樣嗎？」

如今的空良覺得，無論是在歷史書籍裡，還是在他們的記憶中，阿弖流為以及田村麻呂都有克盡己職。

「有些人可以把一切都安排得有條不紊，但有些人做不到。」

回顧過去這段沒有終點的時光，空良心想，自己也許就是後者。

想去相信過往所無法相信的事，讓空良內心產生劇烈的震盪。激烈的震盪所帶來的餘波影響也很大，讓可能現在才開始顯現的世界變得非常複雜。

他開始認定自己做不到。

「兄長大人。」

吃完雜炊後一直保持沉默的風火，突然開口呼喚空良。

「怎麼了？」

發現自己只顧和田村麻呂聊天，把風火丟在一旁不管，空良急忙用溫柔的聲音詢問弟弟。

即使風火的外表已經徹底變成大人，在空良眼中他依然還是小小孩。空良說話的聲音也變得溫和，就像與幼童交談一樣。

「我想學習。」

風火回了一個出人意表的答案。

風火會說這種話，還是過去一千兩百年來的第一次。

「……你想學什麼？」

空良把差點脫口而出的「為什麼」設法吞回肚子裡，開口詢問弟弟。

「你問我，我也不知道。因為我甚至不知道自己不知道什麼，包括兄長大人和田村麻呂的聊天內容。」

風火露出無聊的表情說「可是我希望自己能聽懂」。

「你看得懂文字嗎？」

田村麻呂代替屏住呼吸、無法開口的空良開口詢問。

「平假名看得懂，漢字的話很多都看不懂。」

「那我來教你吧。」

田村麻呂的聲音很溫柔，空良聽起來總覺得和自己有些許不同，像是把風火擺在與對方同等的地位。

「那是我該做的職責，田村麻呂。」

「為什麼?」

「因為我是他的兄長。」

「空良。」

田村麻呂叫出空良的名字，安撫的聲調中帶著一絲嚴厲。

「教小孩認字不是兄長的工作。」

「雖然很嚴格，但這件事很重要。」他解釋給空良聽。

「那是大人的工作。你知道自己名字的漢字嗎，風火?」

「我能寫出我和兄長大人的名字！」

「那就順便學會寫我的名字吧，可以用來詛咒喲。去拿寫字的工具過來。」

「原來可以用來詛咒嗎?」

聽到田村麻呂的玩笑話，風火開開心心地把鍋子端到廚房去。

空良沒有幫忙收碗盤的習慣，他目瞪口呆地看著風火動作俐落地把飯桌一一收拾乾淨。

空良原本一心想著，要讓風火完全變回人類。

滿腦子都是這個念頭。

最終，空良開始知道風火變回人類的真正涵義。知道，卻還不想去思考。

但他也從中領悟到，自己知道涵義後卻還一直試圖逃避。

「阿弖流為就放在最後教。這幾個字筆畫複雜，原本也是大和朝廷把他名字的發音轉換成對應的漢字。」

看著正在洗碗的風火的背影，田村麻呂似乎在思考該怎麼教他。

架勢很成熟穩重，宛如父親一樣。

昭和時代他們長期同居時，田村麻呂說「因為時代變了」，所以對外總是佯裝成他們兄弟的父親。

後來自然而然地，田村麻呂在家裡也變成了父親般的存在。

「我來這裡的那個星期五晚上……」

冷不防地，田村麻呂在還無法正常呼吸的空良面前，提起了幾天前的事。

「你說過絕對不會原諒我對吧，空良。」

大部分時間裡，田村麻呂都是帶著笑容的。

「先前，我確實說過絕對不會原諒你。」

空良也很清楚，對方說這句話的弦外之音。

——我沒有忘記你所做過的事。我忘不了，而且，也絕對不會原諒。

他慢慢地說著，一邊檢查一邊拼出誠實的言語。

「雖然我們看上去好像完全沒變化，但身上的時光也在不斷流逝吧？畢竟你們兩人的外表都變成大人了。」

以前像父親一樣照顧他們兄弟的田村麻呂，現在則是把空良當成一個大人看待。

以前不是這樣的。

昭和時，他們與田村麻呂展開了數不清第幾次的同居生活，那時空良認知到，田村麻呂的很多舉動是父母才會做的事，但當時肯定不是田村麻呂第一次做那些事。

空良雖然沒有這方面的記憶，但卻從中知曉受父母保護、養育的生活應該就是那樣的感覺。原本他對這些完全陌生，但經過漫長的時間，田村麻呂或許教會了他。

正因為如此，他才定居在雫石町，並能迅速理解六郎及多津子給予了他什麼。

總是擔心他吃不飽的兩位老人家的愛意，宛如父母親的照顧，讓空良很享受。

因為他終於學會了如何去接受，並用心去理解。

他受到了教導，並牢記在腦中。

「我要寫你的名字，然後詛咒你！」

風火開心地拿著原子筆和某種紙張過來。仔細一看，那張紙似乎是多津子用來包食材的廣告傳單，而且還被水氣弄皺了。

「我的名字很簡單喲，很適合第一次學習寫字的你。」

為了指導文字寫法，田村麻呂站起身，坐到風火的左邊。

發生粟田口事件的那時候，空良已經學到了不少東西。因為必須了解敵人的情況，所以大家已經開始學習大和朝廷的文化，以及與北方有貿易往來的唐朝所傳來的文字。

但空良不明白的地方還是不斷增加，每次和田村麻呂一起生活，空良都會向對方學習。他不明白的地方不僅是學習方面，還有與人相關的事，譬如人與人的交流、人的心。

不僅是仇恨，還有與仇恨相反的其他情緒。儘管空良無法理解，但也逐漸看到了它們的

「存在」。自己所沒有的，存在於外面世界的各種不同的公正。

在他還不知情的時候，就已經無法回頭了。

空良還不知道腳下這條路通往何方，但現在只能向前看，並繼續前行。這條路，肯定是與過去完全不同的路。

「田是農田的田，想像一下田地的樣子。漢字的構成基本上都是這樣，很好懂對吧？」

「真的耶，就像田地的田！」

空良明明拚了命想讓風火變回人類，卻又不曾教導過對方任何知識。這是風火第一次學習文字。

「明天我去買練習簿給你吧，風火。」

光是說這句話，就讓現在的哥哥耗盡全部力氣。

「謝謝兄長大人。」

記住了文字的風火，聲音透露出反常的成熟平靜感。

閱讀文字的眼睛也與以往截然不同，在空良看來，有一瞬間那雙眼睛變成了深藍色。

看到那抹近似於他牢牢記在腦海中宛如湖泊的藍，空良倒抽了一口氣，直直凝視著風火。

和室裡，空良躺在日式床墊與棉被之間，身著一件浴衣當作睡衣，仰躺看著天花板。田村麻呂分走了二樓一個房間，現在正在整理換洗衣物及工作相關用品，窸窸窣窣的聲音傳入空良的耳中。

「兄長大人，你睡著了嗎？」

「我還醒著。」

準備好了明天早餐要用的米和高湯後，風火穿著白色衣服拉開房門。

基於長久以來的習慣，他們兄弟總是睡在同一個被窩裡。從前他們曾在沒有棉被的狀況下睡在房屋前的屋簷下，當初在粟田口時還一同躲在山裡，連續幾天都是兩人擠在一起取暖。

原本一直是這樣的。

「我們再去買一組床墊和棉被吧，風火。」

空良朝理直氣壯鑽進自己被窩的風火開口說道。

「為什麼？根本不需要吧！」

「可是⋯⋯」

他輕撫右手邊的風火的臉頰、頭髮。

宛如把弟弟當成稚子般，不自覺地一一輕撫。一直以來，空良都只把風火視為「自己的弟弟」。

「你已經是一個優秀的成年男人了，而且還比我高大許多。」

「感覺天氣變得有點冷，不然我變成狗好了！」

風火開朗地笑著，把哥哥的話全當成耳邊風。

「現在才九月。晚上雖然開始變涼，但還不冷。」

「可是，我覺得兄長大人有點哀傷。」

風火自然而然就是了解空良的心情。

「我還以為兄長大人哭了，覺得有點擔心。」

他們理所當然地分享同一股情緒。空良一直以為，這是因為他們是兄弟。

「我從來沒有哭過。」

「我知道，我也沒有。」

但兄弟也是兩個不同的人，最近空良越來越常體會不到風火所產生的情緒。

「明天開始我會幫忙洗碗的。一直把廚房所有雜事丟給你做，我真是個糟糕的兄長。」

「沒差啦，反正我也沒別的事情可做嘛！田村麻呂說你是糟糕的兄長嗎？」

「田村麻呂沒說那種話。他不是要教你認字嗎？我會趁那段時間去把廚房整理乾淨。對不起。」

沒等聽完空良說對不起，風火已經變成了白色巨犬。

他頂著一身蓬鬆柔軟的白毛蜷縮起來，額頭貼著空良的胸口磨蹭。空良順勢被風火圈入懷中，依偎著對方的胸膛，他確實在這個越來越冷的夜晚獲得了一分溫暖。

他撫摸著犬形風火的柔軟臉頰，風火已然香甜入睡。

「風火，你……」

想變回人類嗎？

空良現在當然無法詢問睡著的風火。或許，當哥哥的也從來不曾正面問過弟弟這個問題。

他是為了什麼而想讓風火變回人類呢？然後到時他該怎麼做呢？事情又會如何演變呢？不知從何時開始，他迷失了方向。

「當你能以人類身分生活的那一天到來，文字會是你不可或缺的工具。」

然而直到今天之前，他卻一直沒有意識到這些事。

「為什麼你會知道我的悲傷呢？」

他們彷彿最初就是兩人一體，也一直以這樣的方式活過漫長歲月。可是無論是狗的模樣還是人類模樣，他們兩人都有著各自不同的體溫、不同的身體。

「風火。」

就算睡著了，風火還是乖巧地回應哥哥，捲起的尾巴動了動。

即使沒有棉被床墊，空良也和變成幼犬模樣的風火互相依偎活到了現在。那段漫長的時光裡，也是有一些快樂的地方，讓他覺得很幸福。

方才學習文字時，空良第一次覺得風火的眼睛看起來是藍的。

有件事其實沒有任何史實留下記錄，那就是阿弖流為擁有一頭銀白色頭髮以及一雙蔚藍色的眼睛。他的體格非常壯碩，與外貌完全相反，而年幼的空良對於這位強大誠實又溫柔的首領，滿心都是景仰。

空良一直盼望自己也能長得跟阿弖流為一樣，費了一番功夫後，他的身體總算不再是少年模樣，而是變成非常普通的青年身材。

「你究竟是誰？」

空良的嘴巴無意識地吐出這句話。

逝者如斯，空良用力閉緊眼睛，把臉埋入風火的胸膛。

法律工作者被委託人耍得團團轉

睡眠，帶給每個人異於昨日的全新一天。

曾經存在感模糊的風火開始學習文字，而空良也可能在這座雫石町首度和人類共生。

——狼和狗原本應該算是同一種生物吧。

昨天煮了美味雞肉鍋給他們的多津子曾說過的話，湧上空良心頭。

——就看牠們是與人類共生，還是咬死人類。牠們只有這樣的小差別，人類會不會是因為自己的利益，才用不同的名稱稱呼牠們呢？

不知不覺間，空良渴望起能和人類、和這座城鎮共生。

為了這個願望，必須好好工作。於是，空良坐在位於雫石町商店街一條巷子裡的「香寺公一稅理士事務所」會客沙發上，喝著麥茶。

「請多多指教。」

號稱昨天行程滿檔的稅理士香寺夏妃，此刻不知為何臉上帶著太過燦爛大方的笑容，於是正等待主角現身的空良只好鞠躬回禮。

香寺公一人在哪裡呢？

空良記得，眼前這位穿著藍灰色西裝外套配長褲的人，就是那位用兩公斤泡菜配啤酒，消費觀很理性的女人。

「哪裡哪裡，我們才要感謝您過來一趟。」

原來她是一位稅理士嗎！空良想起她曾就原價率和經營管理的問題，念了圭太一頓。

「聽說您最近很忙碌，今天見面沒問題嗎？」

一想到舞弊稽核師這種特殊工作有機會在雫石町裡一展長才，空良感到非常高興。他用自己的方式，在今天的會議上表現得格外充滿幹勁。

「沒事沒事，昨天是碰巧有客戶公司要做例行審查。不然這個時期我很閒！啊，超級閒！閒到發慌！因為很閒，例行審查結束後我還跑去喝酒。」

看起來有點宿醉的夏妃用力擺了擺手。她看起來約莫三十五歲上下，擁有一頭齊肩短髮，給人一種乾淨俐落的印象。

「這樣啊……」

辭掉檢察官後，空良的工作全都是內部稽核室之類的地方，見到的全都是繫著領帶的拘謹年長男性，所以完全不習慣面對女性。

裡面有個正在默默整理收據、年紀約五十歲上下的男人，看起來很像是稅理士。莫非他就是香寺公一嗎？空良偷偷看向男人，希望他能跟夏妃交換一下。

「每年的一、二、三月簡直是地獄，但之後就相當清閒。為什麼客戶們不要每個月把收據給我呢！如果讓我每個月記帳，繁忙期就不會像是在地獄了！」

空良也很清楚，稅理士事務所有時會承擔公司的會計業務，但決戰時刻是在每年的納稅申報時。作為一名舞弊稽核師，進行調查的過程中，會計、帳簿、申報、納稅總是能起到關鍵作用。

「我想改裝事務所。」

然後當空良以為夏妃即將進入正題時，沒想到對方卻用那雙畫了漂亮眼線的眼睛環視辦公室，然後又嘆了一口氣。

「經您這麼一提，這裡確實有點……」

為什麼會突然講到改裝？空良雖然滿頭問號，但從今天起，決定要為了在這個城鎮生活而好好工作的他，帶著用力過頭的心態，絞盡腦汁努力附和夏妃。

「很舊對吧？很像昭和時代的稅理士事務所對吧？你看，平賀先生！這家事務所果然已經過時了！」

那位五十歲上下的男性似乎不叫香寺公一，而是叫平賀，夏妃回頭看向戴著黑框眼鏡的平賀。

「我才沒那樣說！」

那香寺公一到底在哪裡呢？心裡想著這個問題的同時，空良慌慌張張地要從沙發上起身。他從來沒挑戰過硬逼自己配合別人聊不懂的話題，於是馬上就栽了跟斗。

「妳老是把那些話掛在嘴巴上呢，夏妃大小姐。」

身上穿著很像會出現在昭和時代連續劇的白色襯衫，氣質和電子計算機及收據非常搭的平賀，沉穩地笑了笑，稱呼夏妃為大小姐。

「我們沒有那麼多閒工夫啦，所長！要改裝事務所，代表要把這裡所有的文件和電腦暫時先搬到外面去對吧？不可能，不可能，我絕對辦不到，我要辭職。」

入口附近，有一位似乎負責所有瑣碎文書工作的二十幾歲女性。她胸前的名牌寫著「河口」，現在正用手指捲著燙得很漂亮的鬈髮，口裡很乾脆地說辦不到。

「未久，妳要是不做了，我會死掉的。呃，不然我先介紹一下我們事務所好了。我是所長，平賀先生是合伙人。這位是未久，河口未久小姐，她是最優秀的稅理士助手。這家稅理士事務所，是我父親為了承攬那條商店街的會計相關工作而開設經營的。不過，他十年前就嗝屁了。」

「他過世得很早。」說完，夏妃喝了口麥茶。

「原來如此。」

得知香寺公一在十年前已經去世，但事務所招牌直到現在也沒換，空良不知道現在該不該表達一下哀悼之意。

「然後，平賀先生原本是我父親的合伙人，我想請他在這裡工作。可是如果他不當合伙人，這家事務所就無法繼續經營了……因為我們屬於法人組織，需要兩名稅理士才能成立公司。我之前原本在企業內部當稅理士，後來就回雫石町來了。」

夏妃抱怨地說平賀先生太聰明了，現在辛勞地獨自支撐「奧州法律事務所」的空良聞言只能勉強地同意。

「其實也無所謂啦，反正我跟高樓大廈的環境合不來。只不過，那條商店街也一步一步慢慢走過半個世紀了，委託父親的那些叔叔伯伯們，搞不好年紀都比他大，接下來也會一個接一個嗝屁吧？」

平日空良在田村麻呂以外的人面前總是很冷靜，必要時工作中甚至很冷酷無情，但此時聽到夏妃第二次說「嗝屁」，他被麥茶嗆到了。

「……咳……咳。」

自己立志要好好努力的第一天，遇到的工作對象就是眼前的夏妃。這讓空良覺得，上天是不是想考驗他在雫石町與大家共生的決心。

「你沒事吧？年紀輕輕竟然會被茶嗆到？要小心一點啊。你知道蔬果行『於七』的圭太居然敢膽說，他都用手機做出納會計。詛咒那個死小孩被稅務署查帳。所以說，我們才要去招攬新客戶？敝公司一直著眼於二十年後的未來。」

上面那一大段似乎就是介紹公司的內容。夏妃神清氣爽地笑了笑。

「這確實很重要。」

即使第一步就這麼驚人，空良也沒有灰心受挫。

「就是說啊！我們會竭盡所有的經營手腕幫助客戶，敝公司其實也擔任小田嶋建設的顧問。」

空良挺直背脊，保持冷靜，傾聽氣勢雄壯的夏妃所說的話。

「啊，就是練馬車站的那家。」

練馬站離有準急列車的路線只有一站，離每個車站也只有四站的距離。車站上掛著姑且算是知名建設公司的「小田嶋建設」的巨大廣告看板，空良每次搭電車時都會看到。

「廣告看板雖然放在練馬站，但總公司其實位於隔壁的練馬高野臺站，用走的比較快。他們公司的辦公大樓是以前這附近還有很多空地閒置時建造的，所以蓋得超級大，但後來四周被藥妝店和家居百貨占領了，他們應該把大樓賣掉。不過他們是許多知名營造公司的指定合作廠商喲。」

空良無法完全理解這番話的前後脈絡，但勉強從中理解到位於練馬高野臺站的小田嶋建設是營造公司的分包商，也是一家相對比較大的建設公司。

「我回來後，發現父親的客戶們的餘生其實都不長了。」

「那個，可以了，那部分的轉折可以省略了。」

「是嗎？但這種事不是很重要嗎？我的父親、顧客們，最終連我和奧州先生也是，總有一天我們大家必定都會死的。但即使我們死了，社會還是會延續下去，所以我們要為未來做好準備。」

夏妃看向比自己年輕的未久，俐落說道。

大家總有一天都會死。但關於死亡之事，比起夏妃的建設性思維，空良更希望和大家一樣能夠死去。

他希望能和風火一起順著時間往前走，然後以人類的身分正常死亡。

——誰說你們可以死了。死亡就代表往生，你們還早得很、早得很。在找到答案之前，去旅行一下吧。

當初聽到彌勒菩薩這麼說，空良還不明白，這趟「無法輕鬆地死亡的旅程」所代表的，只有不斷地與人離別。

而空良在這個城鎮最想做的，是與逐漸長大成人的風火永不分離。

「……我想正常死亡。」

「咦咦？這種話要說去別的地方說！」

「啊，我的意思不是想去死，抱歉。」

「看你年紀輕輕的，怎麼會一下被東西嗆到，一下又說想死。搞什麼啊你！這麼說可能有點失禮，但您看起來真的很年輕呢。我一直以為，做這種工作的人會再更老一點。請問你幾歲了？」

最痛、最在意的地方被戳中，空良陷入了沉默。

「這個問題……是我非常自卑的地方。我今年三十一歲。」

「原來你很自卑啊。對不起，碰到你的痛處！剛剛的話就當我沒說過，我們轉回正題吧。我擔任小田嶋建設子公司的顧問已經八年了，但最近兩年我總覺得哪裡怪怪的。」

發現工作的話題終於進入正題，空良將麥茶放到桌上。

「您說的怪怪的，是指怎樣的情況？」

「我剛當上顧問時，建設業界還處於努力復甦的狀態之中，雖然這種說法很讓人討厭。有些熟悉的分包商因為大震災而導致房屋倒塌，小田嶋先生便把他們納為自己公司的子公司，也都經營得很順利。」

空良沉默不語，一邊在記事本裡寫下摘要，一邊聽夏妃描述。

「啊，有一點很重要，就是由我擔任顧問的部分僅限災區的子公司。唔——具體來說，究竟是哪裡怪怪的，講白一點就是收支不平衡啦。最近這兩年，公司在用途不明的款項上，繳交了百分之五十五的稅金，老闆還說沒關係，那可是一筆巨款耶！」

或許是身為稅理士的習慣使然，讓夏妃想把帳目核對清楚。但先前六年內不曾發生的狀況，卻在這兩年內發生，聽到這一點，空良認為這是最大的問題。

「帳目上出現款項不足時，是怎樣的情況？」

「就是雖然有交易進行，但營業額卻是零圓。我問會長是不是有什麼款項漏記了，結果會長從保險箱裡拿出整捆鈔票，問我需要拿多少去補……」

夏妃有些走神，然後背部重重往沙發一靠。

「基本上，會長原本就不看帳簿了。從很久以前開始，他就是有名無實的會長了。」

「那樣的人我見過很多。公司經營者裡，意外地有很多這種人。」

因為中小企業的老闆們討厭和數字打交道，所以事實上只是單純帳目記錯——這種情況空良在做這份工作時遇到過很多次。當遇到這種情況時，有時只要補上漏報的部分，就能大事化小圓滿解決。這種案例最讓人高興了，然而不看帳簿的經營者實在多到讓人震驚。

「小田嶋先生的經營手腕和算帳方式完全不一樣，據說他以前掌管公司時完全是隨便亂算帳的。我想小田嶋先生手上應該有存了好幾十年的私房錢，並且公司劃分了很多部門，全都經營得很順利。後來即使遇到泡沫經濟崩潰、雷曼兄弟危機，他的公司都沒有被淘汰掉。但是這次的情況真的很不妙。」

看著嘆氣的夏妃，空良心中湧上一個很大的疑問。

「請等一下，那我的客戶是哪一位？香寺小姐負責的，是會長所擁有的子公司的外部會計業務對吧？」

「雫石町的人都用香寺來稱呼我爸，叫我的話直接叫夏妃。嗯，至於那邊……」

夏妃手臂交叉，思考了一會兒。

「不然由我來聘僱你好了。費用多少？」

那邊是哪邊啊？當空良邊納悶邊等待答案時，對方卻提出出人意表的提議。

「由您聘僱我，我認為不但不合理，而且還要倒貼。況且我並沒有處理過這樣的案例。」

作為獨立的第三方，通常是公司內部主動找上空良的。好比這一次，如果是小田嶋建設內部稽核部門基於「問題太大解決不了」，或是「公司出了問題會很傷腦筋，但內部又無法調查會長」等等原因，找他介入調查，這樣就很正常。

「我不想讓小田嶋先生被逮捕啦！如果你能在出事之前設法解決這個問題，我就付你一百萬。」

「我又不是萬事通，可以擺平那種事！」

花一百萬來阻止會長被逮捕，這世上有這麼隨便亂來的委託嗎？空良也不禁提高了音量。

平賀和未久似乎已經習慣了夏妃的這種作風，連回頭看一眼都沒有，繼續進行自己的工作。

「其實我都知道。」

突然間，夏妃的表情一變。

「奧州先生是專業的舞弊稽核師對吧？萬一內部真的有什麼問題，請你去抓住證據，讓他們陣腳大亂，迫使他們停手。拜託你了！」

夏妃非常了解知名度不高的舞弊稽核師的工作內容。

「如果涉及到大規模的圍標，不把這件事報告給地檢署，會被視為是掩蓋事實。」

「圍標這種事到處都有人在做呀，只是程度有別。畢竟他們是營造商指定的合作廠商嘛，從以前到現在很多事情就是這樣做的嘛。那種事很常見啦。只不過他們變得越來越隨意了，我實在想像不出他們到底在做什麼……我覺得很不安。」

夏妃露出堅定的眼神，直直看著空良。儘管如此，她的眼神中仍然透露出心底的不安。

「我並不適合做這份工作。」

明白了夏妃是想保護小田嶋會長，空良深深地嘆了口氣。這是他為了在雫石町與人們共生，而踏出的精神奕奕的第一步。但他也清楚，自己的個性不是睡一覺起來就能輕鬆改變的。

「為什麼？」

「我非常不擅長處理這種界線模糊的事情。當初我會選擇走司法這條路，就是因為可以透過法律把事情一條條切割開，好好制裁人們的罪行。由於我天性堅持的理念，恕我無法滿足您的要求。」

雖然覺得遺憾，但正因為想要達成願望，空良為了雙方著想，判斷自己應該拒絕這個工作。

「你真的是很麻煩難對付耶。」

「您說得沒錯，但我無法隨意改變自己。如果法律規定那是犯罪，到時候我必定會依法通報。」

「奧州先生，你的名字是什麼？」

「？我的名字是空良。」

空良原本正在很認真地向對方坦承自己本質上的問題，現在突然被丟了一個完全不相干的話題，讓他一頭霧水。

「哪個空哪個良？可以請你寫在這裡嗎？」

夏妃遞給空良兩張重疊的紙，空良一邊想著正好最近開始學習漢字的風火，一邊寫下自己的名字。

「我的名字的漢字寫法有點少見。是類似『空蕩蕩』的涵義……啊啊！」

寫完名字後，有人從後方抓住了他的右手。當空良反應過來的瞬間，未久把他的右手大姆指按上朱色印泥，在紙上蓋下指印，然後像什麼事都沒發生似的回去自己的座位。

「現代蓋姆指印或印章實在有點落伍了，不過我還是感激地收下這份合約了。」

「你們這是在做什麼！請把我的姆指印還給我！」

「別生氣別生氣，我也不是那麼鴨霸的人，拜託你至少聽我們把話說完！」

夏妃做了現代黑道也不會做的惡霸舉動，然後啪地一聲雙手在臉前合十。

不只因為姆指印，還加上感受到了她的決心，於是空良不禁用力嘆了一口氣。

他原本覺得自己無法勝任這個工作，才向夏妃坦白說出自己的性格。看來對方根本連聽都沒聽進耳裡。

「我真的只是聽聽而已……」

空良心想，不過與大家共生，或許就意味著過去他一直無法做到的「嘗到無奈的滋味」吧。

在雫石町定居，後來又與一個以保護者自居的男人開始同居後，空良能感覺到，原本很執著公正的自己，正以快於過去的速度逐漸轉變中。

「那改天，你就以我的助手的身分，和我一起去見小田嶋先生吧。到時候，我們就一面拜託他一面硬逼他答應。」

「妳該不會是要我負責硬逼吧？」

話雖如此，但走向共生的第一步就遇到夏妃，空良實在難以預測這究竟是吉是凶，也看不到光明的前景。

縱使自己多少有了一些改變，他也不覺得自己滿足得了眾人想要的模糊界線。

「你要好好幫多津子老師辦理離婚喲。不是律師也能幫忙辦理對吧？」

冷不防地，夏妃轉變了話題和語調，褪去了所有的模糊曖昧。

夏妃了解舞弊稽核師的工作內容，也了解空良即使不做律師的工作，還是能幫忙辦理離婚手續。

「妳贊成他們離婚嗎？」

發現夏妃對這個社會的認識超越平均值，空良放下擔憂，開口詢問道。

「當然啦，這還用問。以前我也向多津子老師和六郎老師學過書法。」

夏妃打開行事曆手帳，一邊選擇日期一邊用冷淡的聲音回答。

「你不是說，當初會選擇走司法這條路，就是因為可以透過法律把事情一條條切割開，好好制裁人們的罪行嗎？那就速速幫忙處理好吧。稅務問題我會俐落解決的。」

夏妃毫不猶豫地斷言。

了解內情的人們可能認為多津子想離就離吧，空良也能理解這點。

「雖然強迫我蓋姆指印，但我說的話妳其實都有聽到吧……看起來，會寫書法跟寫硬筆字沒有關係呢。」

「用不著你說，我也知道我寫的字很難看！」

空良沒有回應離婚一事，只是看了看手帳後開口說道。聞言夏妃拔高聲音，多津子和六郎的事就這樣敷衍過去了。

空良心底明白，自己是在裝傻。

這是他一直以來絕對不會做的事。

空良難得走到了車站前的商店街，幫風火購買練習簿。

「我回來了。」

由於今天只聽夏妃講了一番話就結束工作，所以空良得以早早回家。不過後來為了挑選練習簿，他花了一個小時的時間。

「歡迎回來，兄長大人！」

風火就跟往常一樣，高高興興地衝了過來。

看到弟弟依然很崇拜他，不知為何空良覺得鬆了一口氣，但發現風火正穿著田村麻呂送的藍色服飾後，心中複雜的情緒卻遲遲消散不了。

「風火，這是給你的。」

空良解開領帶，將紙袋遞給雙手環住他腰部的風火。

「什麼東西？」

「打開看看。」

空良一邊脫下西裝外套一邊說，於是風火興奮地打開紙袋。

「是練習簿！」

「沒錯，希望它適合你拿來學寫字。」

為了這個，空良煩惱了一個小時。

空良本身在這段漫長的旅程開始時，就已經學會了寫字，因此他不知道從現在開始學習漢字的人，比較適合用哪一種練習簿。詢問店員之後，最終他決定買小學低年級用、格子比較大的漢字練習本。

「看起來很好寫！」

風火在飯桌上打開練習簿，看起來非常開心。

空良低聲說太好了，然後鬆了一口氣。

「可是要我跟田村麻呂學，我覺得很不甘心，還是兄長大人來教我吧。」

「當然，我隨時可以教你。」

田村麻呂現在正因為大東京銀行一案，而忙於接受檢察機關傳喚、與前主任江藤會面，所以不在家。被風火這麼乞求，空良想起了他。

——教小孩認字不是兄長的工作。

昨天，田村麻呂毅然地這麼對空良說。

「如果跟著田村麻呂學習讓你覺得不甘心，你不是應該趕緊學會嗎？」

昭和時代三人一同生活的時候，空良從田村麻呂身上學習到許多東西。不僅是學問方面，還有各種人情世故。

當時他們就是被田村麻呂當成孩子對待、被他撫養長大。空良雖覺得懊惱，但能理解風火的感受。

「或許吧。」

風火同樣帶著懊惱的語氣說道。

「你還是很討厭田村麻呂嗎？」

納悶的念頭驀地湧上心頭，於是空良問道。

空良對田村麻呂抱有一種特別的情感。這種情感不僅源自一千兩百年前的事，還要加上現在的事，這種感情不是三言兩語就能道盡的。

「超級討厭！」

風火呸地吐出舌頭。空良對田村麻呂的情感與風火對田村麻呂無來由的討厭，兩者間有著落差。但肯定是空良的更加麻煩。

「為什麼？」

「因為只要跟田村麻呂在一起，兄長大人就變得很不一樣……以前也是這樣。」

風火滿臉落寞地這麼說，讓空良聽了震驚不已。

一千兩百年的時間裡，田村麻呂確實讓空良原本稚嫩而頑固的心靈有所成長。但由於空良本身害怕那種變化，四十年前才會離開田村麻呂家。

現在發現弟弟似乎也感覺到了那一點，當哥哥的非常驚訝。

「或許是吧。」

肯定是因為受到了培育，空良及風火才會變成大人。

「我不要！我討厭他！」

弟弟嘟著臉頰鬧脾氣的模樣，現在依然讓空良滿心喜愛。

「你一直都想學習嗎？」

沒有及時察覺到可愛弟弟的這個重要想法，真的是太丟臉了。空良抱著這樣的念頭詢問風火。

「沒有啊。我一直都沒有想做的事。」

風火平靜地回答，彷彿此刻在空良面前展現的孩子氣全是一場謊言。

「真的嗎？」

「只要兄長大人對我笑，只要兄長大人吃得開心，我就覺得滿足了。」

過去風火也曾在空良面前說過這樣的話，而空良一直聽風火這麼說，也理所當然將之當成耳邊風。

「只要兄長大人覺得幸福，我就滿足了。」

「風火。」

然而今日，空良無法再把這些話當成耳邊風，他制止弟弟繼續說下去。

「是你想要學習文字的吧？」

「嗯。」

「前幾天，你原本想咬死那個拿刀指著我的男人，對吧？」

「嗯。」

那些都是風火想做的事，而非空良想做的。空良想把這句話告訴風火，卻找不到合適的詞彙。

他們兄弟原本就像是一體同心。兩人明明只差一歲，空良在十二歲時已經學會不少知識，但不知道為什麼風火卻沒有。

「學會文字後，你想寫什麼？」

——你還記得風火出生時的事嗎？

過去一千兩百年裡，不知從何時開始，田村麻呂會問空良這個問題。

在對方的反覆詢問中，空良逐漸意識到，自己並非單純因為年齡只差一歲，所以才不記得風火出生時的事，甚至在很長的一段時間裡，他還把風火視為密不可分的靈魂另一半。

「我要詛咒田村麻呂。」

現在情況不同了。

風火是一個獨立存在的個體。先前他還不存在的時候，空良並沒有發現，風火已經與空良不一樣，是獨立存在的生命了。

「不要那麼討厭田村麻呂。」

從前，空良無法清楚分辨出風火與自己的差別。他們兩人是沒有分界線的一體。

「我討厭死他了——」

風火身材高大結實，頭髮是閃亮的銀色，眼睛的顏色是如湖水般的藍，處處都與空良有很大的不同。

「就算討厭死他，也不准殺他喔。雖然他也不會死。我們去散步吧，風火，去三寶寺池。」

「耶——！」

對於風火曾經說過的「我可以待在家裡等著兄長大人、可以為了兄長大人一人付出一切、可以為兄長大人一人而存在」這些話，空良長久以來都只是囫圇吞棗地聽。

後來他與田村麻呂共處，向對方學習，去懷疑自己一直堅定相信的事物，增廣見聞。

「今天天氣很好，我們繞石神井公園走一圈吧？」

風火說的話，空良現在無法再囫圇吞棗地聽了。

「贊成！」

「你看起來真的像個成熟的大人了。」

風火站起身後的姿態，看起來彷彿族長本人。

護住整顆心的，是族長無法被任何人打碎的堅硬骨骼，以及包覆在骨骼外的厚厚一層柔軟肌肉。他的長髮宛如鬃毛般威嚴，湛藍的眼睛宛如湖水。

「兄長大人，對不起，我沒辦法變成小小隻的狗。」

「咦？」

心靈深處猝不及防被觸動，空良嚇了一跳，坐在原地抬頭看向風火。

「以前，我可以保持跟兄長大人一樣的幼小模樣。那是兄長大人期盼的模樣嗎？」

風火歪著頭，表情寫著不確定。

「其實我也成功消失過喔。對不起，明明成功過，卻無法消除自己。」

「你在亂說什麼！」

聽到風火再次道歉，空良跪在榻榻米上大聲說道。

「因為，兄長大人不是想殺了我嗎？」

風火一臉為難地說出栗田口的事。他平日的反應，看起來明明像完全不記得當初的情況。

「風火，那時候……」

空良倒抽一口氣，說不出話來，但他還是努力從喉嚨擠出聲音。

「我也準備和你一起離開人世的。」

「前幾天，兄長大人對我說，我可以殺了你。沒有我，兄長大人應該會更輕鬆吧。」

「絕對沒有那回事！」

風火既沒有表情變凝重，也沒有責怪哥哥，只是若無其事地說出這種話。聞言空良發出哀鳴般的大叫。

「絕對沒有！我只有……只有風火你而已。如果沒有了你，我就……」

無法好好地把自己的想法轉成言語，空良方寸大亂，只能不斷反覆大叫「不是那樣的」並搖頭，整個人幾乎快要喘不過氣來。

風火第三次說「對不起」，然後彎下腰抱住空良。

「不是那樣的。」

以為還很小的弟弟，現在像父親一樣用寬闊的胸膛接住空良。

「以前，我可以維持小狗的模樣，想消失的話，也可以讓自己消失。」

「真……的嗎？」

「嗯。我知道這件事，但兄長大人並不知道吧。剛開始我並不明白這是很重要的事，所以才沒有告訴你。」

風火不知所措地說，他沒意識到這種情況很不尋常。

「慢慢地我不想消失了，我開始想要永遠和兄長大人在一起，所以我無法把這件事告訴兄長大人。」

風火鬆開原本用力抱著空良的手臂，用那雙藍色的眼眸俯視看向空良的眼睛。

「不久之後，我就不知不覺長得這麼大了。我現在已經無法控制自己了，既無法變回小孩子，好像也無法讓自己消失。」

「你不用做那些事！我不准你那樣做！」

「因為兄長大人最近一直說我長大了，我以為你討厭我變成這樣。」

總是沉靜的哥哥變得情緒激動，讓風火感到驚訝，於是他便像哥哥之前總是對他做的那樣，用大掌撫摸空良的頭髮。

「我怎麼可能討厭！看到你變成一個出色的男人，我一直覺得很棒。而且你還開始學習文字了。」

「那就好。我只是以為兄長大人會傷心。」

「我怎麼會傷心……」

風火笑著說算了啦，然後化為一隻巨大白犬。

他撒嬌地把頭靠過來磨蹭空良的臉，鬧著要出去散步。

「你又強壯又美麗，是兄長的驕傲。」

「嗚嗯？」

風火目瞪口呆，發出可愛的叫聲。

「我們出發吧，嗯？」

空良拿起紅色牽繩，和風火一起走向大門。

說自己可以變化成兄長所期盼的模樣的風火，說不定那時候還沒有自我意識存在。從空良開始懷疑風火的話、風火的存在那一日起，他們兄弟肯定不再是兩人一體，而是在不同的身體裡，開始各自成長也說不定。

——當時在粟田口，我其實無法清楚看到風火。

田村麻呂的那句話一直縈繞在空良心頭，此時突然又在耳畔響起。

田村麻呂曾說過，他連風火的存在都很難捕捉到，會不會打從一開始就沒有風火這個人？

然後，對方也明確說過現在不一樣了。縱使剛開始風火並不存在，但現在名為風火的生命毫無疑問正在這裡，並有著呼吸。

——我現在已經無法控制自己了，既無法變回小孩子，好像也無法讓自己消失。

風火無法隨心所欲控制自己的生命，就是他存在的證明。

「你不想變成人類嗎，風火？」

牽著紅色牽繩走出玄關大門，空良第一次詢問無法開口講話的風火。

風火有了明確存在，有了生命，逐漸成長並開始學習知識，空良想讓他體驗更多的事物。

「嗚嗯。」

風火疑惑地發出叫聲，看起來似乎什麼都沒在想。

不對，是空良自己一直擅自假設並認為風火本身並沒有任何欲望。是他希望兩人一直在一起，什麼都不去想，然後又在產生迷惘與不安時離開了田村麻呂家。

也許是他一直以管窺天，並認定自己所看到的就是整個世界，但又為外面完全陌生的寬廣世界以及許多不同的公正而膽怯顫抖。

「風火……」

與空良原是一體，從小就一直幫忙壓抑空良天性的風火，後來連存在感都變得模糊了。為什麼當初在粟田口，風火突然成為「殺人者」呢？

四十年過去，他之所以能接納田村麻呂進入這個家，是因為他確信自己聽到了風火的心跳聲。

風火是確實存在的。

「我開始和其他人往來，用自己的方式詮釋律令。我相信你也一定……」

所以風火一定也能找到自己的生存之道。

只要是人類，風火必定會有自己的交際。身為兄長，他衷心期盼那一刻到來。

「嗚嗯？」

脖子。

風火發出溫柔的叫聲，空良發現自己蹲在玄關前，如攀住浮木般，雙手環抱住風火的

他又在聆聽風火的心跳。弟弟的身體發出有節奏的跳動，弟弟是活著的。

「風火。」

明明與弟弟一起活了一千兩百年，空良仍然不敢去思考，風火可能並不存在，以及自己接受不了這個事實的問題。雖然嘴裡說要讓風火變回人類，但有時候他心底某處又會想維持現狀，找個地方靜靜活著，與風火互相依偎。

就如同過去，他與可能並不存在的風火躲在粟田口山谷裡那樣。

以前風火想消失的話，就可以讓自己消失，現在卻辦不到了。而今天是他第一次主動告訴兄長，自己的存在是曖昧模糊的。

「我最喜歡你了，風火。」

他真希望，他們兄弟能夠永遠像這樣互相依偎。捨棄所有一切，遠離這個家、這個城鎮，與田村麻呂分開，像童年一樣進入只有他們兩人的世界。

「嗚嗯。」

對空良來說，他相信風火是自己唯一的兄弟，是他世上唯一的溫暖。

「我最喜歡你喔，風火」

他的聲音在顫動，臉上是硬擠出來的笑容。他想站起身卻站不起來，只能仰望著天空。

「汪。」

空良仰望著晴朗的天空。天空是藍色的，但他是從矮樹的樹葉縫隙間看到。從這個高度，是無法直直看到別人臉部的。無法與別人處於平等地位，亦無法與別人交談。

——可別以為你們能輕鬆地死亡喲。

彌勒菩薩的聲音在腦海中響起。

和外人待在一起時，弟弟的視野就是這種只能抬頭仰望的視角。這就是與他人共生的弟弟現在的世界。

「汪汪。」

「我們走吧。」

看過風火一直以來所看到的世界後，空良使力站了起來。

無論前方有什麼正等著他們，他們都要往前走。空良邁出了步伐。

同一週的星期五下午，空良先去了一趟「香寺公一稅理士事務所」，然後才和夏妃步行前往小田嶋建設。

「那間酒商的大叔，會馬上給我們一張白紙收據單，像要讓我們嘗甜頭般，問我們要不要收據，可是你千萬要小心。如果要自己填寫金額，千萬別填整數或是接近免印花稅的上限金額，因為稅務署正在盯著那裡。」

「我才不會做那種事……」

在前往路程不太遠的隔壁車站練馬高野臺站的路上，夏妃指了指一家看起來很像會爽快給收據的酒商老闆，見狀空良嘆了一口氣。

「雫石町商店街裡，其實也有很多這種老闆喲。」

夏妃看起來似乎從中吃了很多苦頭，今天她穿了一雙漂亮的黑色平底鞋，搭配灰褐色的西裝褲加外套，充滿精神地走在路上，腳跟發出喀噠喀噠聲響。

他們花十五分鐘走完平時要花二十分鐘的路程，抵達一棟離車站有點距離的雄偉大樓前。

「因為是隔壁鎮的關係嗎？」

看到十二層樓的屋頂上寫著「小田嶋建設」五個字，空良不禁詢問夏妃。

一間公司不把辦公大樓蓋在東京都心，確實較為罕見，不過一眼就能從規模看出，這是營造商的指定合作廠商。

「你這話是什麼意思？」

「真的很不好意思。雖然只是子公司，但以一座城鎮的稅理士事務所的服務顧客來看，用這樣的大樓實在太誇張了。」

夏妃的聲音沒有特別尖銳，但畢竟她是會強迫別人蓋姆指印的人，所以空良還是保持警戒，盡量與她保持距離。

「真是敏銳，不愧是奧州先生，不愧是本小姐精心挑選出來的舞弊稽核師。」

夏妃說完這番話後點點頭，態度很爽朗，但很難猜出她會做什麼。空良雖然覺得夏妃應該是別無選擇，不過還是完全無法信任對方。

「小田嶋先生算是我的酒友吧，而且，我們是在車站附近的居酒屋認識的。」

「所以是源自一場搭訕……」

穿著深藍色西裝，跟著夏妃的步伐走，空良感到一陣疲憊，聲音中透露出一絲疲倦感。

「才不是！是他慷慨地請我喝很昂貴的酒。」

「不就只是普通的搭訕嗎……」

「小田嶋先生不管對誰都是這樣的！只要他稍微對哪個人有好感，不管對方是誰、想吃什麼，他都會請客。然後一個不小心，連收據都沒留下。我在店裡問他收據要怎麼開，結果他說『啊，今天就不用開了』，所以我就說『給我等一下，喂！』於是就被挖角了。」

空良從沒聽說過稅理士被搭訕挖角的故事，但從夏妃口中聽到前因後果後，又覺得合情合理。

「所以說正如你所想的，他是我們事務所最大的客戶。不過真正交給我們處理的，實際上只有東北的子公司。小田嶋先生本身也是不看帳簿的老爺爺。」

空良跟著走進玄關大廳的夏妃，進入大樓中。

在進入之前，空良看到了奠基石，得知這棟大樓是在五十年前完工的。大樓內部雖然有一定程度的陳舊感，不過他感受到空調是最新型的，可能是先前有進行大規模的改裝工程。

「你在做什麼？我們該走了。」

夏妃領到了兩人的識別證，朝抬頭看著特別高的天花板的空良招了招手。

「天花板有什麼嗎？」

站在電梯間，目光敏銳的夏妃開口問道。

「這棟大樓據說是五十年前竣工的。」

「你怎麼會知道？」

「奠基石上寫的。不過，空調設備是最新型的，天花板也有在好好地保養。這些是當公司資金不足時，容易被忽略的部分。」

「很好！」

突然間，夏妃狠狠地朝空良的背拍下去。

「……嗚……」

「很好！能注意到這些細節真是太棒了！我的人生全都是靠亂猜，害我也想聘僱你了，奧州先生。」

「一個稅理士自稱人生全靠亂猜，這種事完全不值得相信。況且聘僱的事……」

要靠魅力。空良心裡這麼想，卻沒有把話說出口。

電梯也是安全且快速的大梯廂。

夏妃所說的「亂猜」，對於經營一家公司而言肯定很重要。工作做得太精細入微導致事務所陷入營運困境的空良，深深地嘆了一口氣。

「這裡是建設公司，所以大樓蓋得堅固是信任的基礎。」

「但你不覺得在這種地方蓋這麼大的大樓很浪費嗎？總公司裡也有設立幾個部門，不過現在擔任公司主力，負責承包大型公營事業工程的接班人們都在各地成立了分公司。小田嶋先生如果只是想開會和接待客人，在東京都心成立一個小小的辦事處反而就夠了吧。」

在兩人談論小田嶋建設的期間，電梯抵達了十二樓。

「不過我也能理解，小田嶋先生是從這裡起家的，所以很喜歡這個地方。」

從練馬區的十二樓往外看，是一片五花八門的景觀。映入眼簾的是一棟棟的大樓以及遠方一棟比一棟高的摩天樓，天空萬里無雲的時候，還能看見富士山，可是卻看不清東京都的邊際。

「夏妃小姐說自己與高樓大廈的環境合不來，我好像慢慢能看到與妳意氣相投的小田嶋會長的模樣了。」

空良看著這個既不屬於都會區也不屬於老街，又能看到綠色土地的風景，開口說道。

「恭候多時了，香寺小姐。」

會長室所在的頂樓電梯門前，站著一位穿著整齊套裝的女性，帶著笑容引導他們兩人。

「午安，宮泉小姐，最近還好嗎？」

「我一直都很好。今天您還帶了客人來呢。」

被稱為宮泉的女性看起來和夏妃年紀相仿。她看向空良，禮貌地鞠躬致意。

「初次見面您好，敝姓奧州，請多指教。」

空良鞠躬回禮，正準備拿出名片時，夏妃抬起手肘用力制止他。

「這是我的助手，現在正努力製作名片呢！」

夏妃用銳利的眼神示意他收起名片。

經她這麼一提醒，空良想到，如果自己在這裡拿出「奧州法律事務所」的名片，對方會充滿防備。

「請往這邊走。」

宮泉無聲且恭敬地打開會長室的門，空良站在入口朝她鞠躬道謝。

「您好！午安，會長。」

「初次見面您好，敝姓奧州。」

在開朗直率的夏妃旁邊，空良抬起頭後，看到帶著懷舊感的木桌前，有一位年紀約七十幾歲的男性。對方穿著西裝，體格結實，手上拿著一枝鋼筆，臉上帶著笑容。

而皮革會客沙發上，已經坐著一位客人了。這位客人與空良今天早上才剛見過面。

「田村麻呂！你怎麼會在這裡……」

「嗨，空良。」

身穿黑色西裝，大大方方坐在沙發上的，正是意外遵照信販公司的合約規定，每天都出門上班的田村麻呂。

「兩位認識嗎？田村麻呂先生？嗯？田村麻呂先生？」

夏妃好像不知道田村麻呂是空良的房客，空良則是無言地按著眉頭。

「夏妃，這位是我們公司的法律顧問候選人田村先生。沒錯，把他的名字也念出來的話就是田村麻呂了，對吧，田村先生。這真是個厲害的名字。」

小田嶋用穩重好聽的嗓音發出笑聲，而空良現在只想從會長室的這片混亂中脫身回家。

「因為父母喜歡坂上田村麻呂，所以幫我取了這個名字。」

「這樣啊。令尊令堂是東京人嗎？」

「他們是奈良人。」

「原來如此。東北方的人好像超級討厭這位征夷大將軍呢。」

年紀大的人通常都熟知日本歷史，小田嶋不但如此，而且似乎也很感興趣，開玩笑似地笑了笑。但一直記得一千兩百年前的現實種種，明白東北方的人為何超級討厭征夷大將軍，空良陷入了沉默。

「也是，被討厭也是正常的。」

原以為會一笑置之的田村麻呂卻微微落寞地苦笑著。

「那位先生是誰?真是一位漂亮的青年呢,就像歌舞伎演員一樣,快坐快坐。」

小田嶋坐在辦公桌前,溫和地向夏妃詢問空良的事。

「他是我的助手,目前正在製作名片。需要的話,讓他跳一下鷺娘吧。」

說到歌舞伎演員,就想到自己捧場的拿手好戲正是鷺娘。夏妃不負責任地笑了起來。

「不好意思,名片還在製作中,我不會跳舞的,請您多多指教。」

空良心底冒出一股許久不曾有過,被人埋在森林裡,又被丟入河中的感覺。但即使如此,他還是順著看起來會把他埋起來和丟入河裡的夏妃,坐到了田村麻呂的對面。

這究竟是怎麼一回事!空良直直瞪向田村麻呂,但田村麻呂卻裝出一副毫不知情的臉,厚臉皮地笑了笑。

「請用茶。」

宮泉不知何時進來會長室,動作俐落又恭敬地將茶杯放在夏妃和空良面前。

「謝謝。」

「那我就不客氣了。」

這家公司歷史悠久,明顯還有一部分遵循老一輩的作風。

「助手嗎?夏妃以前都是自己一個人處理我的會計工作。雖然只是東北的子公司,但仔細想想,妳能一個人做真是厲害呢。」

穿著西裝的小田嶋在同年齡層裡算是身高非常高的人,肩膀也算寬。空良也能想像得出,對方應該是從工地工人起家的。

小田嶋把手上一枝造型古典的鋼筆拿起來又放下，不斷重複動作，看起來是他的一種習慣。

「我自己一個人是做不完的啦——太勉強我了。是我們整個事務所一起完成的。」

「前任會計想退休的時候，正好可以委託年輕的夏妃接手，真是幫了我一個大忙，而且法律制度也一直不斷地在改變。」

小田嶋轉動椅子，發出輕微的嘎吱聲，然後抬眼從十二樓眺望外面五花八門的景色。

「也差不多是退休的時候了。啊，我不是說夏妃，是在說公司。不對，是說我自己。」

他笑了笑，神色沒有落寞之情，然後轉頭看往會客沙發這邊。

「您怎麼了，幹嘛說這種洩氣話！您還可以再拚好幾年呢！」

空良心想，即使公司經營得很順利，但小田嶋也到可以退休的年紀了。而後，他恍然大悟。因為有夏妃這樣的人進行後援及支持，所以小田嶋這個世代的人還在第一線打拚。想到這裡，他略為嘆息。

創造出高度經濟成長期的這個世代遲遲不退休，所以在帳目上做出舞弊行為的人，也多數來自這個世代。這個世代的人，也是真的不知道法律早已改變的範例。

「難說吧。畢竟，那位擔任夏妃助手的美麗青年，也不是為了跳鷺娘之舞而來的吧？你不是稅理士對吧，檢察官大人？」

謊言突然被拆穿，夏妃臉上寫著「為什麼會被發現？」一時間講不出話來。

「我怎麼可能會帶檢察官那種人來這裡！」

「……夏妃小姐，我覺得，老練的小田嶋會長在某個程度上已經看穿了這一切。我以前曾當過檢察官，不好意思現在才說出這件事。」

「喂，奧州先生，這種事你應該早點說啊！」

「抱歉，沒把這件事告訴妳。」空良小聲地對夏妃這麼說之後，夏妃破音了。

「不然我努力去跳一下鷺娘之舞……」

夏妃的聲音太大，導致局勢無可挽回，於是空良提出唯一的解決方法。

雖然空良已經下定決心，要選一條與以前不同的路走，但他開始覺得，選夏妃當第一個合作伙伴可能是一種凶兆。因為他連鷺娘是什麼都不知道，他們根本是在雞同鴨講。

「我是不是很不擅長和女生相處啊……」

由於接觸女性的機會本來就很少，所以才會演變成這樣吧。空良想為湧上身體的疲憊感找出一個理由。

「看看鷺娘也不錯。其實，田村先生前天來預約要跟我會面。一般來說，對於這種法律顧問的業務推銷，我都會拒絕，但他又問我是不是需要幫助。」

「啊啊！給我等一下！這位完全不是我的菜卻充滿男子氣概的田村先生！討厭啦，他前天也來過我們事務所！咦？我還以為你是找未久搭訕的可疑路邊推銷員！」

聽到小田嶋的話，夏妃現在才想起這件事。她探出身體，看了看田村麻呂的臉。

「妳好。上次承蒙優秀的稅理士助手河口小姐的照顧。」

聽到夏妃的嗔怪，田村麻呂安撫地彎腰道謝。空良見狀，終於抓到了田村麻呂為什麼會出現在這裡的線索。因為他聽說空良有工作要去拜訪「香寺公一稅理士事務所」，所以提前一步採取了行動。

田村麻呂真的一直嚴密地看守著空良。

「我要先表明，河口小姐並沒有洩漏任何消息。我只是巧妙地說了個小謊，說自己是奧州那邊的人，然後打聽出是誰接下了工作。」

為了未久的將來，田村麻呂朝夏妃和小田嶋兩人做了補充說明。

「話先說好，即使田村先生充滿了男子氣概，也不是未久的菜。未久是不會被陽剛的男人騙走的。」

「夏妃小姐……妳這種攻擊是毫無意義的。」

「不，我意外地受到嚴重傷害。因為我長年來一直都對自己的男子氣概感到自豪。」

田村麻呂用一種完全聽不出是在開玩笑還是認真的語氣回答，然後一邊嘆氣一邊喝茶。

「所以說，這位充滿男子氣概並且和征夷大將軍同名的律師，來這裡招攬業務。夏妃妳帶來的鷺娘似乎是個法律工作者，而且我看他和田村先生很熟呢。」

剛剛看到他們兩人巧遇的瞬間反應，小田嶋便了悟一些事。但他沒有生氣，反而還笑了出來。

「因為我的工作經歷有過很大的變動。那我就遞名片囉，夏妃小姐。」

「隨你高興。」

讓空良偽裝成助手潛入這裡的計畫沒多久就以失敗告終，夏妃回應得很自暴自棄，於是空良拿出名片夾，從沙發起身。

「不好意思失禮了。請容我重新自我介紹，我是奧州空良。」

空良走到小田嶋面前，彬彬有禮地遞上名片。

「謝謝你。『奧州法律事務所』，舞弊稽核師嗎？我第一次知道有這個職業，不過大致能預料到工作內容是什麼。舞弊這兩個字真是沉重。」

「請回沙發坐下吧。」小田嶋熟練地舉手示意空良，然後第一次放下指間拿著的鋼筆，放在桌子上。

「現在在我面前的，是問我需不需要幫忙的法律顧問。啊，我已經決定好了，田村先生，因為我真的需要幫忙，所以就聘請你來吧。然後，還有我們公司的稅理士小姐帶來的前檢察官現法律工作者。」

小田嶋帶著無奈的笑容，環視坐在會客沙發上的三個人。

「你們三個在這裡，代表我已經不行了吧。」

「不要輕易放棄自己，小田嶋先生！」

見小田嶋沒多講什麼，只是愉快地說些喪氣話，夏妃魯莽地鼓勵他。

夏妃的聲音中透露出一絲拚命感，然而當事人小田嶋身上卻看不到應有的執著。

「可是妳應該是覺得我需要空良小弟，才會把人帶過來吧？」

空良很不習慣聽小田嶋叫他「空良小弟」。但他雖然覺得傷腦筋，卻還是沉默地觀察局勢。在洞察人性方面還遠遠不及格的他，完全不清楚小田嶋的人品如何。

「那我就把自己感到不安的地方，坦白地講出來。」

或許夏妃打從一開始就明白耍這種小伎倆沒用，於是她把心一橫，挺起背脊。

「請說。」

小田嶋雖然沒要做筆記，卻又開始用手指把玩鋼筆。

「最近這兩年，子公司的收支很不穩定，裡面有太多用途不明的款項了。」

「我是高額納稅人，或許還能列入納稅排行榜的尾端呢。」

小田嶋理解夏妃想表達的意思，苦笑著回答。

「這幾年辛苦妳了，夏妃，雖然妳叫我把這塊土地賤價賣給家居百貨，但我原本是從這裡發跡的一家小小土木工程行。我不知道那時候是高度經濟成長期，只是盲目地不停接工作，從底層的分包商一路往上爬。那時候大家都在搴圓仔湯呢。」

「如今你們是優秀企業呀，而且非常仔細地處理那些很重要的工程。」

「如今啊……」

夏妃沉靜地說。小田嶋依然保持著笑容，卻嘆了口氣。

「其實我已經到了可以退休的年紀了，沒想到卻發生了大地震，那些長期合作的分包商資產被毀了一半，無法繼續營業下去，於是我就把它們買下來轉成子公司，以應對復興特需期。畢竟倒塌後就是重建了。」

小田嶋對「倒塌」和「重建」這些詞彙不太熟，似乎只是從哪裡聽來的。空良聽起來感覺對方並未接受這些說法，但又感覺對方是在自嘲，搞不清是哪一種。

「你有去災區看過嗎？」

小田嶋開口問道，也不知道是問誰。

夏妃和田村麻呂都簡短地回答「有」。

「……不好意思，我只在電視畫面上看到過。」

空良曾在許多城鎮生活，但從不曾想去東北方住過。

一千兩百年前他曾決定，等風火可以變回人類後就回故鄉去。但沒多久，被稱為「蝦夷」的人們就與大和朝廷融合為一，可以稱之為故鄉的那塊地方也消失了。接著眨眼間，等他回去的人也全都前往淨土了。

「電視畫面只會播最糟糕的地方和最美好的地方，但這二者中間，才是人們的真正生活。唉，我也只是偶爾去一趟。」

小田嶋朝空良擺擺手，表示其實沒看過也無所謂。

「可是，想先整理震災地區，就不知道要花幾年的時間。那裡需要進行整平、補強的工作，而原本準備在地面上蓋建築物的計畫，也會隨著時間推移而產生變化。」

「為什麼？」

此刻，空良覺得自己首次碰觸到，那片一千兩百年來不曾回去過的土地。

「比如原本應該歸來的人沒有回來。」

他感覺小田嶋彷彿在說他，心中一驚，情緒產生波動。

「這也是沒辦法的事。昨天訂好的計畫總是會和今天做的事不一樣，不是嗎？這種情況很正常，這就是普通人的生活。」

「這並不是糟糕的事。」小田嶋一邊慢慢旋轉鋼筆，一邊沉穩地對空良解釋。

「……沒錯。」

田村麻呂喃喃自語地說，彷彿經歷過很多相似的情況。

小田嶋恐怕正在做某些壞事，所以夏妃才會把空良帶來這裡。

但不知為何，小田嶋卻讓空良聯想到了「首領」。對空良來說，「首領」是不會犯錯的正確之人，是公正且能夠提供庇護之所的人。

「建造大型建築時，常常避免不了這種情況的發生，比如工程完工時，要使用的人已經不在了。以前的我其實不會去在意這些事，這個工程完工了，就前往下一個，蓋好後又去下一個。」

聽到小田嶋高興又充滿精神的聲音，不難想像他年輕時多麼有活力。

「法律後來也變了。剛開始大家都假裝很有精神，努力打拚，可是當我在東北工作了十年左右的時候，那個瞬間就降臨了。因為很多人都太拚命了，所以後來就宛如有東西折斷的瞬間，一口氣倒下了很多人，甚至還有人就這麼死掉了。」

對經歷過漫長歲月的空良而言，很難想像小田嶋所描述的那段倒塌後十多年的時間裡，人們的心情會一下子緊繃、一下子放鬆，然後疲憊不堪。

「正當我們想說『從現在起』、『今後將會』的時候，卻發現沒有半句話可說了。」

那些空良所難以想像的人，或許就依靠著小田嶋這個「首領」。

凝視著小田嶋的田村麻呂，看起來似乎明白空良所無法理解的「首領」的心情。

「就在我們終於快要完成工程的時候，卻被告知接下來的工作需要專業技術人才進行。可以交給子公司的工作也越來越少了。」

首領是正確的，正確的人是不會出錯的。然而空良的首領，卻被眼前這男人背叛並殺害。想要事事合乎公正實在是太難了。

也許公正才是最無法協調的。空良一邊聽著小田嶋說話，一邊呆呆地這麼想。這也是他第一次有這種想法。

「可是，那……」

剛剛小田嶋解釋的東西，空良從脈絡上是可以理解的。因為他都有從報紙上看到過。為了去除讓廠商因傳言而毀壞名聲的一些長期得不到解決的舊案，必須進行放射性汙染清除作業，而這項作業如果不是專業人士來做就會相當危險。

「不就是復興嗎？」

不小心把這句話說出口後，空良討厭起無法找出更恰當措辭的自己。讓事事合乎情理的公正裡，他找不到可以灌注的心意。

「……嗚……」

不過在空良自我處罰之前，旁邊的夏妃已經先狠狠地朝他的腳踩下去。

「這麼說也沒錯，以文字來說確實是這樣。如果寫成報告和報紙上的新聞報導，這就是所謂的復興。但真正需要的是眼前的工作。」

「工作」的主語被省略，空良覺得小田嶋似乎想讓大家誤會主語是小田嶋建設，但他不明白對方這麼做的原因。

「因為我們沒有靠那些體面的工作來壯大公司規模。靠花言巧語應付的話，短時間內勉強還能撐下去。」

簡而言之就是希望大家不要管。小田嶋清楚斷言並拒絕幫忙。

冷不防地，沉重的沉默籠罩了這裡，空良看向身旁的夏妃。是夏妃把他帶到小田嶋這裡來的，如今她露出不敢繼續深入追究的神情。

在現在這種情況下，空良決定遵從自稱是他雇主的夏妃的意願而行動。

過去他無法做決定的那些事情，現在他想要設法掌握住，一一摸索確認。

「空良小弟為什麼會做這份工作？舞弊稽核師算是很罕見吧。」

小田嶋放下鋼筆，看向空良的名片，同時想把話題轉向一個不引人反感的和平方向，但實際上，他問的問題卻碰觸到整件事的核心。

「那個……」

空良不知該如何回應。他所知的唯一答案，就是把自己剛才特地選好並抓緊的事物放下。

然而對方這麼一問，他感覺自己的核心在呼吸。明明他想走一條不同的路，並為此祈禱。

「當初我還在檢察機關時，有些罪是我覺得最沒意義的犯罪，也是裁決時最不會產生猶豫的部分。」

說不定可以藉由回答，來改變某些事情。抱著這樣的期望，空良開口說。

「你指的是？」

「侵吞、勾結、盜用、賄賂、掌圓仔湯。這些都是徒勞無益的不法行為，都是犯罪。」

有期望，就代表空良又再尋求一個無瑕的公正。

空良所說的那些話，都是他的真心話。本著這分真心，空良不知不覺間冒出了一個想法——如果小田嶋真的牽扯到其中一種犯罪，他希望對方能夠現在立刻收手。靠著與小田嶋接觸的這短短幾分鐘，連空良都明白夏妃很仰慕小田嶋。

這是他以前所沒有的情緒。空良明確記得，自己以前毫無一絲想去親近罪惡的行為、一個等同犯罪的人的情緒。

「徒勞無益嗎？」

小田嶋臉上仍然在笑。

這次夏妃沒有踩空良的腳，而是靠向沙發，閉上了眼睛。

田村麻呂的表情沒有任何改變。

對無瑕的公正的渴求，空良無法輕易地說放下就放下，最後他甚至還期待起用這種公正來改變局面。

「你的眼睛看起來紅紅的，空良小弟。」

「嗯？」

紅色的眼睛，就是風火毫不猶豫地殺害別人時所呈現的眼睛，空良嚇了一跳並屏住呼吸。

「就像有火焰在眼睛裡，你正在餵養那股正義的怒火。」

這次，空良很快就理解了小田嶋對他說的話的涵義。

「這不是壞事。憤怒是控制他人的力量，如果你的憤怒是正確的，那是很厲害的一件事。」

「控制他人嗎？」

這個詞彙感覺涵義不是很好，於是空良反問。

「讓人想要去改變不如意的人、事、物的那股力量，不就是憤怒嗎？比如革命，還有政治活動。不過這是正確的力量……」

小田嶋態度柔軟地述說，語氣不像是在責備空良。

「卻也是把雙刃劍。」

然而這些話聽在空良耳中，卻覺得小田嶋的話彷彿一把刀，刺進他的胸膛。

「……因此，我才會在法律之下工作。」

空良不會私自決定何為公正。這是他在律令的終點所得出的結論。

「而且你還很聰明。空良小弟，你遵從公正的原因是什麼？」

小田嶋所詢問的原因，空良面前的男人前幾天才剛告訴過空良。

空良看向說出原因的田村麻呂。他可以感覺到，田村麻呂的目光像是在守護著他。

「因為我相信，公正可以讓更多人獲得幸福。」

「你見證過？」

小田嶋短短四個字的質問，像是將插在空良胸膛的刀子，又更深地捅進去。

空良的呼吸一滯。一直以來，空良心中都懷抱著公正。就如田村麻呂所說，他一直相信，公正必定能讓更多人獲得幸福。

可是，空良第一次為公正而苦惱時，看到的卻是數不清的屍體堆積如山。

四十年前他的心情傾向革命時，一位溫柔的老婦人倒下了。

「會長。」

突然間，田村麻呂的大聲呼喚傳入了空良耳中。

空良因而發現自己忘了呼吸，於是做了個深呼吸。

「舞弊稽核師是收費很昂貴的工作，建議您最好能把他拉攏過來。空良的能力很強。」

不知出於何種意圖，田村麻呂向小田嶋提出了這個建議。對擅於戰鬥的武神田村麻呂來說，這或許是計畫中的一步。

見武神向首領獻上了妙計，空良很難再把對方視為總是用錯方法的人。

「我該怎麼做才能拉攏他呢？賄賂似乎是行不通的吧。這筆高額的薪水是誰要支付？難不成是夏妃嗎？」

雇主是誰毫無疑問，就連小田嶋也吃驚地看向夏妃。

「我希望小田嶋先生能留在這個娑婆世界[6]……畢竟您是我事務所的最大客戶！」

一瞬間夏妃的聲音聽起來很嚴肅，但她隨即開朗地抬起頭。

「我不會給你造成麻煩的。萬一發生什麼狀況，我會把其他公司交給夏妃處理。咦？她已經聘僱你了嗎，鷺娘？」

從小田嶋的聲音中可窺探出，他已經為未來做好了充分準備。

「我還沒有受任何人聘僱。」

空良其實很想離開這裡。他覺得頭暈目眩，還想起了粟田口的景象，往事彷彿歷歷在目。

「我們已經簽下合約了。鷺娘和一隻大狗狗住在一起，需要賺錢養牠。」

夏妃說出了空良沒提的家庭經濟情況，那是在雫石町隨隨便便就能打聽到的傳言。

「真的嗎？」

「沒錯。」

小田嶋的聲音很溫和。

——你見證過？

6 指坐牢犯人眼中的外面自由世界。

就連剛剛這麼質問空良時，語氣也是很溫和。

「因為各方面都花得太多，所以我沒錢了。」

夏妃沒有說謊，空良也沒有更好的方式可以表達。他已經無話可說。

「哈哈，真好。你養的是大型犬嗎？」

小田嶋已經為這次的主題畫下句點。

「他不是狗，而是我重要的家人。」

在遙遠的昔日所看到的那團火焰，如果只是被空良餵養的正義所控制的怒火，那風火的心該怎麼辦？他寶貝的弟弟的心該怎麼辦？

說到底，那顆心是存在的嗎？

「家人嗎？我其實不太喜歡狗。下次出來散步的同時，把你的家人帶過來看看吧。」

以散步來說，這個地方是實際可以走到的距離，小田嶋應該是真心想要邀請空良過來。

空良看向坐在沙發上的田村麻呂。

武神輕輕擺了擺手，表示「不要那樣做」。可能是因為他現在還預測不到接下來會怎麼發展。

雖然小田嶋落落大方地接待他們，但作為一家大型建設公司的會長，他所做的舞弊行為，其規模可能是一般人所難以想像的。縱使小田嶋笑著說自己已經沒救了，但仍然拒絕進行精算。

「現階段我還無法回答您。」

接觸小田嶋的事情時，萬一又發生類似前幾天有小偷入室偷竊的情況，風火說不定真的會咬死人。即使田村麻呂沒有朝空良擺手示意，空良也能輕易預料到。

已經誕生出心智的風火，或許已經踏上了一條與空良截然不同的路。然而風火會毫不遲疑地想殺人，是因為那團怎樣都消滅不了的火焰，依然殘留在他的身體裡嗎？

空良並不認為那團火焰屬於沒有個人意志的風火。明明已經知道那團火焰一旦出現，造成的傷害覆水難收，結果它現在仍舊存在嗎？風一吹，那團赤色烈焰又會把所有生命燃燒殆盡。

——一個人能殺人，不是因為擁有力量，而是具有意志。因為他具有意志，有一顆相信的心。

現在他還堅信不移嗎？

「我……」

再次與夏妃步行回到「香寺公一稅理士事務所」後，空良用電腦查看小田嶋建設過去三年來的資料，然後發出了被打敗的哀嘆聲。

「如果不看剩下的所有收據、帳單和紙面資料，實在……」

「沒辦法從裡面看出什麼嗎？」

一樓的事務所裡，未久和平賀和往常一樣做著自己的工作。而二樓的會議室兼會客室裡，夏妃站在空良手邊探頭問道。

「正如夏妃小姐早就發現的那樣，帳面既然這麼混亂，其中肯定有什麼問題。對方從兩年前開始，就在檯面下進行某些動作。」

「那些事我瞭若指掌，所以我在拜託你想個辦法處理。這是雇主的請求。」

「那份合約是無效的。而且妳所說想個辦法處理是什麼意思？」

面對信賴的小田嶋，夏妃今天開門見山地提出替公司精算的建議，結果被拒絕了。

就算夏妃和空良的雇傭合約真的生效，空良能進一步為身為雇主的夏妃做的，也只有刑事告發而已。

「這種話你已經說過了。之前說希望找出他違法的證據，讓他停手。」

自從兩人認識後，空良第一次見到夏妃這麼幼稚地鬧脾氣，一點都不像平常的她。

「有件事我很驚訝。以夏妃小姐這家稅理士事務所的規模，竟然能一開始就對我的職業瞭若指掌，這種情況我還是第一次碰到。」

這種時候任性鬧脾氣，讓空良搞不懂夏妃真正的意圖是什麼，因此他將話題轉到外圍的事情上。

以這個時間點來說，夏妃的行為已經違反了稅理士顧問原應遵守的保密義務。她之所以硬逼空良蓋下姆指印，和空良簽訂合約，大概是因為可以藉此主張空良是受聘員工，她沒有違反保密義務。

「那是因為我把能達成我的願望的工作，全都調查過了。」

「……我是絕對不會幫忙殺人的。」

「我才不會做那種事！我不是告訴過你，我喜歡小田嶋先生嗎？他是個會慷慨請我喝高價美酒的有趣老爺爺呀——請你想個辦法！拜託幫幫他！」

被拒絕的夏妃一再表示，她想幫助拒絕她的小田嶋。

「實際上現在公司的業績已經下滑了。俗話不是說『不義之財來得快，去得也快』嗎？只要能好好說服一番，小田嶋先生也會同意的。他應該能清楚判斷出，停手總比被扭送去地檢署好。」

「我理解妳想表達的意思，不過……」

如果夏妃的希望就是他去幫助小田嶋，那麼看完三年份的帳簿並同意她的觀點是很困難的一件事。

「夏妃小姐是位厲害的稅理士。我從還沒出問題的三年前的帳簿開始觀察，在大致瀏覽一遍後，發現妳在節稅對策上已經發揮到極限。也就是說，妳真的有在幫助小田嶋會長。」

「因為他賞識我的能力，所以我們往來很久了。」

空良從將節稅對策發揮到極限的這份帳簿中，看出夏妃也有在遵守職業道德。

「而這麼厲害的夏妃小姐竟然想要依靠別人。」

「妳應該明白這是在強人所難。」空良說。

「……繼續這樣下去會怎樣？」

「用途不明的金額太龐大，國稅廳應該會起疑，現在還沒介入調查反而令人覺得奇怪。而且小田嶋建設還參與了災區的公共工程，這是損害公共利益。」

最後一句話不經意脫口而出，讓空良感到懊惱。畢竟他也無法輕輕鬆鬆就改掉自己的性情及行為舉動。

「損害公共利益……嗎？」

夏妃嘆了口氣，一邊細細咀嚼這幾個字，一邊透過二樓的窗戶看向遠方。

「算是罕見。」

她突然發出輕喃。

「什麼意思？」

「啊，抱歉，我只是在自言自語。」

空良聽不懂意思，便開口詢問，夏妃瞪大眼睛搖了搖手，似乎很震驚自己說出了聲音。

「妳是指罕見案例嗎？」

「那還是小事。如果是罕見案例，我也不會察覺了。以前擔任企業稅理士時，還有現在，我服務的顧客總是多多少少會發生這種狀況。如果是出於心態隨便和馬虎也就罷了，但有時候顧客還會想拉我加入犯罪。那種人大多是小田嶋先生那個世代，就是熬過了高度經濟成長期的那些人。」

夏妃解釋，她說的罕見不是指罕見案例，甚至可說是完全相反。

「但也不能把他們通通罵進去。因為有他們不顧一切，打造出這個社會的基礎，我才能接受還算不錯的教育。我父親也是因為工作過度而早早離世。不過，這真讓人困擾。讓我想用乾淨的數字去整除。」

硬逼自己接納各種人，讓夏妃長年來累積了巨大的壓力。

「妳很辛苦吧。」

空良覺得自己無法忍受這樣的工作，於是不自覺吐出這句話。

「可是那個世代現在仍掌握著很大的權力，很多時候真的違抗不了他們。當我覺得那些人很混帳時，就想把他們活活燒死。」

「咦？」

「只是在心裡想想而已啦，我就是用這種方法消氣的。根據對方的缺德程度，想像內容也分了幾種不同階段。當我真的氣到快爆炸的時候，就會想像花兩星期的時間把對方活活地火烤到熟透。沒氣成那樣的時候，就先把人打死再火烤。有些時候雖然讓人討厭，但有極少數情況是儘管火大，還是不得不讓對方活著。」

「竟然還區分不同階段，就跟現實世界的刑罰沒兩樣，讓我不寒而慄。」

那真的是夏妃腦海中的幻想嗎？不小心聽到這些，空良真的覺得毛骨悚然。

「我只是要讓自己消氣而已啦——而且大多數情況下對方都是老頭子，所以我將之稱為『燒烤老頭法案』。名字很可愛吧？就像一種燒烤料理。如果有孝順的女兒來申訴說

『請不要燒掉我把拔』，為了不讓那個人出來危害社會，我就把人關在禁閉室裡，不拖出去燒。」

原本以為那是夏妃自己一個人玩的小遊戲，沒想到她竟然制定了如此詳細的內容，已經接近一份草案了。看來對於「損害公共利益」這種事，夏妃可能也覺得如鯁在喉吧。

空良總算是靠自己的力量，意識到自己存有一個誤會。這是他第一次和女生一對一搭檔工作，雖然他懷疑是自己不懂得如何和女生相處，但夏妃可能也是相當厲害的能手。

用以偏概全的方式看待所有女性是不對的，他想向夏妃和其他女性道歉。

「真的是辛苦妳了……我不知道這樣說對不對。」

夏妃靠笑容與開玩笑越過重重難關，空良從她藏在心底的某某法案，體會到對方所嘗過的人世間辛酸。

「小田嶋先生……」

回歸正題，夏妃的聲音有點弱。

「我會好好把他關進監禁室的，拜託你想想辦法吧，空良小弟。」

第一次聽到夏妃發出這種快要哭出來的聲音，她用和小田嶋相同的稱呼懇求空良。此時空良終於了解，為什麼今天被小田嶋拒絕後，夏妃會如此驚慌失措。

雖說父親已經過世十年了，但這家稅理士事務所的招牌一直都寫著夏妃父親的名字。

——妳老是把那些話掛在嘴巴上呢，夏妃大小姐。

身為父親合伙人的平賀聲音很溫柔，且願意當夏妃的情緒垃圾桶。

夏妃肯定是把小田嶋當成過勞死的父親般看待。

「好激烈的孝順女兒。」

「不管有誰認為小田嶋先生有罪，我都會原諒他。」

夏妃輕輕地把腰靠在擺著電腦的桌上，空良抬頭看向她。

如果在心目中把某個人當成父親般看待，即使對方做了錯事，自己也還是會想保護他。空良凝視著夏妃的側臉，想去了解她的這分心意。

空良並不是沒有父母。他會誕生在這個世界上，就代表有人是他的雙親。過去一千兩百年來，盡量不去想親人的事，只是在田村麻呂出現，風火開始擁有自我後，那些記憶碎片開始每天不受控制地浮上心頭，他也無能為力。

今天認識的小田嶋的所作所為明明不對，卻讓空良想起了阿弖流為。

風火或許並不存在，被阿弖流為的部落養育長大的空良無父無母。這個世上，會有人堅定支持某個空良現在尚未認識的人的公正嗎？

「就算我是孝子，也會把那種父親徹底烤成金黃色。」

那個人是誰，空良覺得自己其實老早就知道了，他的聲音也冷漠得嚇人。

「但我不會把他活活燒死。」

這一點情分，他還是會給的。

空良告訴夏妃，即使對方是親生父親，他也會這麼做。

「……如果當初沒接下災區的工作就好了。他都已經到了可以享樂的年齡了。因為特措法，國家提供了經費，公司獲得資金，所以才有了這一切。」

「你有聽說那些消息嗎？」夏妃說話時，眼角泛淚。

「特措法……是指清理瓦礫和加高堤防嗎？那些工作已經結束了吧？」

「公司一路做到剩最後的百分之一。雖然外面還用復興這個詞彙，但就像小田嶋先生自己說的，已經沒有小田嶋建設可以承接的工作了。」

夏妃用一反常態的沙啞聲音說「為什麼會這樣」。

如果是以前的空良，早就開始說服對方把這案子往上呈報給檢察機關了。

不管何時，他心中的正確答案都只有一個。即使有這些迂迴曲折，以及種種的對話，空良給出的答案還是永遠只有一個，而他也只朝那個方向前進。

正因為如此，他才會總是主觀斷定，那些人繞遠路的行徑是無意義且不幸的舉動。

「為什麼公司會沒什麼收益呢？」

空良再次查看電腦裡的帳簿，假如答案只有一個，那就是有很大的關鍵被他遺漏掉了。意識到這一點，空良專注地看著螢幕。

「我不是說了嗎？肯定是因為『不義之財來得快，去得也快』。」

「也有其他公司透過特措法加入災區重建事業，後來因為舞弊而被起訴。他們建立了拿好處的管道，然後中飽私囊，互相勾結，獲得承攬工程的機會。這些公司都是因為有利可圖，才留在沒有工作可做的地區，進行這些舞弊行為。」

「……什麼意思？」

雖然夏妃這麼問，但只靠這些被整理過的數字，空良也看不出所以然。

「中飽私囊的話，那些錢當然不會出現在帳簿上，但不足以成為獲利下降這麼多的原因。相反地，為了讓帳目自然一點，他們可能會讓數字與前一年度持平。如果有勾結，理應會讓獲利上升。」

至於夏妃察覺到變化的帳簿，雖然資材、人事和工程方面的款項很多，但支付那些開銷的金源卻來路不明。因為想要強行平衡收支，導致帳面混亂，結果是利潤驟降。

「我從沒聽說過有賺不了錢的舞弊行為，我要把資料帶回去重新調查。」

「真的嗎？」

「夏妃小姐。」

空良一直認定正確答案只有一個，但摸索不同的答案後，他才終於知道，自己的認知未必是對的。

「現在還無法預測結果會是怎樣。但假如夏妃小姐願意，我們可以重新簽訂一份正式的合約。」

空良也是第一次遇到這種無法預料結果的情況，過去總是只朝一種答案行動的他，開始害怕起自己。

「謝謝你。」

大多數時間總是精力充沛的夏妃，此刻的聲音顯得惶惶不安而真摯。

空良無意間深入碰觸了別人的情緒。但或許一直以來，他也都有碰觸到，只不過沒有任何感受。

「沒有工作的話，我也會很傷腦筋。而且這個案子需要的酬勞其實不只一百萬。」

「咦？」

事實上即使這只是一家子公司，但它仍是營造公司的分包商，光是這樣接觸一下如此大規模的舞弊，所需酬勞就遠遠不止夏妃先前所提出的金額。

「不過，這次我也該付一些學費，所以就算妳便宜一點。」

「你要學什麼？你都已經這麼能幹了，哪裡還……我一定會付錢的。」

夏妃看起來真的想付空良所提的金額，但空良覺得向她索取這筆錢並不現實。

「我真的從中學到了很多東西。」

剛開始他被完全陌生的夏妃耍得團團轉，碰觸到大量的人類的情緒。他從中學到，一個問題同時會有很多答案存在，不能太耿直地用模糊不清的公正去解決。

自己與他人的區別，只要碰觸一下就能清晰感受到。不碰觸，就無法了解他人與自己是不同的。

風火和空良現在各自具有無法合二為一的「差異」，這件事讓空良感到困惑。而說不定就是這個困惑，讓空良理解了這一點。

他希望，也許能靠著自己的雙腳，走上一條與過去不同的道路。

石神井公園是一座朝東西向延伸，被水光與綠意包圍的公園。

「天空好藍，不過從葉縫灑下來的陽光也很棒呢，風火。」

萬里無雲的九月後半的休假日，遊客正多的中午時分，空良帶著化為巨大白犬的風火，從靠近雫石町的西入口走進石神井公園散步。

「汪！」

可以走出戶外，風火看起來很開心，長長的尾巴搖個不停。

「整整兩天都坐在辦公桌前工作，好痛苦……等等，風火，我有點走不穩。」

空良檢查帶回家的書面資料，並重新審視其中的可疑之處。接著關於後續的部分，空良覺得與其勞動雙腳出門調查，不如先在網路上將相關事業與公共工程的資料徹底搜尋一番。結果沒想到，連政府機關都以檔案格式公開資料，讓人不禁懷疑，他們是不是想特地避開搜尋。

當空良一頁一頁點開看過去後，連秋天緩慢變長的夜晚都泛起了晨曦。

「汪……」

在樹林的圍繞下，沐浴著從水池飄來的薄霧，藍天下的石神井公園讓風火很開心，他應該想要更痛快地四處奔跑吧。

「真想要一片大大的土地……」

空良雖然想放開紅色牽繩，但如果放任風火這種體型的大型犬自由奔跑，大概轉眼間就會引發騷動。

「汪？」

「也不是那樣的，風火。」

風火詫異地抬頭看向想要土地的哥哥，空良笑著摸了摸他的脖子。

縱然沒有大大的土地，但只要變成一個人類，風火就能自由奔跑。

「新的道路比較容易迷失方向，不過還是要走下去……話說回來，還是別通宵用電腦好了。」

清晨才入睡的僵硬身體總算逐漸恢復靈活，空良稍微加快步伐，當走過三寶寺池時，他在附近的長椅上，看到一張熟悉的面孔癱坐著，狀態和空良一樣。

「嗨，陽光好刺眼啊。」

田村麻呂似乎早一步注意到這對兄弟，身上穿著綿質褲和雪馱的他，抬起右手打招呼。

「你這模樣根本是星期天的老爸吧。像你這樣強壯的男人，原來也會被現代設備打得七零八落啊。」

他知道田村麻呂也跟他一樣，把自己關在二樓瀏覽網頁，空良切身感受到數位化時代的威脅。

「好懷念以前靠腳工作的時代。」

平日總是悠閒隨興的田村麻呂，很難得發了牢騷。

「但今天天氣很好。以今天這個日子來說，天氣好就讓我心情愉快了。」

田村麻呂說了句讓人一時之間難以理解的話。

他一反常態地露出疲憊之色，並且還顯得消沉沮喪。

空良當然不會忘記今天是什麼日子，當年的今天，是阿弖流為被處決之日。

——你見證過？

小田嶋語氣溫和的追問，在空良耳邊迴蕩。

長久以來他一直相信，自己走的都是正確的路，但小田嶋的問題讓他領會到，以前到現在一直存在著的諸多問題，他總是視而不見。

田村麻呂看著阿弖流為被處刑的場面時，肯定很希望有辦法把人救下。

「……不是晴天。」

空良也跟著看向從葉縫間灑落的耀眼陽光，嘴巴卻無法言明那一天。

櫸木和楓樹都還是綠色的。

「你也起來走一走吧。」

空良也沒心情去問，田村麻呂也許正在回憶的事。

不去看，他就足夠憎恨了。假如看了，他會做出什麼事？空良仍然很不安，不知道事情會如何變化。

「也好。風火，我也跟你一起散步吧。」

田村麻呂聽從空良的話，邊按摩脖子邊從長椅上起身。

「嗚嗯。」

「我可沒說要跟你一起散步。我們住在同一個屋簷下，從不同角度追蹤同一個案件，這樣已經足夠了。」

「不同角度嗎？」

田村麻呂露出了然的表情，居高臨下地笑了起來。

「你真的一直在看守著我耶，不會累嗎？」

空良確實並不認為，先前他們一直湊巧碰上同一樁案件純粹都是偶發事故。但當田村麻呂光明正大告訴他「我一直看守著你」的時候，坦白講他還是很驚訝。

「這是征夷大將軍的畢生事業。在石神井公園談征夷大將軍，真是一點都不幽默。」

石神井公園附近有神社，公園裡也有很多小祠。

「經歷一千兩百年的摧殘後，我已經搞不懂什麼才算幽默了。」

發完牢騷後，空良心想，說不定這是他剛學會的模稜兩可引導他說出的。

「真好，你們三個人一起散步嗎？」

從下將棋的老人和正在畫水彩畫的人群前面走過去，親子一同專注釣小龍蝦的葫蘆池出現在眼前。

「多津子老師，真的非常謝謝您上次送的美味雞肉鍋。」

聽到這道聲音，空良馬上就知道是多津子，於是朝獨自坐在長椅上的她鞠躬道謝。

「那個雞肉鍋真的好吃到讓我嚇到，連收尾的雜炊都很鮮美濃郁！搬來雫石町真是搬對了！」

田村麻呂用充滿活力的聲音說完後，也向多津子道謝。

「汪汪！」

「那真是太好了。風火也有一起享用嗎？味道重和有骨頭的食物你不可以吃喲。」

多津子同時對他們這麼說，然後摸了摸風火的臉頰。

「今天只有您一個人嗎？」

因為是星期天，田村麻呂便若無其事地問了一句。

「因為有時候我也想自己一個人等待。」

多津子看向葫蘆池，臉上露出等待某人出現的神情。

田村麻呂露出一時失察的表情，陷入沉默。

「田村先生也知道了嗎？」

「我並沒有告訴過他……啊！」

見多津子問的時候並沒有多麼驚訝，空良不小心就把話說出口。

多津子說要跟六郎離婚，已經說了很長一段時間了。雫石町每個人都知道離婚原因，但沒有人會當著多津子或六郎的面提起這件事。

「……對不起。」

「為什麼要道歉呢？」

將近四十年前，也就是雫石町住宅區大致成形的時候，年紀超過三十五歲的柏木夫妻之間，突然冒出了一個三歲的兒子。那個小男孩長得可愛透頂，五官很像六郎，於是大家猜到了其中的隱情，但空良聽說拿這件事說長道短的人意外地少。

柏木夫婦一直生不出孩子，因此也不難想像，多津子對這個孩子比親生兒子還要疼愛。這裡的居民說，多津子把他當自己孩子疼愛的同時，也對他很嚴格，一點都不像普通人在面對丈夫外遇生下的孩子時會有的態度。

——律師要去幫多津子老師和六郎老師辦理離婚喲。

圭太還小的時候，那個男孩已經長大。圭太應該還記得對方吧？

——你要好好幫多津子老師辦理離婚喲。

對夏妃來說，那個男孩也許是同學，或是年齡相近的鄰家大哥哥。

「再怎麼等，他鐵定也不會回來吧。」

那個男孩在十七歲的時候，得知了自己是父親外遇後生下來的兒子。他對養母多津子道歉，同時痛罵了六郎一頓後，就離家出走，二十年來從不曾回來過。這件事大家都知道。

據說二十年前多津子和六郎用盡了所有方法去找男孩。在這個時代，如果找成那樣還找不到，一般會覺得是凶多吉少。在可以認定男孩死亡的失蹤第七年，大家也開始為期盼兒子歸來的多津子感到難受。

多津子一心等待那個被她當成親生兒子的男孩回家，但她並沒有打算原諒六郎，空良不知道聽誰說，在第七年剛過去時，多津子開始提起離婚的事。

「我打個比方。」

雫石町的人之所以把這件事告訴新搬來的空良，大概是怕逐漸和柏木夫妻親近起來的空良，會糊里糊塗碰到他們的痛處。很多人都在這裡看過多津子呆呆地等待孩子的景象，但肯定很少人覺得那孩子還活著。

「比如因為某種原因，導致他無法回來……」

空良違背了居民們的期盼，碰觸到一直在等待的多津子的心事。

「不可能的，都已經過去二十年了。」

「我只是打個比方。當他回來的時候……看到兩位還在一起等著他，他一定會很高興的。」

今天多津子獨自等待兒子。空良對真心想和六郎離婚的她，說了完全不符合他個性的話。

這是空良的真心話。過了二十年，如果那個人回來時看到母親這個模樣，肯定會很高興。

空良以此為理由，希望多津子能夠和六郎一同留在雫石町，繼續過著和以往一樣的生活。這也是他的真心話。

「那樣的美夢……」

多津子落寞地笑了笑。

「現在我還是會做。我夢見那個孩子回來了，不過他沒有變老，一直都是十七歲的模樣。」

多津子做了個深呼吸。即使二十年過去了，她掛念孩子的心依然沒有一絲改變。

「我會一直等下去，以後也會繼續等他，等下去。」

多津子一直看著葫蘆池，看不到兒子回家的跡象。

這樣不痛苦嗎？空良冒出一種想把多津子帶離這裡的念頭。葫蘆池周圍幾乎都是一對對的親子組合，孩童們釣小龍蝦的喧嘩，連長椅這裡都聽得清清楚楚。葫蘆池畔的嬉鬧聲以男孩子居多。

「人一旦有了孩子，當上父母，那顆已經出現的父母心就再也不會消失。」

多津子眼睛眨也不眨，傾聽每一個孩童的聲音。

「……我說了不該說的話，真是……」

空良呆呆站在原地，想為自己失言說錯話而道歉，卻說不出對不起三個字。

風火代替他，將下巴放到多津子的膝蓋上。

「哎呀，你是想要我摸一摸嗎？風火。」

「嗚嗚，嗚嗚。」

風火發出撒嬌的叫聲，多津子用枯老的手熟練地撫摸他的脖子。

「嗚嗚。」

閉上眼睛的風火把身體靠向多津子，甩了甩尾巴。

多津子的手熟知小朋友覺得被摸很舒服的部位。這些事恍如昨日，她記得很清楚。

她是一個得到了孩子後又失去孩子的母親。

「……下次我把環保袋送還給您。」

空良為了找其他話題搜索枯腸，然後想起了保冷袋。

「我會在裡面裝一些東西再拿過去。」

風火依依不捨地把頭塞往多津子腹部。

「非常謝謝您總是關照著空良和風火。」

突然間，田村麻呂理所當然地朝多津子鞠了一躬。

多津子驚訝地笑了笑，但並沒有問田村麻呂為什麼這麼說。或許是夢見了仍然保持十七歲的兒子，讓她的心靈感到疲憊吧。

「嗚嗯。」

風火發出叫聲，似乎感受到了多津子的哀傷，然後他們三人又回到了三寶寺池。

「都怪我說了不該說的話。」

空良的心情沮喪到了谷底，他看著自己的腳尖說道。

「我想，應該有許多人用各式各樣的話語想要安慰她。可是之所以沒有一句話可以進入她的心，肯定是因為她失去了孩子吧。」

田村麻呂拍了拍空良的背，要他別沮喪。

「你的話會怎麼做，田村麻呂？如果他們委託你進行離婚調停的話。」

來到雫石町後，空良三餐一直受對方那樣關懷與餵養，因而在了解他們夫妻間的糾葛前，他已經對多津子與六郎他們產生了感情。

「如果多津子女士真心想離婚，以法律來說，她可以立刻獲得有利的離婚條件。」

其實六郎和多津子每天都拜託空良幫他們進行離婚調停，雖然皆是以半開玩笑的口吻。空良稱他們為自己的父母有點太過火，不過對空良而言，他們的恩情就有如父母。

「我會遵循自己的情感走，而不是法律。」

看著空良最近這段時間的舉止，田村麻呂用低沉的聲音說出合適的答案。

「律令原本就是你們制定並推廣開來的，不是嗎？」

這個主張超越了一千兩百年的時光，一直無法被空良所認同。

「那是人類所創造出來的制度。今天，我在這方面的感觸特別深。」

說到今天二字時，田村麻呂的聲音有一點點含糊。

「遵從律令的結果，是我讓信任我並投降的朋友被砍下頭顱放在處刑場示眾。」

田村麻呂遠眺著某座不知為了供奉誰而建造的小祠，小聲地說著。他的側臉顯得很黯然。

「所以我決定遵循自己的情感走。」

空良無法做出回應，只能久久地看著田村麻呂注視小祠的側臉。

「嗚嗯。」

風火在腳邊發出叫聲，空良在他面前彎下腰，把臉頰貼過去，然後抓了抓風火的耳朵。

「田村麻呂，你……」

即使失去孩子，多津子也堅定地站著，等著孩子歸來。她的身影激勵了空良。

這是第一次，空良想將自己的懷疑、迷惘等種種想法化為言語說出來。

「你不是把我們養大了嗎？」

突然間聽到空良這麼說，田村麻呂驚訝地回過頭。

「你把我和風火當成孩子撫養長大了，不是嗎？因為有你的撫養，我才終於發現，自己完全沒有被父母養育的記憶。」

和多津子的情況剛好相反過來。空良轉而想到現在肯定還坐在長椅上的她。

如果不曾得到過，就不會知道有這種情感的存在。以這一點來說，他們雙方或許是一樣的。

「因為有你耐心地教導我們何謂父母，來到這個城鎮後，我才能理解多津子老師和六郎老師想要給我的那分過多的情感是什麼，也才懂得接受。我一直很慶幸自己能認識其他人……謝謝你。」

儘管聲音很小，但這是空良為了撫養之情，第一次向田村麻呂道謝。

田村麻呂並沒有像平常那樣幽默地說：「天降冰雹了嗎？」

「當我開始學習陌生的事物時，不懂的東西也隨之增加。我的信心開始動搖，讓我害怕得不得了，於是離開了你家。」

——那代表你開始看見這個世界了，不是嗎？

空良開始看見這個世界，也開始看見風火了。

「我學到的是我其實什麼都不懂。不懂是一件非常可怕的事，我一直不敢去面對那分可怕，逃避了很長一段時間。」

但即便如此，他還是想跟風火一起，找出一條與過去截然不同的路。

「直到現在，我也繼續在逃避。」

他之所以抱著風火不肯放手，也許是因為他不想找不同的路。

然而這次，空良卻抱著風火，想要踏上不同的道路。

「那我就陪你面對吧。」

「為什麼？」

田村麻呂曾說他一直看守著空良，但其實不是那樣的。

空良不得不承認，對方其實是在看護著他。

「因為朋友的遺言。」

田村麻呂這句話的涵義，空良也能理解。

「那時候，我並不清楚那就是你，因為我不知道原來你還那麼幼小。」

「那時候」所指的，想必是空良與田村麻呂一千兩百年前的初次相遇。

而田村麻呂所說的朋友，究竟留下了什麼遺言呢？

「不對，現在的你已經不幼小了，空良。你已經徹底長大了。」

在細密綠意層層疊疊的池畔邊停下腳步，田村麻呂直視空良的眼睛。

最終，風火也與田村麻呂視線交會。

「那時，我看著那雙如湖底般蔚藍的眼睛……」

田村麻呂彎下腰，輕觸風火的臉頰，看進對方的眼中。

「答應了他。」

有一瞬間，空良覺得佇立在原地的風火不再是風火了，這讓他的心湧上不安。

「好痛！」

然而，風火隨即用力啃住田村麻呂的手臂，但又不帶殺氣。

「風火！不可以啃啃，不可以！」

空良急忙將風火拉開，同時也注意周圍的人。

「汪！」

風火發出不滿的叫聲，蹭向空良的腳。

「風火不想親近你，不想到眼睛都變成藍色了。」

空良牢牢握住紅色牽繩往前走，並發出前所未有的爽朗笑聲。

他終於可以說出長久以來一直堵在喉嚨的感謝。

心中還留著一個又一個現在無法說出口的重要的事，但其中理應最需要說出來的話，他卻遲遲無法表達。

「眼睛變了顏色可是大事耶？他的下顎還真有力！」

叫痛的田村麻呂揉了揉手臂。

田村麻呂提到的那個朋友，現在在哪裡呢？

不知道為什麼，空良驀地感覺到，自己一直景仰著的那個人的氣息，並不在他們去不了的淨土裡。

在風火用額頭磨蹭的撒嬌央求下，空良在圭太那裡買了一點京都蔬菜，準備今晚再來吃雞肉鍋。

「今天的味道很像多津子老師的喔，風火。你真厲害。」

按照約定，吃飽飯後，空良動作笨拙地收拾碗盤，然後風火在整理乾淨的飯桌上，跟著田村麻呂學漢字。

儘管空良和田村麻呂都有小田嶋的案件要處理，但田村麻呂每天絕對會在這個時間教風火學習文字。

「可是，我沒有熬到整整三天。我把帶骨雞肉放在昆布高湯裡煮了大約三小時，然後加入鹽巴和其他食材。因為我想寫漢字，所以偶爾才去鍋子那裡看看。」

開始學習文字後，風火對這件事充滿了熱情，連自己獨處的時間裡，也開始會去讀一些簡單的書籍。他告訴空良，能讀懂平假名他覺得很開心。

「是嗎？可是剛剛的雞肉鍋非常好吃喔。有煮出雞湯的香味，雞肉也很鬆軟。」

「真的很好吃呢。」

廚房裡的空良不小心手滑，差點把洗乾淨的盤子摔破，他勉強重新拿好盤子，擦乾上面的水珠。

「多津子老師喜歡連續三天待在廚房裡嗎？」

原本在練習簿上寫字的風火突然間停下手，開口說道。

「總覺得我好像感受到了多津子老師的心情，我也開始想燉三天的湯。」

「那是什麼樣的心情呢？」

洗好碗盤後，空良用托盤端著三杯麥茶走進起居室。

「祕密。」

風火用帶著一絲寂寞的聲音，朝把麥茶放到飯桌上的空良笑了笑。

雖然他的用詞很稚氣，但那雙藍色眼睛看起來卻很成熟。

「你穿那件衣服不冷嗎？」

風火很喜歡田村麻呂送的藍色服飾，洗過之後就一直穿在身上。看著風火穿著的衣服，空良無來由地感到有些不安。

「這個讓我平靜，我覺得非常喜歡。」

風火歪著頭，自己也覺得很奇怪。

「可是，天氣很快就要變冷囉。」

看著藍眼藍衣的風火，田村麻呂今天似乎依然有些難過。

「風火，你已經詛咒我的名字詛咒夠久了，接著你想學哪個漢字？」

田村麻呂詢問停下寫字的風火，準備繼續往下教。

風火思考了一會兒後抬起頭，像是回憶起了什麼。

「ㄑㄧㄠˋ。」

「ㄑㄧㄠˋ？」

田村麻呂不太理解，又問了一次。

空良也在一旁聽著，同時暗忖那是哪個字。

「是我聽到的第一個字。」

風火說，是聽誰說的嗎？

「是刀鞘的鞘嗎？」

田村麻呂想確定是哪個字。

強風吹過秋意漸濃的庭院，天上掛著白霜般的新月，這個夜晚突然變得有點冷。

「我不知道。」

明明看起來是知道的，但風火卻模稜兩可地搖搖頭。

「有人對我說，這代表我要保護兄長大人的意思。」

「……是誰說的？」

第一次聽聞這件事，空良雖然畏懼著答案，卻還是開口詢問。

「我有保護好兄長大人嗎？」

風火並沒有說是誰告訴他的。他是不知道抑或不想說出來，空良不得而知。

「你一直在保護著我。」

那個人是誰，答案似乎只有一個，空良用指尖輕撫弟弟的頭髮。

「你不用再為了保護我而去殺人了。風火，你可以做得到吧？」

這次，空良感覺風火終於把這句話放進心裡了。他在說的，肯定是這趟漫長的旅程開始時，關於宿業的那些事。

「我做不到。」

「對不起。」風火很乾脆地道歉。

「為什麼？」

空良往前探出身體。既然風火還記得宿業的源頭，他難道不能拔除切斷根源嗎？

「殺人的時候，我沒有時間猶豫。」

風火一臉無奈地向空良以及田村麻呂坦承

「我的腦袋什麼都沒想，身體自己在動。我沒有想過殺人或不殺人的問題。」

沒有想過。沒有做過的事是無法阻止的。

「那想的人是……」

當空良小聲地說「誰？」的時候，田村麻呂喊了句「風火」，打斷話題。

大大的手掌牢牢握住鉛筆，堅硬的筆芯充滿力量地在紙上滑動，田村麻呂寫下一個漢字。

「這個就是『鞘』。」

每一條線條和點都清晰可見，形成了漢字「鞘」。

「好難喔……」

「鞘是由皮革和肖兩個部分組成的。因為鞘是放刀的地方，從前有些時代為了保護刀，會用皮革製作鞘。」

「肖是什麼？」

「仿效。」

田村麻呂回答得很簡潔。

「什麼意思？」

「模仿、相似，變得和某種人事物一樣。」

「鞘。」

風火看起來已經理解了涵義，一邊念，一邊拿鉛筆慢慢寫出這個字。

他先描出保護刀的革，再將代表仿效、同化的肖寫出來，然後小心翼翼地停下筆尖。

「鞘。」

風火一臉幸福地露出微笑，空良看著那張側臉下定決心。他的弟弟不是刀鞘，縱使不知道對方會走向哪一條路，他也必定會保護好最重要的弟弟。

夜深人靜，時間早已過了午夜零點，細細的月亮變成銀色。靠近馬路的事務所裡，原本正盯著電腦的空良，察覺到事務所與主屋交界的門邊站著一個男人。

「你不覺得這個身體很隨便又麻煩嗎？肚子會餓、會想睡覺、會痛、會疲勞。長時間和電腦搏鬥後，眼睛和肩膀都會廢掉，可是偏偏又死不了。」

「這果然是一種懲罰。」空良對站在他背後的田村麻呂說。

「在各地都留下偉人、武神傳說的征夷大將軍也同意你的觀點。長時間盯著螢幕，我覺得自己真的快要死掉了。」

在教完風火文字後，田村麻呂大概又回二樓去搜尋情報了。現在的他已經精疲力盡，單手拿著平板電腦來到空良身邊。

「可是卻死不了。」

空良坐在一張大辦公桌前，田村麻呂把一張深藍色的辦公椅拉到他旁邊，然後坐了上去。

這間事務所大約八坪大，地上全部重新鋪了深色木紋的木地板，裡面沒有會客沙發，取而代之的是這張辦公桌和四張稍微堅固耐用的辦公椅。

「話說回來，這個事務所看起來真是枯燥。」

第一次正式進入這間事務所，田村麻呂重新掃視整個空間後覺得傻眼。

入口的鐵捲門依然關著，靠小徑那邊的窗戶則勉勉強強用藍色的木製百葉窗遮住。另一邊的牆壁則做成書櫃，上面擺滿了文件和書籍。

「當初完全沒想到訪客會這麼少。我還把廁所分成男女各一間。」

先前翻修房子時，空良在衛浴廚房設備上浪費一大筆預算，早就收起來的屏風也不知道放到哪個角落去了。一思及此，空良嘆了口氣。

「廁所就讓香寺小姐用吧。那個裝得滿滿的文件袋裡是什麼東西呢，空良小弟？」

「這種同居果然不適合我們對吧？田村律師。」

田村麻呂不提風火，而是直接進入工作正題的做法，反而讓空良鬆了一口氣。

「你應該很清楚我有多麼厲害吧！既然我們雙方都在調查同一個案件，你不覺得共享資訊可以加快速度嗎？」

「搜集到哪種程度才算快呢？」

這次空良以舞弊稽核師的身分，正式受小田嶋建設子公司的稅理士顧問聘僱，工作內容是以第三方身分對該家子公司進行內部稽核。

「這一點我現在也還不清楚。」

空良無法想像自己會與小田嶋會長的法律顧問聯手調查這個案子。

「最好的辦法，就是盡可能不要帶給很多人不幸，找出一個大家都能接受的折衷方案。」

如果是以前的空良，絕對不會選擇這條路。

——正當我們想說『從現在起』、『今後將會』的時候，卻發現沒有半句話可說了。

今天空良在池畔邊，對田村麻呂說「直到現在，我也繼續在逃避」。而田村麻呂笑著說「那我就陪你面對吧」。

他也聽過夏妃把小田嶋當成父親般關心的聲音。

如果能實現願望，即使迷了路，他也不想再逃避了。

空良將螢幕轉向田村麻呂的方向，讓對方看他正在瀏覽的網站。

對於總算朝不同的路踏出第一步的空良，田村麻呂什麼都沒問，只是笑了笑，然後探頭看向螢幕。

「我沒聽說過這個。」

仔細將內容看過一遍，身為小田嶋的法律顧問，田村麻呂指著一個新列入道之驛候選名單，有著優美木造風格的休息站。

「他應該沒對任何人說過吧？這個新列入道之驛候選名單的休息站『North Station』預計今年秋天開幕。我去小田嶋建設子公司的管轄區域，逐一查看新蓋建築物，結果看到了它。『施工：小田嶋建設』這幾個字被藏在圖片裡，所以不會出現在搜尋結果。」

道之驛是申請制，由日本國土交通省道路局將符合必要條件的休息站登錄為道之驛。

「這個休息站完全符合道之驛的主要條件。提供二十四小時免費休息區、寬敞的停車場、乾淨的廁所，這裡還是最新型的。還有完善的哺乳室。而且還販售地方名產和伴手禮，並預定會有幾家大地震前的當地餐廳入駐。」

「接著只剩成為道之驛了。」

田村麻呂用手掌摀住嘴巴，專注地看著這座在當地扎根，又與吸引大家的大自然景觀融為一體的木紋建築物。外觀看起來雖然是木造，但抗震性完全符合標準。

「總之剩餘的五年份文件我全部檢查過了，公司收到的訂單完全不夠支付施工費，進款也不夠付工程費。」

「即使不是公共工程，也應該通過當地政府機關的審核吧？」

「他們不可能沒通過。建築執照就不用說了，如果沒有向市政府建設課提出申請，休息站不可能毗鄰屬於法定外公共財產的里道和水路。撇開文件方面不說，沒有市政府和市民的同意，也沒辦法蓋這麼大規模的建築。」

兩人一起抱頭苦思，盡全力想將這個案子整理出脈絡。

「也就是說，在小田嶋會長個人意見的主導下，小田嶋建設砍掉原本的預定計畫，蓋起了道之驛嗎？」

「恐怕是這樣。因為小田嶋會長很熟悉整個作業流程，備齊了申請文件，而市政府和當地居民也不曾懷疑這個休息站會列入道之驛名單。包含市政府在內，背後大概一直有人在袒護他吧。」

「真是個可怕的老爺爺！」

「我覺得老年人好可怕。看到他們都會一個人瑟瑟發抖。」

空良對田村麻呂微微笑了下，這個玩笑完全不符合他的風格。

「謝謝你來找我。」

「別突然跳得太高，小心摔倒。」

「這不是下下冰雹就能了事的。」田村麻呂聳了聳肩。

「只不過，我們不知道他的資金來源。最善良的猜測是，那些錢全都是私房錢，這是小田嶋會長回饋社會的超級大善舉。」

「私房錢是小田嶋會長短報營業額而來的吧？這是避免不了的。但這樣的建築應該要上億，而且是兩位數起跳，只靠私房錢是不夠的，資金恐怕是從這裡挪用來的。」

田村麻呂打開平板電腦，讓空良看看自己保存的報導。

「『綜合度假村無人投標，疑似單獨指定小田嶋建設』……不過這個綜合度假村由於疫情和一些缺點得不到民意支持，建造計畫因而停滯不前。即使獲得指定，也還拿不到資金吧？」

「想蓋綜合度假村的人也是拚了命。但工程延期、遲遲看不到開工的跡象，就漸漸沒有營造公司願意投標了。因為蓋的人想要製造既定事實，就付給小田嶋建設開工費，總共七億。」

「有了七億，之後只要能讓休息站登錄進道之驛，持有人就能償還負債部分了。」

田村麻呂所說明的七億，是當初投標結果公開時的資訊。

公共工程的投標資訊大多數會上傳到網路上，只要想看任何人都可以上去點閱。反過來說，如果沒有特定原因，一般人不會上網去看。因此即使公開的資訊裡有可疑之處，在資料保存期間內也極有可能沒半個人會發現。

前提是，有別有用心的某些人阻止屬於國家機關的會計檢察院和監察機構介入調查。

「不僅如此，據說居中牽線幫小田嶋建設獲得單獨指定的是山縣議員，而回溯他們的過去，山縣議員和小田嶋會長一直都關係密切。」

田村麻呂聳聳肩，將自己收集到的資料一個接一個點開來。

十年前小田嶋建設承包的大型購物中心建案，就位於山縣的家鄉山口縣。那裡二十年前、三十年前的公共工程都傳出賄賂及官商勾結的傳聞。

「犯罪痕跡被湮滅了嗎？」

兩人陷入沉默的時間有點久。

將雙方帶來的情報合起來彙整出脈絡其實並不難，但消化這一切卻需要一些時間。

「也就是說，小田嶋會長假裝承包沒有人願意接手的綜合度假村建案，接著把開工費挪用到其他地方。他利用這筆錢當資金，偽造申請文件，然後建造了『North Station』？」

「沒錯，而且就快開幕了，就在下下星期。」

活了一千兩百年，他們一路見證過大多數的舞弊案件，卻從來不曾遇過這種不顧後果的大規模舞弊案。

「我真的完全不知道該怎麼做了。」

「哈哈。」

空良頭腦一片空白地說道，聞言田村麻呂愉快地笑了起來。

「有什麼好笑的？」

「以前的話，你應該會覺得這個案子的答案只有一個。」

「……經你這麼一說，確實是這樣沒錯。在確定這麼大規模的舞弊行為是真的後，我竟然會不知道該怎麼辦。哈哈。」

空良發出哈哈大笑，連他也不相信這是自己會說的話。

他們兩人笑了一會兒後，笑聲又戛然而止。

「雖然我覺得難以想像，但你能找出雙方都願意接受的折衷方案嗎？」

「小田嶋會長是不可能全身而退的，但他應該也會希望別讓即將開幕的道之驛候選休息站蒙上陰影才對。我們就思考能達成這個目標的方法吧。」

「一起思考吧。」田村麻呂說。他在邀請空良加入。

空良從來不曾思考過這方面的問題，因此腦中什麼也想不到。不過他很清楚，當他抨擊這件舞弊案時，可能會吹滅災區好不容易燃起的希望之火。

守護者、被守護者、正確的人、惡人。

這幾個不斷跳動的詞語，再次在空良內心反覆出現。

——你見證過？

柔和沉穩但又一路見過許許多多事情的小田嶋，那平靜的聲音宛如前一刻才聽到那樣，不停在空良耳邊迴盪。

每次聲音響起，空良都知道。

長久以來，他一直沒看到過。不對，應該說即使看到了，他也緊閉心扉，連自己親眼所見所聞都拒絕接受。

他已經決定，絕對不會原諒一千兩百年前在粟田口逝去的那些生命。

在人們高聲歌頌理想時，倒下的鄰居老婦人。

事實上空良一直有看到這一切。他的世界裡，也有聲音在質問他：「看到了嗎？」

只要有人事物不符合他相信的公正，他絕對將之從視野裡排除掉。

結果那就是他自己。

「剛才，風火說他在殺人時，什麼也沒想。」

比起擔憂會不會吹滅希望之火，空良總是更注重追求公正。

「但以往風火殺人的時候，心中總是想著我。」

他先前一直頑固地相信，公正是獨一無二的。公正才能帶給人們幸福。

因此要承認那就是自己，他需要強大的力量。

「花了一千兩百年的時間……」

空良覺得喘不過氣來，但還是轉動身體直直面向田村麻呂。

「對不起，殺死了你那些士兵。」

即使低頭道歉，也挽不回那天被火焰瞬間燒掉的生命。

「你曾說過，有些士兵是你養育長大的。既然會這麼說，代表那些人之中，真的有人被你當成親生孩子看待吧。」

空良一直忘不了，一千兩百年前，田村麻呂分開士兵屍體時的神情。

「那時候我覺得應該殺死他們。是我那樣覺得的。真的很對不起。」

即使不懂原因，也必須牢牢記住。當時他下了這個決定，也記在心底。

「我終於可以……」

然而，他從不認為自己有一天能夠向田村麻呂道歉。

「打從心底感到抱歉了。」

沒有得到回應，空良便一直沒有抬起頭。

月色依舊冰涼，過了一會兒後。

「不論你怎麼想，對我來說，那時候的你只是個什麼都不懂的小孩子。」

田村麻呂開口，解釋給空良聽。

「他們是我的部下。是我害死他們的，是我太粗心大意，害你這個小孩子去殺人。」

他撫摸般地輕輕碰觸空良的頭，讓他抬起了臉。

「我命人將阿弖流為的眼睛是藍色的事從記錄中刪除。」

田村麻呂談到了忌日在昨天的朋友。

「是嗎？原來如此。因為《日本續紀》裡沒有寫，我一直想找一天問問你原因。」

空良也曾想過，其實田村麻呂比他更了解阿弖流為。他們兩人對峙過很長的時間，也轉變過方針，阿弖流為臨死前的最後時光，也是田村麻呂陪在一旁。

「我懇求陛下刪除記載。當時我覺得，如果將阿弖流為的眼睛是藍色的事記錄下來，會難以讓大家知道他是一位勇敢又誠實的首領。」

可是，又不敢去找熟悉阿弖流為的人詢問他的事蹟。

「時代不一樣了。現在大家如果知道他的眼睛是藍的，他會成為更偉大的英雄吧。他是我很重要的朋友。」

田村麻呂吐出一口氣，看著浮現在面前的某些回憶。

「是我沒有遵守承諾，直到最後那一瞬間，我都一直看著阿弖流為。我無法閉上眼睛。就是那雙清澈、蔚藍的眼睛，讓大和人民懼怕不已。」

沒有看到那個場景，空良也已經非常憎恨那一天了。

「可是至今我並沒有後悔，一點也沒有。」

昨天空良也想過，假如看了，他不知道自己會做出什麼事，事態會如何變化。

他只是靜靜地傾聽田村麻呂說話。

「我的朋友曾說過跟彌勒菩薩一樣的話。他說北方誕生了一股太過強大的力量，那股力量可能會成為獨自一人就能摧毀一個國家的領袖。他希望我能幫忙守護那個人的心靈，我也承諾他我一定會做到。」

田村麻呂那雙沉穩的雙眼尷尬地看著空良。

「我完全沒預料到，你會那麼幼小。直到粟田口的事情發生後，我才知道他指的是誰。」

「我想讓風火變成人類。」

空良已經十分清楚，阿弖流為意識到的宿業是指誰。

「空良。」

「不是讓他變回人類，而是讓他變成人類。我會對風火說，即使被切成碎塊我也無所謂，是因為……」

風火說，「鞘」是他聽到的第一個字。

「因為我明白，那麼一來，我們肯定能一起走向死亡。」

鞘是為了容納刀而製造出來的。

這把刀，是指空良。

「可是我不要。風火已經是我的弟弟了，如果可以獲得寬恕，我想和風火、和大家一起活下去。」

阿弖流為知曉宿業，並與田村麻呂做了約定。空良活過漫長的時間，受到田村麻呂的保護與教育，與這個城鎮的人們相遇，然後心中誕生了希望。

他想要與人類共存。

「我覺得當你能這麼想，代表宿業已經結束了。」

田村麻呂的話，空良也覺得很有道理。

「以後風火又會毫不猶豫地殺人嗎？」

——我做不到。

風火一臉無奈地說，他很難不殺人。

「明明我已經不相信了。」

「……不相信什麼？」

被田村麻呂這麼問，空良垂下視線看著前面。

「壞事全都離我很遠。」

他相信，自己的眼睛現在肯定不是紅色的。

「公正是獨一無二的。」

借助許多人心的力量後，他終於明白，心中有這樣的信念，將來某一天恐怕會讓他獨自一人殺死很多人。

而明白的時間，大概是等同父親的那個人殞命的忌日深夜。

「小田嶋先生，您真是太厲害了，不愧是您，帥呆了。根本是頭殼壞去！」

距離「North Station」開幕只剩一星期的星期六下午，空良、田村麻呂和夏妃出現在小田嶋建設總公司的會長室裡。

「『頭殼壞去』這句話，我幾乎沒在現實生活中聽到。就算我已經活了七十年以上。」

小田嶋滿不在乎，依舊坐在辦公桌前用右手玩著鋼筆。

「你弄出來的爛攤子實在太大了，害我頭皮發麻，差點被活活嚇死！」

收到空良的報告後，夏妃在離開「香寺公一稅理士事務所」之前說「我提振一下精神！」喝了一杯波本威士忌。

「好了別激動，香寺小姐。『North Station』其實是個很棒的地方。我去參觀過他們的試營運，裡面進駐的都是準備關店或搬離城鎮的賣定食的老店，以及年輕世代開的咖啡店，周邊已經有人潮聚集了。」

想用雙腳工作的田村麻呂租了車，去實地觀察「North Station」，還去市政府建設課聽取說明。

「人家也好想去看看……我看過他們的官網了，好想喝日本酒配海鮮定食。」

正式開幕前官網上就已經熱鬧不已，有看起來很好吃的定食與拉麵、使用當地水果做成的義式冰淇淋，讓夏妃光看介紹就覺得十分享受，然後也覺得很生氣。

「我覺得申請會通過，這個地方應該會成為道之驛。有鑑於已經引起熱烈討論，假如到時候有出現我試算的人潮流量，營業額應該能很快與負債部分打平。」

空良比對綜合度假村的開工費與施工費概算金額，對實際的資金流動進行試算。

「那真是太好了。我也想吃海鮮定食配日本酒呢。真想快點去看看。」

「如果您以為自己能快點去，那就大錯特錯了！」

轉著鋼筆的小田嶋彷彿已經喝下了日本酒，露出放鬆的柔和神情。見狀夏妃用符合孝順女兒形象的聲音，毫不客氣地說。

「可以的話，麻煩您親自解釋一下好嗎？」

端茶招待客人的宮泉看起來和上次一樣，但神情同時帶著些許擔憂。空良坐在會客沙發上，語氣沉穩地說。

小田嶋眺望著十二樓窗戶外五花八門的都會風光，看了好一會兒。

「你們知道『讓別人哭』的意思嗎？」

小田嶋轉動椅子面向坐在會客沙發上的三人，大方地詢問。

「嗯。」

「我知道。」

田村麻呂和夏妃發出嘆息，點了點頭。

「我有聽說過，但不太理解它的意思。」

空良想聽小田嶋解釋，於是開口說道。

「其實我們也只是營造公司的分包商，而且當初是從更小規模的分包商起家，所以曾經流下過不甘的淚水。我的公司擴大規模的速度非常快，結果就反過來變成讓分包商、分包商的下游包商及資材供應商流淚的角色了。」

小田嶋補充說，但這並不代表他一直為這種情況所苦。

「為了降低投標價格，營造公司要求分包商降低工錢，要求供應商把材料費算便宜一點。做到這個地步還是拿不到工程或是工程取消，我們就會沒工作而哭出來。小公司很容易因而倒閉，或是導致公司不得不解雇工人。」

小田嶋將過去讓別人流過的淚、自己做過的事、見識過的情況，全當作自己的經歷講述給大家聽。

「可是現在我開始討厭起這種情況了，非常討厭。所以我把那些分包商暫時收為子公司，讓他們在災區開始工作。畢竟有國家的預算支援，可以愛怎麼用就怎麼用，可以分派工作給他們，復興工作也能往前推進。當時我們覺得充滿了希望。」

「……我……」

夏妃一瞬間說不出話來。因為她之前曾說過「如果當初沒接下災區的工作就好了」。

「我們原本就計劃要蓋道之驛了。因為子公司有能力保養道之驛和維修周邊設施，所以我打算在這時候把子公司切割出來，放手讓他們離開。啊，我們已經辦好切割手續了。對不起，夏妃，我沒有先和妳商議。」

「您不用在意我。」

「不行不行。我讓別人哭，自己也會哭，世事就是這樣。大家都一起活在這片土地上，所以必須確保誰也不用哭。夏妃，妳會繼續經營父親留下的公司吧？我想聘妳去當其他分公司的顧問。」

小田嶋對夏妃笑了笑，要她安心。

「我已經知道，『North Station』在試營運階段就能預見將來會有個順利的開始。這真是太好了。打造一個不會期待收到誇張評價、穩健踏實的在地道之驛，其實並不是我的想法。我們也請了專業顧問加入團隊，請他們盡可能利用當地的資源。」

那些資訊小田嶋早就已經收到了，而且看起來非常滿意。

「為什麼原本的計畫會被取消呢？」

從蓋好後的狀況來看，空良以為是這個建案原本就很出色，但現在重新意識到，會有這樣的成果全靠專業人士與當地居民的努力。於是他詢問持有這個建案的小田嶋。

「議會曾經把這個建案拿來當議題進行討論，但他們覺得即使在這種地方蓋道之驛，也不會有人想來玩。而且廢棄物處理和輻射汙染清除作業會成為很大的問題引起關注，所以就改找其他議案了吧。」

小田嶋表示取消計畫的原因與他無關。一提到議會，他罕見地露出厭惡的情緒。這可能與他長期遭到伙伴背叛有關。

「但沒有有趣的設施，遊客當然不會來呀。這麼一個大型建案化為烏有，會有多少人失去工作，他們根本看不見吧。大家都知道，道之驛只要蓋得夠好，再遠都會有人過來玩。可惜我們沒有資格參與議會。」

小田嶋抓了抓頭髮，然後突然放下鋼筆。

「於是我就想，不管他們，我自己蓋吧。」

他若無其事地笑了出來。

「您真是太厲害了，不愧是您，帥呆了，我都頭皮發麻了……」

夏妃雖然很苦惱，但這次沒有再說小田嶋「頭殼壞去」了。

「老年人很可怕對吧？因為我們只能等死而已。」

聽到小田嶋的話，空良露出不合時宜的苦笑。一想到「剩餘的時間只能等死」，確實會讓一個人變得幾乎無所畏懼。

「您是怎麼拿到當地市政府許可的？市政府裡面……有您的支持者對吧。」

否則這個建案根本不可能通過申請。空良繼續聽取必要資訊。

「是我強逼他們的部門通過申請。全都是我做的，我一個人做的。」

關於這一點，小田嶋似乎並不打算坦白。

「您打算承擔所有責任嗎？在下其實有去拜訪過建設課的課長，他說早已做好最壞的打算，即使要坐牢也不會後悔。」

雖然在市民眼中看來，議會和市政府沒什麼兩樣，但其實前者負責政治方面，後者則是遵照前者的決定處理行政工作。至於建設課的課長，則是屬於行政方面的公務員。他可以公事公辦讓文件通過審核，但實際上沒有執行權。

如果行政人員私下讓文件通過審核，將構成嚴重的犯罪行為。

「我不懂你的意思。不管是議員還是公務員都有各式各樣的人，那些工作很努力的人，無論做什麼工作都很努力。尤其對公務員來說，退休金是不可或缺的。」

尊重別人走自己未選擇的道路，是小田嶋的堅持。

「哈哈，過去的我其實覺得公務員是一份很無聊的工作呢。」

小田嶋突然提起過去，在場的其他三人都明白，他肯定是在說三十年以前自己的營造事業不斷進步蒸蒸日上的事。

「時代變了，或者說是世界變了？好了，子公司已經切割了，列入道之驛候選名單的『North Station』也即將開幕，以後當地居民可以自己經營，我沒有任何悔恨。接著我該進監獄了嗎？」

「那也好像很有趣。」小田嶋這麼詢問空良三人。

「我想請教您一個問題。您的資金來源是綜合度假村建設費用的開工費，對吧？假如陷入僵局的道之驛改由民間建造，議會就不會追究資金來源嗎？」

為了確保下一步計畫不會走漏，空良今天的工作是填補那些一旦被攻擊會很難處理的漏洞。

「那些議員裡有認真工作的人，也有只對特權利益感興趣的人。可惜現在時機不好，後者占多數。他們之所以提出議案，本來就是為了轉移話題，所以不會在意這種事。」

小田嶋聳聳肩，表示他們甚至不會注意到。

「很好。」

大致了解外圍情況後，田村麻呂著手制定方針。

「我們來塑造美談吧。」

他露出笑容，宛如可疑的推銷員。

「要怎麼做？」

「我認識一位記者，可以寫出具有影響力的報導。這次的案件幾乎可以找到所有人證物證，所以我們保下道之驛，讓議會幫忙背黑鍋吧。我會讓記者把挪用綜合度假村開工費的事也寫進報導，但目前國民對綜合度假村是持否定意見的，所以要把整件事包裝成一個美談。」

手邊已經歸納出初步方案，田村麻呂講述起報導的內容結構。

「我也覺得可以這麼做，況且我們沒有說謊。」

夏妃做了個深呼吸後，立即表示贊同。

「到時候，就請香寺小姐以憂心小田嶋會長的稅理士顧問A身分，對這個案件發表看法。」

「當然沒問題，畢竟這些並不是謊言。今天我要出門的時候，也是因為太過擔心會長，所以稍微喝了點波本威士忌。」

夏妃用力點點頭，表示需要講多少看法都可以。

「當初在山縣先生拜託下承接綜合度假村工程時，我其實沒打算挪用那筆錢來蓋道之驛。那時候只是想，如果沒半個人願意承接綜合度假村，那就由我來吧。但如今日本沒有錢，所以我真心覺得讓外資得標會比較好。」

見整件事被包裝得太過完美，小田嶋面露為難。

「即使是違背國民意見的綜合度假村開工費，那也是國家的錢。」

「國家只是一個箱子，只要過個一百年，箱子內容物就會完全更換一輪。我們現在只要著重於眼前的事，至於這個箱子以後會變強或變弱，現在誰也判斷不出來。」

田村麻呂還是老樣子，說話留了很多空白，也不做斷定。

空良能理解，田村麻呂早早就知道這種不確定性的重要。

「這還是我第一次吃牢飯呢。」

「您在看守所就有機會吃到了。關於刑期的部分，在下會盡力幫您爭取緩刑。再來就剩如何安排償還義務了。」

「看是要用小田嶋建設的名義？或是用已經切割出去，將來業績會逐步提升的子公司？」田村麻呂俐落地籌畫。

「您……」

空良注視著即將從前臺退居幕後的小田嶋，無論如何都覺得他是一位優秀的「首領」。

「如果您能成為政治家就好了。」

「話也不能這樣說，空良小弟。我一直在做我該做的工作啊。」

聽到空良突然說出的這句話，小田嶋一笑置之。

「現在站在你們面前的我，或許稱得上是一個行善的老人家。不過這純粹是因為有了特措法，然後我又看到生活中的所有一切都被破壞，土地被海嘯沖毀的景象。那種景象，只要看一眼，就會改變一個人的人生。」

在小田嶋的認知中，他並非靠自己的力量改變人生的。

「我從事這一行已經半個世紀以上了。我曾讓別人流過淚，也有人後來就上吊自殺了。最後能像這樣有個完美的句點，總覺得不太適合我。畢竟我覺得自己不能善終，因而故意做了很多事情。」

「善人尚以往生……」

見最後一刻小田嶋反而不願服輸，田村麻呂開口這麼說道。

「況惡人乎。親鸞[7]曾說過，基本上絕大多數的人都是惡人。同時有善惡兩面才是人類。這世上會有單方面善或惡的人嗎？」

「田村律師明明還這麼年輕，說起話卻像個老頭子呢。」

「其他的事，佛祖會幫我們想辦法的。我們能為別人做的事……」

話說到一半，田村麻呂停了下來，沒有繼續強調下去。

「我們已經盡力而為了。那現在我就找記者過來。」

田村麻呂應該早就先和記者交涉過了，所以才詢問小田嶋的意願。

「唔——」

小田嶋轉動鋼筆，掃視了下空良三人的臉。

「我還是覺得進監獄比較好。」

「這就要看田村律師的本事了。如果他把事情順利辦好，您就能進去了。」

雖然空良已經預料到，屆時法官大概會酌量減輕其刑，但為了讓小田嶋冷靜下來，他還是這麼說。

這番話有一半是謊言。至今空良依然非常不會說謊，但這是他使盡全力編出的謊話了。

——同時有善惡兩面才是人類。這世上會有單方面善或惡的人嗎？

「這種事應該早點說啊……」

7 日本鎌倉時代初期僧侶，淨土真宗之祖師。

一邊嘆氣，空良一邊喃喃說著對田村麻呂的抱怨。

「嗯？」

田村麻呂笑了笑，似乎明白他在抱怨哪一點。空良覺得很火大，心想田村麻呂還是和以前沒兩樣。

「唔——」

「您還有什麼顧慮嗎？」

見小田嶋還在沉吟，夏妃用一種前所未有的溫柔聲音問道。

「夏妃對我這麼溫柔，我覺得好不安。」

「您太過分了！」

半開玩笑地說完後，夏妃朝小田嶋笑了笑，但田村麻呂和空良卻露出嚴肅的表情。

九月底的星期六，就是刊載了小田嶋建設與災區關係的雜誌上市前兩天，也是「North Station」開幕當天，餐桌上出現了風火主動說想吃的正統派拉麵。

「拉麵真的很好吃吧！我超愛拉麵的。」

風火一邊回味，一邊為了向田村麻呂學寫字而拿出練習簿。空良聽著風火的聲音，同時清洗三個丼飯碗和中式湯匙，罪惡感讓他感到心痛。

「對啊，醬油湯頭和你準備的叉燒都超級好吃！」

同樣被罪惡感侵襲的田村麻呂，聲音顯得有些逞強。

空良和田村麻呂經常偷偷跑去「一朗」和「太朗」吃真正的拉麵，而非這種號稱「正統派」的拉麵。事實上，今天中午在夏妃的事務所裡做完小田嶋報導的最後檢查之後，他們又不小心跑去「一朗」吃了醬油拉麵。

「你怪怪的耶，田村麻呂。」

明明外表是人類的模樣，風火卻嗅了嗅靈敏的鼻子說：「好像有一種好吃的香味？」

「哪有。你穿那個應該開始覺得冷了吧，我幫你找冬季版的吧？」

田村麻呂將話題一轉，巧妙地提起風火感興趣的事。說話的同時，他手上還拿著平板電腦。最近他一直緊盯著某個應用程式。

「會冷嗎？被你這麼一說，可能有點冷？下次再來煮個火鍋吧。」

「寒冷？」風火一臉疑惑地低頭，看了看身上的藍色衣服。

「學會了怎麼熬雞骨高湯後，熬湯頭就變得有趣多了。多津子老師說要放蔥和薑，但最近兄長大人買回來的肉不會臭臭的，所以我就沒放。」

「仔細想想，最近好像是這樣沒錯。」

以前或多或少也會自己煮飯的田村麻呂，恍然大悟地點了點頭。

「啊，好像是這樣。四十年前我們兩個開始靠自己生活的時候，因為身上沒錢，所以我買過那種不設法處理一下根本無法吃下肚的食材。最近好像很少看到有人賣那些東西了。」

現在，在商店街或超市看到的食材，都會確實標示保存期限，外觀也都很乾淨漂亮。這或許是因為商品流通發達和技術進步。

「離開你家後，我們雖然沒錢但還是會肚子餓。」

空良對默默聽他們兄弟聊天的田村麻呂，補充了這句話。

「仔細想想，這個身體真的有詛咒。」

「就是說啊。我只能設法去找臨時工來做，剛開始是自己下廚，但煮得不怎麼好。過了不久變成回家後，風火煮飯給我吃。他說因為他時間比較多，所以由他來煮。」

「風火真了不起。」

「剛開始的時候，我總是會把菜燒焦或煮得太鹹，失敗過無數次。」

那時風火用那雙才剛開始發育的手煮飯，一下子把蔬菜切得太大塊，一下子調味失敗，就這樣煮了四十年，然後在這段時間裡靠自己學會了廚房大小事。

「可是每次都很好吃喔，風火。就算煮焦了或是太鹹，也都很好吃，」

為了在外面找工作做的他，風火開始用家裡有的食材拚命煮出飯菜。空良懷念地回憶了一遍那時候的場景。

「只要兄長大人說好吃，我就覺得非常幸福。」

明明已經活了一千兩百年，風火看著四十年前他們兄弟開始靠自己生活的日子，卻覺得那是最遙遠的時光。

「當時我覺得，能永遠持續那樣的生活也很好。」

最近這段時間，風火有時會露出落寞與悲傷的神情。這個情況是從什麼時候開始的？是什麼觸發了他的情緒？空良想來想去，一時間還是想不通。

他不知道風火在想什麼。

可是比起他們兩人宛如一體的時期，他更喜歡現在的風火，更想和現在的風火在一起。他想知道風火的心裡都在想什麼。

空良相信，這是因為他們已經是兩個不同的生命的緣故。

「以前只有我們兩個時，我們不太常談起過去的事呢，風火。」

驀地，空良意識到，風火最近可以說出比較多東西了。

「風火現在白天都會看很多書。看了很多文字和故事後，你是不是能把自己的心情用語言表達了？」

田村麻呂想像了下可能原因，表示這是一件非常重要的事。

「語言表達是什麼？」

「啊，抱歉，風火，你稍等一下。」

看了看平板電腦後，田村麻呂站了起來。

「可能開車會比較好。」

空良從中推測出發生了什麼，於是也準備朝玄關走去。

「汪？」

家裡明明沒有其他人，風火卻突然變成巨大白犬。

「空良小弟！」

夏妃的聲音從大門口傳來，似乎是靠自己的力量突破了外面小門。

空良和正準備出門的田村麻呂面面相覷，然後空良跑向玄關。

「小田嶋先生不見了！他完全不接電話！」

他一邊穿著鞋子一邊打開大門後，就看到穿著休閒服的夏妃右手握著手機，尖叫般地說話。

「咦？田村律師！你怎麼會在這裡！」

看到穿上了西裝外套的田村麻呂和變成狗狗的風火站在一起，夏妃震驚地瞪大了眼睛。以工作角度來看，田村麻呂在空良家當房客一事確實不恰當，因此空良和田村麻呂都沒有告訴過夏妃。

「我們今天一起檢查過報導內容後，就去吃飯了。現在重要的是小田嶋會長。」

田村麻呂一邊俐落地說，一邊看著手中的平板電腦。

「如果他有打電話給我……妳太慌張了，夏妃小姐。」

空良也一直看著握在掌中的手機的通話記錄。

「畢竟我家就在那附近。我很不安，他絕對不是那種會逃跑的人！」

「身為法律顧問，我認為自己也算理解他。因此當然要事先在小田嶋會長身上安裝G

PS。」

田村麻呂先前一直透過平板電腦查看的，就是小田嶋的位置資訊。

「其實我們也安排了人監視他。對不起，因為擔心會讓妳更加不安，所以就沒有把這些事告訴妳。畢竟我們並不認為長期和小田嶋先生勾結的議員，會願意接受這件事化為美談。」

空良查看田村麻呂所安排的監視人員的位置資訊，發現他們一直停在小田嶋宅邸前面，恐怕是被攔下來了。

「你們兩位實在能幹且冷靜到讓人吃驚的地步……」

看到空良和田村麻呂沉著的態度，夏妃驚慌的情緒也平靜下來，吐出屏住的呼吸。

「夏妃小姐，之後妳可以好好罵小田嶋先生一頓。他應該早就預料到會發生這種事了。」

「啊……」

夏妃立即想起來，自己曾問看起來不太對勁的小田嶋：「您還有什麼顧慮嗎？」

「你把GPS裝在哪裡？」

「鋼筆的筆桿裡。我看到他把鋼筆插在胸前的口袋裡，時時刻刻都不放手，於是拜託他讓我看一看鋼筆，然後趁機迅速裝進去了。」

田村麻呂從事先推測的幾個候選地點中，找到了那支鋼筆的下落。

「選擇也太老套了，跟電影演的一樣。」

「是往港灣臨海地區嗎？」
田村麻呂傻眼地說道，空良探頭看向他手中的螢幕。
「你說的港灣臨海地區，是指東京灣臨海地區？綜合度假村的預定地……他們要把人沉進綜合度假村海裡嗎！」
「我們會在小田嶋先生被沉入海底前把他救出來的。他現在還在附近。」
「話雖如此，但他們已經走過環八，往環七方向開過去了。我想他們應該會盡可能避開監視器，選擇走不會收服務費的路徑吧。」
「那我們就走首都高速公路。我們已經租好汽車了，夏妃小姐，請妳冷靜下來在這裡等我們的消息吧。」
為以防萬一，空良決定開自己租好的車，於是拿起放在玄關的車鑰匙。
「我太擔心了，沒辦法待在這裡空等。我的心跳都快停了。」
「汪！」
一直旁觀眾人動向的風火把手放到空良的肩上，央求說「我也要跟」。
「……不行，風火，你要留在家裡。」
風火能理解哥哥要前往危險的地方，所以才央求空良帶著他。
「夏妃小姐，能麻煩妳和風火一起留在家等我們回來嗎？」
空良很想告訴風火「你不用擔心，反正不管如何我都死不了」，但夏妃就在這裡，他只好忍住。

「汪汪！」

風火迅速用嘴巴咬住車鑰匙，表示絕不要乖乖留在家裡。

——我有保護好兄長大人嗎？

說不定保護哥哥這件事，就是風火身上的詛咒。

如果這是一種詛咒，當哥哥的想要讓弟弟掙脫這個束縛。

空良屏住呼吸，朝田村麻呂投去求助的眼神。

「應該是……沒問題吧？」

這個停頓不是田村麻呂平日的留白風格，他的語氣中藏著擔憂。

空良已經知道，堅信一種公正會面臨自我過度膨脹的危險，這一點田村麻呂恐怕比任何人都還要清楚，

有人認為公正是絕對不容質疑的，這種想法有時會在歷史上造成大量人類死亡。

——我做不到。

風火原本是遵從空良的情緒而採取行動的，可是他卻說現在無法靠自己的意志停止行動。

「風火，你還記得我的心願嗎？如果你還記得，我就帶你一起去。」

即使明白這種事不該拿來賭，但空良還是想相信，風火能和他一起走向不同的路。

「等等，你們要帶著狗狗……帶著風火一起去嗎？」

夏妃注意到空良和田村麻呂打算帶著風火一起去，不禁感到困惑。

「現在山縣議員派出的幫派小混混，即將把小田嶋先生沉進綜合度假村預定地對吧？你真的要帶狗狗去那種地方嗎？萬一出了什麼事……」

「感覺妳對局勢有著非常深入的了解，並具備了高水準的語言表達能力呢……香寺小姐。」

明知不合時宜，但田村麻呂還是情不自禁對夏妃感到佩服。

聽到夏妃的話，空良倒抽了一口氣，轉頭看著風火。

他只怕風火會殺害別人，並滿腦袋都在擔憂這件事，幾乎沒時間去思考，這麼做可能會讓風火受傷。

「風火。」

「對不起。」空良用力抱緊了風火。

「嗚嗚。」

「既然你和狗狗這麼恩愛甜蜜，乾脆連我也一起帶過去吧！我很清楚自己只會礙手礙腳，但至少可以幫你們抓著風火！」

「現在是秀恩愛的時候嗎！」夏妃捶胸頓足。

「妳說的對。」

田村麻呂並沒有說沒問題，但還是拍了拍空良的背。

空良和田村麻呂都有汽車駕照，但結果是空良負責開車，田村麻呂坐在副駕駛座上追蹤GPS的位置資訊。

「小田嶋先生沒事吧？他被埋進土裡了嗎？還是被沉海了嗎？」

租來的油電混合車後座上，夏妃和風火都顯得坐立不安。

「警察和救護車都在路上了。在小田嶋先生家被攔下來的監視人員遭到那些小混混毆打，但據說小混混只把監視人員綁起來，命還在。畢竟他們沒時間在那裡殺人。我們現在距離小田嶋先生的所在地只有五分鐘車程。」

進入港灣臨海地區後，可以看到海水與人造路燈並行向前，夏妃不安的情緒加劇，田村麻呂仔細向她解釋。

「嗚嗯……」

抬頭看著不斷往後流逝的路燈，風火發出宛如看到神奇事物般的叫聲。空良意識到，風火第一次看到這種夜景。

讓風火變回人類的唯一執念困住了空良，一千兩百年來一直和他活在相同軌道上的風火，其實有很多事物都見識不到。一思及此，開車的空良感到胸口一緊。

「重新再看一遍，我還是覺得這片景色不像是真的。」

「但大家未必會有同樣的感覺。」田村麻呂也輕聲說著不合時宜的心聲。

等間隔排列的冰冷路燈照亮了他們駛過的路橋，視野中隱約能看到列車在海面上奔馳。高高瘦瘦的高樓大廈上，稀疏的光芒透出窗戶，映照在海面上。這裡的景象讓空良他們很難想像得出，此刻與他們出生的時代是在同一條時間線上。

空良瞬間產生一種錯覺，覺得彷彿落入一場漫長的夢境裡。

「看起來好不真實，彷彿海面上有百合鷗號在奔馳，也有人住在上面。」

夏妃喃喃地說「就像一場幻境」。不過在她出生時，這個地方應該早已存在。

「夏妃小姐也這麼覺得嗎？」

空良驚訝地問道。

「這裡雖然漂亮，但我是在雫石町長大的，這種景象對我來說非常奇怪。小田嶋先生肯定也是這麼想的！因為他是在練馬出生的。拜託別讓小田嶋先生沈在這種奇怪的地方！」

「這還用說！」

在夏妃的催促中，空良踩下油門，將汽車駛入青海貨櫃碼頭。東京灣臨海地區青海區是綜合度假村預定地，但貨櫃碼頭是海運貨櫃進行裝卸作業的地點，沒有人會跑來這裡玩。

「空良，關掉車燈然後減速，降低引擎的聲音。」

田村麻呂伸手將車內燈徹底關閉，空良理解他的指令，跟著關掉車燈，檔桿維持在D檔，讓車子繼續前進。油電混合車的引擎很安靜，空良現在才終於明白田村麻呂當初說要租這種車的原因，心底有一絲懊惱。

人煙稀少的碼頭上，真的可以看見小小的光點。從人影可以判斷出，那裡至少有兩個男人。

「停車，引擎別熄火。」

「請夏妃小姐和風火一起留在車子裡。」

田村麻呂悄悄打開副駕駛座的車門，空良也跟著下車，同時交代後座。

這種每個人都各有目標的綁架現場實在太危險，空良現在才打從心底後悔把夏妃及風火帶過來。

「不用擔心。他們可能有人留在車子裡待命，如果只開一臺車，頂多是二、三個人，但還是千萬不能大意。」

田村麻呂能猜到空良內心的擔憂，於是在黑暗中小聲對他說道。

現在已經看得到對方，依田村麻呂的本事，應該能對局面做出一定程度的預測了。

為了避免發出巨大的聲音，駕駛座和副駕駛座的車門都不能完全關上，這一點讓空良有點憂心。

他們沿著貨櫃往前走，靠近那些人影。

「你們把我沉在這種地方，我很快就會被人發現吧。」

聽到小田嶋從容不迫的聲音，空良暫時鬆了一口氣。

「被發現也沒關係，反正會是淹死的屍體。」

為了擋下後天即將面世的雜誌報導，議員大概是以此為警告，準備讓小田嶋背下盜用綜合度假村開工費這個罪名。

「我們已經幫你準備好遺書了，你在這裡簽名。」

「好好好。我看看，綜合度假村的開工費全都被我非法挪用了……嗎？有七億耶，我可以揮金如土、酒池肉林了吧。」

「快點給我簽名！」

對這些男人來說，做這種事應該已經是家常便飯了，但小田嶋從胸前口袋裡拿出鋼筆的悠哉動作，卻反而讓他們焦躁了起來。

「我想一口氣解決掉他們，小田嶋先生交給你保護。別忘了那些待命的人也會過來。」

「好。」

一說完田村麻呂便俊敏地衝了出去。他穿的是皮鞋，為了打倒男人，他以堅硬的鞋子猛力踢擊男人的顳骨部位。

「……嗚……」

被人為踢到腦震盪的彪形大漢倒在碼頭上，原本正規規矩矩在遺書上簽名的小田嶋，則被空良拉住了手臂。

「喔喔，真厲害，像是演電影一樣。」

「您太過沒有緊張感了，會長。」

「唉，因為我早就預料到會發生這種事了。先前我有試著對山縣說，作假帳、官商勾結、串通投標、粉飾公共工程這些事，我們幾乎全都做過了，那接著就是一起進監獄服刑囉？」

「如果他同意，兩位就成為好朋友了呢……嘖……」

貨櫃的另一邊，兩個躲在休旅車裡的男人瞬間衝了過來。

田村麻呂立刻將其中一個人一腳踢飛，空良則對付另一個壯碩的男人，用手肘攻擊心窩，然而對方完全沒事。

男人拿著警棍直直朝小田嶋打過去，空良迅速用身體保護小田嶋，結果警棍狠狠地打在肩膀，讓他整個人摔到水泥地上。

「空良！快閃開！」

先前被踢飛出去的男人纏住田村麻呂，田村麻呂一邊毆打對方，一邊轉頭看向空良。

攻擊了空良一次的男人舉起警棍，居高臨下瞄準空良的頭部，想給他致命一擊。

明知不會死，但看出對方要殺死自己，空良還是扭身躲避，在這一瞬間，他感覺到有一股風吹過。

車門半開的車子裡，風火飛奔而出，輕鬆將拿著警棍的男人壓倒在地。

「有、有狼?!」

剛剛想要殺死空良的那個男人被壓在風火正下方，發出了尖叫。

「風火！」

空良用力吶喊，但張大嘴巴露出獠牙的風火置若罔聞，打倒另一個男人的田村麻呂也來不及上前制止。

「風火……」

在把男人的喉嚨整個咬斷前，風火突然停下了動作。

空良覺得時間彷彿凍結了。

其實是他誤以為所有一切全都被按下了暫停鍵。這是因為風火從來不曾因聽到空良的吶喊，就停下殺人的動作。

然而警車的警笛聲正氣勢洶洶朝這裡接近，空良因而明白，時間仍在正常流逝。

風火靠著自己的意志停下來了。

「給我等一下。」

倒在風火腳邊的男人企圖獨自逃跑，被田村麻呂制伏住。

「那邊那個男人帶著繩子要來綁住會長。空良，把他們每個人的手都緊緊反綁到背後。」

空良想衝向停下動作的風火，但田村麻呂對他這樣說道。

他按照吩咐，手忙腳亂地從腦震盪的男人身上搶走繩子，並第一個就把對方綁起來。

「也給我一條繩子。」

追著風火結果不知不覺來到旁邊的夏妃朝空良伸出手。

「夏妃小姐……不是說請妳留在車上嗎？」

「警察那邊就由我來處理，畢竟小田嶋先生的顧問是我。萬一風火被警方帶走就糟了。雖然對方是罪犯，但我們也不知道警方會怎麼處理。」

夏妃目睹了風火解救空良以及想要咬斷男人喉嚨的那一幕。

「謝謝你們幫我救了小田嶋先生。」

「沒錯，真的謝謝你們，包括這隻可愛的小狗。」

「可是我絕對不會原諒小田嶋先生的！」

夏妃朝總是維持從容不迫姿態的小田嶋哭著大叫。

「謝謝妳，夏妃。」

小田嶋也非常清楚，夏妃對他的愛就跟親生女兒沒兩樣。

「空良小弟。」

注視著逐漸朝這裡靠近的紅色警燈，小田嶋用沉穩的聲音說著。

「……是。」

「你說的那些徒勞無益的犯罪，真的會逐漸消失。因為它們已經毫無存在意義了。」

「司法也是如此運作，我們的做法已經不管用了。」小田嶋打算將工作連同人生一起終結掉。這一點不只空良，所有人都知道。

「我從當工地工人開始，就羨慕待在社長室裡拿鋼筆的人羨慕得要死，也覺得很不甘。」

小田嶋凝視著那枝原本要用來在遺書上簽名的鋼筆，像是看著一件讓人懷念的舊物。

「可是等我出人頭地後沒多久，一切都變成了電子化，只剩這種時候才用得到。這個，也已經不需要了啊。」

小田嶋打算將鋼筆扔進海裡，夏妃用力地抓住他的手制止。

「我們一起去道之驛吃海鮮定食，一起喝酒吧，小田嶋先生。請招待我喝好酒！」

夏妃讓小田嶋清清楚楚地聽到自己和以往一樣的爽朗聲音。

「這樣啊……」

小田嶋原本一臉茫然呆愣，彷彿鋼筆與生命都被帶走了。聽到夏妃的話後一瞬間，他的眼中恢復了光彩。

「我都還沒看過那裡，對這個世界還有留戀。」

「就是說啊！……你們走吧，空良。那輛車就當成是我開來的。」

看到警車即將抵達，夏妃催促空良快走。

「夏妃小姐妳一個人沒問題嗎？」

「警察已經來了，你不用擔心。」

空良與田村麻呂對視一眼，仔細檢查被綁住的三個男人是否無法動彈。

於是他與田村麻呂帶著溫順的風火，決定離開此處。

「第一次見面時空良小弟看起來還像個孩子，但現在已經成為一個成熟男性了。」

看著踏出步伐的空良，夏妃守護般抱著小田嶋，突然說出這番話。

空良回頭看了夏妃一眼，然後和風火、田村麻呂一起往前跑。

他們跑向停車的相反方向，然後停下腳步，遠遠地看著警車抵達碼頭。那三個男人被逮捕，小田嶋和夏妃被警方保護起來。

「警方要進行現場勘查了，我們先到另一邊去。」

田村麻呂指了指原本不適合步行的海之森方向。

空良在尋找合適的話語，想對站在兩人中間的風火說。

風火沒有殺人。雖然露出了鋒利的獠牙，但他自己停下動作。風火已經學會不再殺人。

「兄長大人。」

人形風火的聲音突然間傳入耳中，讓空良震驚地停下腳步。

站在田村麻呂和空良之間的風火，變成了一個穿著白色服裝的男人。

「風火……你在外面變成人形？難道你可以變成人類了？」

縱使這裡沒有外人，但再走一點就可能碰見其他人，風火是無法保持人形的。

「太好了……風火，你終於變成人類……！」

「兄長大人，我要……」

空良欣喜到哽咽，緊緊抱住風火高大的身體。風火平靜地對哥哥說道。

「咦……？」

「我要在這裡和兄長大人道別了。」

風火笑了笑，然後很不可思議似地環視四周。

「這是哪裡啊？」

他眺望近在眼前的海之森，看著如星星般閃爍著光芒的飯店與船隻。

「與我們出生的地方完全不同。」

「就是說啊，風火。你好不容易終於變成人類……對了，我們去出生的地方看看吧。我們一起去北方吧，好嗎？」

風火的模樣宛如在看人生最後的風景，空良用盡力氣抓住他的手。

一旁看著這一幕的田村麻呂，想到了與昔日舊友離別的事，而風火並不知道。

「我不會去北方，我要在這裡和兄長大人道別。如果我能壞掉就好了。」

「為什麼！你說壞掉是什麼意思！」

空良的手緊緊地抓住風火的手臂，表示他絕不會放開。

「因為，我是兄長大人的刀鞘啊。」

風火很珍惜地說出「刀鞘」這個詞彙。

「兄長大人已經不是刀了，所以不需要刀鞘了。」

「沒有不需要！你是我重要的弟弟！沒錯，或許我已經不是刀了，所以說你也不必再去殺任何人了。剛剛你不是可以停下來了嗎？」

「前幾天我從田村麻呂那裡學到了鞘這個字，所以剛剛它浮現在我的腦海，讓我的腦袋一片空白。這次只是湊巧停下而已。」

風火回答，他只是在腦海中仔細描繪革和肖的寫法，並非因為想著要停止而沒有殺人。

「我可以插句話嗎？」

一旁的田村麻呂客氣地詢問這對兄弟。

「我想，肯定是因為風火學習過了，所以才能停下來吧？只要他像這樣繼續學習人類的事，動腦思考的時間肯定會逐漸增加，最後他必定可以在殺人之前停止動作。」

平日總是說話留白的田村麻呂，這次卻下了斷言。

「那種事我聽不懂啦。萬一下次我又殺了人，兄長大人說他也會和我一起壞掉的。」

「風火……」

——即使被切成碎塊，我也無所謂的，風火。

之前的事件中，當有小偷闖入辦公室時，空良對想要咬死小偷的風火說了那樣的話。

——如果你想殺了誰，那就來殺我吧。

空良現在知道，那句話對風火造成了多大的痛苦。

「有我在，兄長大人會很痛苦。已經夠了，兄長大人，況且我本來就……」

空良用力抱住還想要講話的風火，不讓他繼續說下去。

弟弟並未如往常那樣，回抱住抱著自己的哥哥。

田村麻呂不再開口說一個字，只靜靜注視著事情自然發展。

「這個名字之前由我保管。」

「風火？」

一陣風吹過，聽到風火的聲音譜出這句不像風火會說的話語，空良抬起了頭。

「唯有宛如被風鼓動而竄起的烈焰，擁有能把所有一切焚燒殆盡的強大，我才會代為保管。我是你這把刀的鞘。」

空良呆呆地聽著風火的聲音。

「這是他教我的字，也是我第一個記起來的字。」

「可是先前我一直無法說出口。」風火整張臉盈滿笑意。

「在某種程度上，我覺得自己以前真的是刀鞘。可是兄長大人實在太珍惜我了，還一直喊著要我變回人類，如此愛著我。」

「刀鞘也會有靈魂嗎？」

問出這個問題的是田村麻呂。

「我也不是很清楚。從前我是專為兄長大人而存在的刀鞘，也是為了封印兄長大人的強大力量，阻止兄長大人為禍而被創造出來的。但如今我只想平凡地和兄長大人在一起。」

「你是我的弟弟。不管是狗、是狼還是人類，你都是我的弟弟。」

「沒有我，兄長大人會比較輕鬆吧。我被創造出來，就是為了封印兄長大人與生俱來的那股火焰、那分宿業。」

驀地，風火如同成熟男人般，毅然對空良這麼說道。

「你的憎恨和悲傷，我會全部帶走。」

「放心吧。」風火露出沉靜的笑容。

「那些是你的愛吧？也就是我弟弟的愛。把你一開始聽到的那些話，通通給我忘掉！」

「我想創造我的應該是阿弖流為大人。可是，他肯定沒有封印成功。」

以刀鞘身分誕生的風火在失去刀，使命結束之後，也許必定會消失。

現在回想起來，從他們年幼時開始，當空良執著於追求公正，偶爾和別人起口角時，風火就是個會盡全力阻止哥哥的溫柔弟弟。

他是能容納刀，不讓刀傷人的刀鞘。

「封印或許失敗了，但那時候空良的火焰或許也超出了阿弖流為的想像，就連包住刀的刀鞘都無法徹底封住那股力量。」

田村麻呂猜想，封印是在粟田口破碎的。空良也聽到了他的猜測。

「但那是我的火焰！」

「或許是，但……那時候，我覺得自己也已經誕生了意識。畢竟，剛出生時的我完全不具有人類外貌。」

風火講述了空良完全不知道的事。

「兄長大人一直把我當成弟弟，珍惜我、愛護我，還為了保護我，曾經與人抗爭過！所以我覺得那時候的事，是我在想要保護兄長大人的意志下做出的。因為你是我的兄長大人。」

「雖然我原本就不是人類。」風火落寞地笑著說。

「那股火焰一直都是屬於我的。我肯定早就不再繼續追求唯一的公正了，我被你封印住的宿業也肯定早就……所以說，你就只是我的弟弟！」

「嗯，我也想一直當兄長大人的弟弟。」

空良的話，無法傳達給已經在尋找自己歸處的風火。

「哎呀呀。」

久違且熟悉的輕快嗓音，在東京灣臨海地區的青海貨櫃碼頭響起。

「果然出現了，散漫的彌勒菩薩！」

空良用一種呼喚萬惡根源般的氣勢，呼喚這個聲音的擁有者。

「別給我取奇怪的綽號啦。算是好久不見了，是你在呼喚我吧？」

「是的。」

彌勒菩薩直視著風火，風火以清澈的聲音回應。

「別走，風火……不要帶走他，彌勒菩薩！」

彌勒菩薩依然穿著袈裟，呈坐姿飄浮在半空中，手指也依然比著一個圓圈。

「這孩子真的擁有生命嗎？還是說只是封印你宿業的容器呢？這一點馬上就能驗證。」

「咦？」

聽到對方隨隨便便說出出人意表的話，拉著風火不放的空良感到困惑不已。

「我從一開始就知道答案了。因為知道，才讓你們踏上旅程。你們的事要說棘手，其實也稱不上，不過其中有些地方讓我覺得頗有意思。」

自己如今正即將失去陪伴走過漫長時光的寶貝弟弟，結果在這個緊要關頭，彌勒菩薩卻說出「頗有意思」，空良只覺得氣得要死。

「就算現在消除掉崩潰的部分，讓他完成使命，那接下來呢？這個世界將會走向終結吧？」

空良雖然生氣，但此刻卻找不出反駁彌勒菩薩的話，只能咬緊嘴唇。

「這趟旅程比我預想中還短暫呢，我還以為你們會永遠無法結束。」

「嗯，對不起。我記在腦中的那些話裡面，我明白兄長大人會比較輕鬆這句話是什麼意思。」

風火堅定不移的決心，透過兩人交握的指尖傳遞給了空良。

空良感受不到自己一直持續確認的那道心跳，找不到對方的脈搏。風火散發的體溫正在逐漸消失。也許這代表被創造出來當刀鞘的風火所承受的一切就快消除了。

「兄長大人可以不用再顧慮風火了。只要兄長大人覺得幸福，我就滿足了。」

「那你跟我走吧？」

「拜託您了。」

萬物皆有序。假如風火的誕生是違背秩序，那風火所背負的宿業，原本應該是屬於空良的。

是風火代替空良背負那分沉重、艱辛的重擔，一路走過漫長的歲月。

風火說要帶走憎恨和悲傷。也就是說，過去一千兩百年來，風火代替空良背負了本該由空良承擔的重擔。

離開家的時候，空良是想讓風火掙脫詛咒的束縛，才帶他來到這裡。

他必須讓寶貝的弟弟獲得解脫才行。

「……兄長大人？」

前一刻內心想著要做正確的抉擇，但下一刻空良的心卻做出完全相反的指令，促使他從背後緊緊地抱住風火的身體。

「空良的弟弟叫風火。風火，那就是你的名字。」

一種陌生的東西滑過空良的臉頰，落在腳尖上。

「你想和哥哥在一起對吧？」

空良第一次感受到水從皮膚上輕撫過去的感覺。

「你喜歡哥哥對吧，風火？哥哥最喜歡你了。你其實……」

等他意識到那是淚水的時候，聲音卻卡在喉嚨裡，只能繼續攀著風火，連站著的力氣都流失了。

「你其實哪裡都不想去對吧，風火？風火，你是我的弟弟。」

「……兄長大人。」

風火依依不捨似地轉過頭來，碰觸空良的淚水。

「這是兄長大人第一次哭。」

風火的聲音也哽咽了起來。

「這是因為傷心嗎？但這些傷心和淚水，我會全部帶走。」

「這世上有誰可以免除傷心和哭泣嗎？」

一直默默旁聽的田村麻呂突然插嘴道。

「田村麻呂，兄長大人他就……」

「拉麵！」

風火正準備把空良託付給田村麻呂時，對方卻冷不防吐出一個與當下格格不入的詞彙。

「拉麵？」

傻眼的風火不禁反問，說不出話的空良則是一味地把自己埋在弟弟胸口。

「你還沒吃過拉麵對吧，風火？」

「我不是煮過正統派生拉麵了嗎！咦？今天不是也吃了嗎？」

「那個確實是號稱正統派，但卻不是真正的拉麵。」

「咦？」

因為喜歡吃，所以風火今晚又煮了拉麵，聽到田村麻呂的話，他打從心底感到驚訝，並發出短促的驚呼。

「你從來沒有吃過拉麵店的拉麵吧？事實上，拉麵店的拉麵比你在家煮的正統派拉麵好吃二十倍。」

「你講得太誇張了……」

「我沒騙你。尤其是雫石町商店街的『一朗』和『太朗』，他們使用寸胴鍋，一次同時放十隻雞骨熬煮半天，再仔細地撈掉浮沫後，上面浮著厚厚一層清澈鷄油的高湯就會變成金色。」

風火聽著聽著開始吞起口水，甚至連空良明知時機不對，肚子也差點發出咕嚕聲。

「旁邊的鍋子則是在煮叉燒肉。他們把帶有好吃肥肉的豬肉塊用棉線緊緊綁起來，據說是放酒、醬油和粗糖燉煮而成的。叉燒肉煮得非常軟嫩，筷子一夾就斷開。這些肉會放在剛煮好的、半透明的手打捲麵上。」

「感覺超級……感覺超級好吃的……」

「怎樣？聽了會讓你留戀世間吧！你的兄長大人一直瞞著你偷偷去吃喲！」

聽到這裡，風火的肚子終於叫了起來，田村麻呂大聲地對他說。

「咦咦？兄長大人好過分！」

風火對埋在自己胸口的空良大聲說道。

「對啊……我真過分。可是希望有一天能讓你吃到拉麵，是哥哥我的……我的……」

「是哥哥我的願望。」空良費了一番力氣總算把話說出口，然後又把臉埋進風火的胸膛。

「這種時候大家都會聊拉麵的事情，聽起來是很不錯的東西呢。」

彌勒菩薩深深地嘆了口氣，覺得也想吃吃看。

「我想吃拉麵，我想和兄長大人一起去吃。」

空良的淚水滲入風火的胸口，其炙熱的溫度終於傳達到弟弟身上，讓風火緊緊抱住哥哥。

空良聽到了用雙手擁抱他的風火的心跳聲。為了確認那不是錯覺，空良找到風火的心臟，然後將耳朵貼了上去。

「我最喜歡兄長大人了。能和兄長大人一起吃美味的食物，我覺得很幸福。」

血液流動，體溫回升。

「你就是我空良的弟弟風火，對吧？」

空良再次看著風火的眼睛問道。

風火用湛藍如湖水的眼眸注視兄長。

「這一點，我也不知道。」

但空良肯定，風火希望他可以過得幸福。

「留下來陪著我，風火。沒有你當我的弟弟的話，我……」

或許，終於到了讓風火放下漫長宿業的時刻了。

「我會很傷心、很孤單、很痛苦。」

縱然明白這樣很殘酷，但空良還是遵從自己的念頭。

他解放了自己一心愛著弟弟的情感。

「兄長大人，我可以留在你身邊嗎？」

「這件事你要我說幾次才行！」

可是，要空良說再多次都可以。就算風火剛開始不是人類，現在也毫無疑問是他珍愛的弟弟，他絕不會讓對方消失。

「彌勒菩薩，從古至今一般人認為萬物皆有靈。即使風火當初是以刀鞘的身分被創造出來的，但這一千兩百年來，他一直是空良所愛的弟弟。也算是擁有生命了吧？」

田村麻呂用帶著一反常態的緊張的聲音，詢問彌勒菩薩。

「也是有可能的，萬事萬物皆有靈。」

「這麼說來，風火現在已經是人類了吧？」

就連田村麻呂，也屏住了呼吸。

空良知道，田村麻呂這是在向能觸摸到萬物的彌勒菩薩乞求。乞求讓原本屬於人造產物的風火變成人類。

「……拜託您，請您讓風火變成人類。」

「我想吃拉麵。」

當然當哥哥的也抬頭挺胸看著彌勒菩薩，並說出自己的祈願，唯有風火在一旁幫倒忙。

「過度相信公正的強大心靈，最後大多會適得其反。」

彌勒菩薩這句話，空良如今頗能體會。

縱觀歷史，即使到了現代，仍有不少殺害大量民眾的掌權者及領袖都不覺得自己有錯。

甚至可以說他們相信自己是對的，所以才能做出那樣的行為。

「但偶爾也會有帶來好結果的稀少案例。這孩子的存在很重要。你把他當成弱小的人，對他投注愛意。你的父親做了一個好刀鞘。」

彌勒菩薩很乾脆地告訴空良，阿弖流為是他父親。

「可是卻無法把你完全封印住。反正也無法歸零，那就留著吧。」

空良希望，這代表自己卸下宿業了。

然而風火之所以會衝動行事，也許是因為這片太過滾燙的龐大火焰無法完全消滅的緣故。

「沒辦法，那片火焰就是那麼猛烈。過去這一千兩百年來雖然你已經非常努力了，但它還是無法消散。如果我帶走容納那片火焰的這個孩子，你就能回歸人道了。」

「人道是？」

由於這趟旅程實在太過漫長，以至於空良一瞬間找不到人道的意義。

「剛才你不是首度許了某個願望嗎？你希望正常地變老，與身邊的人們一起活下去，然後在未來某天死去。」

「那就是人道。」彌勒菩薩的手指依然比著一個圓圈。

「那如果我說『請您不要帶走我的弟弟』，會發生什麼事呢？」

「那就超出我的能力範圍了。包括你能不能回歸凡人的正常時間，以及這孩子能不能變成人類，這些問題就通通不關我的事，你們要自己想辦法去解決了。」

「那請您不要帶走風火。」
被告知有另一條路可選，空良一絲猶豫也沒有。
「兄長大人……」
風火大吃一驚，定定地看著空良。
「你要選擇這條更加艱難的路嗎？」
「是的。」
道路窒礙難行，對空良來說並不是問題。
因為風火是空良的弟弟。
「真是神奇啊。」
彌勒菩薩笑了出來，似乎打從心底感到愉快。
「我之所以讓你去旅行，是因為你的宿業讓你可以走任何一條路。你看得到我對吧？那是因為你的心中只有一絲絲迷惘。當初看到堆積如山的屍體後，你還想要自殺。」
空良清楚記得，當初在粟田口他想先殺死風火，自己再跟著自殺。
說不定風火比他更痛苦地記得當時的情況。
「你的天賦讓你可以成為獨裁者，也能成為用仁政治理天下的王者。當一個普通人類的生活，真有那麼好嗎？」
「沒錯。」
空良臉上好不容易露出一點點笑意。

「那就好。」

「咦……？彌勒菩薩！」

當空良大叫出聲的時候，彌勒菩薩從東京灣臨海地區的青海貨櫃碼頭消失了。

而原本站在旁邊的風火，也一併從空良的視野中消失。

空良的心臟真的瞬間停止跳動，整個人從腳跟開始顫抖起來。

「嗚嗚。」

徹底回歸現實的碼頭上，風火以白犬的外貌竭盡全力搖著尾巴

「風火。」

空良身體一軟跪在碼頭上，緊緊抱住風火的脖子。

「風火。」

在以為弟弟被帶走的瞬間，空良的心臟真的停止了跳動。

無論是狗還是人的模樣，現在只要風火有留在身邊，他就滿足了。

「嗚嗯。」

看到空良的臉貼近自己，風火不知道在想什麼，也用臉頰貼近空良。

「啊，彌勒菩薩該不會忘了我吧？」

仔細想想，自己才是已經可以被彌勒菩薩帶往淨土的人吧！辛苦工作了一千兩百年，

征夷大將軍此刻才恍然大悟。

空良沉默不語地伸出手，抓住了田村麻呂的褲子。

察覺到那隻手有多麼用力，田村麻呂無奈地嘆了口氣。

「……算了，也好，你們還讓人不太放心。」

「我才剛發現自己一無所知啊。」

空良懊惱地擠出聲音。

「而且我也還有很多種類的拉麵沒吃過呢。」

田村麻呂笑了笑，把這件事拿來當留下的藉口。

「看來我們只能靠雙腳走回去了。」

猝不及防在深夜被徹底丟包在青海貨櫃碼頭，加上風火是狗也無法搭乘交通工具，田村麻呂實在無計可施。

「我們走路回家吧，風火。」

放開手中抱著的脖子，空良看著風火的藍色眼睛說道。

「回家吧，田村麻呂。」

三人站起身，朝有燈光的方向走去。

這將是一條與先前完全不一樣的路，空良堅定地邁出第一步。

這條路沒有嚮導。既然他一直拚命努力到現在，那麼他相信，總有一天自己可以活在凡人的正常時間裡，風火也能成為人類。

——你們要自己想辦法去解決了。

空良看向風火以及田村麻呂。

先前來這裡的路上，他覺得路燈看起來冷冰冰的，而現在卻覺得那些光芒看起來很溫暖。

空良覺得，比起不安，這條陌生的道路更像是全新的希望。

「我還以為自己會累死，雖然死不了。」

十月，走在正中午的石神井公園裡，田村麻呂開口說道。

「是啊，我還以為自己會死掉，雖然死不了。」

「……汪。」

空良和化為白犬的風火也附和田村麻呂。

從青海貨櫃碼頭到雫石町，兩個成年男性和一隻狗埋頭苦走了六個小時。當他們終於走到時天都已經亮了。在他們累到倒下時，空良因為是租車的人所以被找去偵訊，這麼說來田村麻呂還是小田嶋的法律顧問律師。

最終這件事以空良單槍匹馬打倒所有男人，勉強做了個收尾。畢竟那群男人說的是「有一隻白色的狼」，比起那種胡言亂語，警方更相信租了車的三十一歲男子的證詞，讓事件就此落幕。

「小田嶋先生正在享受看守所的時光。後期高齡者[8]真是可怕，只要遇到自己沒做過的事，據說他們都會很開心。」

八卦雜誌順利上市了，雖然在山縣議員的指示下小田嶋差點被殺害，然而他本身目前還涉嫌挪用公款，所以法律顧問律師的工作堆積如山。

「原來小田嶋先生……是後期高齡者啊。」

提到「高齡者好可怕」，空良不知第幾次開始瑟瑟發抖。

「據說他是那天滿七十五歲的，所以覺得死了也無所謂，後來想到還有一大堆事情還沒體驗過呢！結果他變得比現在的我們都還要活力充沛。」

「他已經和夏妃小姐約好，要在道之驛吃海鮮定食和日本酒。」

新蓋好的「North Station」已經融入災區，成為一樁美談，每天都被報導，熱鬧得不行。然而這種熱鬧只是暫時的，大家要冷靜下來思考後續發展。空良和田村麻呂滿懷希望地看著電視裡的當地民眾這樣闡述。

「如果沒有申請在這裡蓋道之驛，現在已經被眾人嚴厲批評的議會，將會受到更多抨擊。進行申請後，就順利建造道之驛了。」

「人與工作都充滿希望呢。」

就算不能面面俱到，至少一個一個解決也好。田村麻呂的話讓空良鬆了一口氣。

「汪汪！」

8 依據日本制度，指七十五歲以上民眾。

他們和以往一樣來到三寶寺池，風火迅速發現多津子和六郎正坐在平日常坐的長椅上。

「哦，看來你們相處得很融洽呢。」

見到房客和空良、風火一起散步，六郎微笑著說「這樣很好」。

「我們只是湊巧碰見而已……」

雖然疲憊但空良還是張口回答。事實上最近白天出來散步時，他總是處於這樣的狀態。

原因無他，就是拉麵。空良和田村麻呂每次打算兩人一起出門時，風火就會生氣地說：「你們想偷偷去吃拉麵嗎？」然後像這樣跟在後面。

因此從那一天徒步走回來後，空良和田村麻呂都還沒機會去吃拉麵。

「我沒力氣了……」

田村麻呂仰望遠處的天空，想到拉麵就忍不住抱怨。

「夏妃對你們兩個讚不絕口呢，說你們的工作能力很強。」

「真是太好了，身邊有人能理解律師艱澀的工作。」

「真的非常感謝兩位介紹工作給我。」

回想起來，是柏木夫婦幫忙傳話牽線才接到夏妃的委託。空良向他們鞠躬致謝。

「既然律師這麼厲害，我們的離婚也必須交給律師來辦了。」

「就是說啊，要請律師兩三下迅速辦好。」

六郎和多津子說著和以往一樣的臺詞。

雖然一切都和以往一樣，但一次又一次地說這幾句話，空良覺得這兩人的心靈已經疲憊不堪了。

「田村麻呂。」

風火的紅色牽繩必須隨時有人拉著，這是空良第一次把牽繩交給田村麻呂。

六郎和多津子坐在長椅上，空良就坐到他們旁邊。

「離婚其實並不難處裡。」

空良從多津子旁邊注視他們的眼睛，然後開口說道。

「說不定你們也不需要將財產平分。如果按部就班照著法定手續辦理，兩位的房子可能會變成多津子老師的。」

這樣的做法或許可行，而且六郎也可能會同意，因此多津子如果希望恢復單身，他們肯定不需要走財產對分的麻煩步驟。

「需要上法院嗎？」

這是空良首次正式詢問離婚的事，多津子和六郎都非常驚訝，並且手足無措。

「在進法院之前，會先有一個幫雙方進行調解的程序。但根據我的觀察，六郎老師感覺並不想提出抗辯。」

「……是啊，律師說得沒錯。」

「老公。」

空良先前從不曾聽過多津子用「老公」稱呼叫六郎。

「多津子老師有權利獲得那些東西。因此，雖然我不是律師，但可以擔任調解程序的代理人。」

空良把對他們二人的率直誠意化為言語，仔細進行解說。

「如果接下兩位的離婚案件，我會盡力幫忙處理的。」

將這些話告訴他們後，空良靜等他們消化理解。

站著的田村麻呂以及坐著的風火也一同等待。

「不過感情上……」

見柏木夫婦已經仔細思考過，空良再次開口。

「我希望多津子老師和六郎老師能夠一直在一起，指導小朋友們學習書法，留在雫石町。」

如他所言，這只是空良個人情緒上的想法。

多津子和六郎都瞪大了眼睛看著空良。

「你太奸詐了，律師。」

「就是說啊。」

多津子和六郎嘆了口氣，露出不知所措的反應。

「這是我第一次被別人說奸詐。」

空良像個孩童般露出笑容。

「晚一點我會帶豆皮壽司去給你們。」

「那我就恭敬不如從命了。謝謝您，我會期待您的到來。」

彎腰向兩人鞠躬後，空良就從長椅上起身。

「總覺得律師突然變成熟了。」

「就是說啊，變老成了。」

六郎和多津子的話讓空良覺得很高興，於是笑了起來。

「請給我一個機會加入品嘗。」

田村麻呂爽朗地開口說道。空良從他手中接過風火的紅色牽繩。

他們悠悠哉哉地走過三寶寺池後，葫蘆池旁的孩童笑鬧聲隨即飄入耳中。

「這就是天下父母心吧。」

田村麻呂自言自語般地這麼說道。這句話是在講六郎和多津子吧？

「應該是吧。」

空良點頭贊同，態度溫順中又帶著一絲酸澀。

「嗚嗯？」

是這樣嗎？風火帶著詢問的意味，仰頭看向空良。空良低頭凝視著他。

「我一直都希望能以人類的身分死去。不只我自己，希望連風火也一樣。」

剛開始，空良覺得是被彌勒菩薩丟進一場與他們意願相違背的旅程裡。

「現在我只想好好活著，然後逐漸老去，留在這個城鎮與大家一起生活。這就是我的願望。」

他被迫踏上一個近乎永恆的旅程，走不出去，又被迫出發。身邊有旅伴，但沒有嚮導。

不過如今的空良，對這種情況沒有絲毫不滿。

「是嗎？」

田村麻呂不置可否，只是看著掠過池子水面的那陣風。

「喂，田村麻呂。」

「嗯？」

「現在才說這個可能沒意義，但你算是我們爸爸對吧？」

「咦？我才不是！」

被空良冷不防這麼一問，田村麻呂罕見地發出慘叫。

「我知道你不是。我不是在說你，是在說你……的朋友。」

空良說的那個人既是田村麻呂的朋友，也是他從前將之當成偉大的首領一直景仰的人。

「我家老爸因為生了一個棘手的兒子，就丟著不照顧了，對吧？」

空良一臉嚴肅地詢問田村麻呂。仔細回想一番後，空良發現無論怎麼思考，都會得出同樣的結論，讓他狠狠皺起了眉頭。

「不覺得我爸太過分了嗎？」

「你別過了一千兩百年後才中二病發作好嗎！」

「你真的被現代用語給同化了耶，征夷大將軍。可是我又沒染上中二病。遇到一個放棄育兒的爸爸，哪有時間想那麼多。」

空良賭氣地想，就算他現在染上了中二病，那也怪不了他啊。

田村麻呂看著他的側臉露出苦笑。

「說不定他出乎意料，一直在身邊守護著你呢？」

田村麻呂突然停下腳步，坐下來探頭觀察風火的藍色眼睛。

「你不要隨便亂講。」

「萬物皆有靈。不只日本，世界各地都有『神靈寄宿』的看法。正如彌勒菩薩說祂辨不到一樣，我覺得靈魂應該是每個人只有一個。」

因此創造出刀鞘的人的靈魂，說不定從某天起就寄宿到了風火身上，並逐漸成長。這是田村麻呂的心願，但空良並不知情。

「你不要說那種讓人絕望的話。」

「不是，我的意思是……好痛！」

風火用力啃住田村麻呂撫摸他臉頰的手，但又不帶殺氣。

「風火！我說了不可以這樣啃啃！」

空良慌慌張張地把風火拉開，然後硬擠出假笑對周圍的人說「他們感情很好」。

「其實，我也不知道真相是什麼。」

田村麻呂笑著說，唯有這一點是確定的。

「很多事我全都不懂。」

發著牢騷的空良，確實固執地為了去死而一路活到現在。

他已經學到，無論是自己還是其他人，都具備了情感。他愛著弟弟，以人類身分被養育長大，空良現在的願望就是能在這個城鎮生活下去，然後平凡地慢慢變老。

如果願望能實現的話，他希望可以和化為人形的風火一起經歷這些。

絕對不能忘記，他們一路跨過了許多生命。然而他又偏偏產生了這樣的願望，是不是太過貪心了呢？

「汪汪。」

風火湊過來觀察空良的神情。白犬型態的風火看起來比以前更加精悍。

彌勒菩薩說，只要封印宿業並帶走火焰尚未熄滅的風火，空良就能回歸凡人的正常時間，但空良拒絕了。

當時空良並沒有詢問風火的意願。倘若風火是刀鞘，他就能幫風火擺脫討厭的火焰了。那樣一來，風火會比較幸福嗎？

再怎麼思考，空良還是不明白。

──沒有我，兄長大人會比較輕鬆吧。

風火什麼都不懂。可是為了如此茫然不知所措的風火而放開他的手，說不定才是正確的選擇。

空良發現自己又在尋找什麼是公正了。看來老爸所擔憂的那股習性沒那麼容易消除。

空良感覺到了尚未消除之處，並且現在還無法忘懷。

「啊。」

他又再次聽到身體裡發出骨頭喀吱作響的聲音

「怎麼了？」

「嗚嗯？」

田村麻呂和風火開口詢問，空良笑笑地說「沒事」。

也許生命的時間已經理所當然地往前走了，也或許並沒有。無論何事、無論何人，都沒有唯一的真相。

每走一步，骨頭都在喀吱作響。

這條一無所知的旅途，並非別人強加過來，而是他自己選的。但空良還是如呼吸般自然地踏了上去。

聽著撫過水面的風聲，伴隨細微的骨頭喀吱作響聲。

沒有任何人事物是單一面向的。

終於，空良記住了這一點。

——《雫石町的法律工作者與狼同眠》完

高寶書版集團
gobooks.com.tw

LN013
雫石町的法律工作者與狼同眠
しずく石町の法律家は狼と眠る

作　　者　菅野彰
繪　　者　円陣闇丸
譯　　者　蕭嘉慧
編　　輯　薛怡冠
校　　對　林毓珊
美術設計　林檎
排　　版　彭立瑋
版　　權　張莎凌、劉昱昕
企　　劃　李欣霓

發 行 人　朱凱蕾
出　　版　三日月書版股份有限公司
Mikazuki Publishing Co., Ltd.
地　　址　臺北市內湖區洲子街 88 號 3 樓
網　　址　www.gobooks.com.tw
電　　話　(02) 27992788
電　　郵　readers@gobooks.com.tw（讀者服務部）
傳　　真　出版部　(02) 27990909　行銷部 (02) 27993088
郵政劃撥　19394552
戶　　名　英屬維京群島商高寶國際有限公司臺灣分公司
發　　行　英屬維京群島商高寶國際有限公司臺灣分公司 / Printed in Taiwan
Global Group Holdings, Ltd.
初版日期　2024 年 2 月

國家圖書館出版品預行編目 (CIP) 資料

雫石町的法律工作者與狼同眠 / 菅野彰著 ; 蕭嘉慧譯 .
-- 初版 . -- 臺北市 : 三日月書版股份有限公司出版 :
英屬維京群島商高寶國際有限公司台灣分公司發行 ,
2024.02
面 ;　公分 . --

譯自 : しずく石町の法律家は狼と眠る

ISBN 978-626-7152-99-7 (平裝)

861.57　　112016462